L'OISELLE

LES AILES DE L'OUEST, TOME 1

KRISTY MCCAFFREY

Traduction par
VIVA BONNOT-RUBIO

Titre original: The Wren (Wings of the West Book One)

Première édition publiée par Whiskey Creek Press, 2003.

Deuxième édition publiée par K. McCaffrey LLC, 2014.

L'Oiselle

Traduction: Viva Bonnot-Rubio, Valentin Translation

Copyright © 2023 *K. McCaffrey LLC*

ISBN numérique : 978-1-952801-39-6

ISBN imprimé : 978-1-952801-40-2

Couverture de Earthly Charms

Photo de l'auteure par Hannah McCaffrey

kmccaffrey.com

kristy@kmccaffrey.com

Ils ont aimé la série *Les Ailes de l'ouest*

L'Oiselle

« L'art et la manière qu'a McCaffrey de planter le décor et de fournir des détails historiques donnent à ce western un réalisme sans concession. » Romantic Times BOOKclub

« En tant que vraie fan de western historique, je me suis délectée de la lecture de ce livre. Ne manquez pas ce qui promet d'être une exceptionnelle série à suivre ! » The Romance Studio

« Avec ses héros à la beauté sauvage, ses formidables héroïnes et une histoire passionnante, *L'Oiselle* est un livre à ne pas manquer. » The Best Reviews

La Colombe

« [...] magnifiques descriptions des montagnes Sangre de Cristo, de Las Vegas à la fin du xixe siècle et de la propriété des Ryan. Notre critique littéraire s'est sentie transportée dans les lieux où se déroule l'histoire. » Love Romance

« Mademoiselle McCaffrey écrit avec son cœur [...] un livre à lire absolument ! » The Romance Studio

« Si vous aimez les westerns et les romans d'amour, je vous conseille de lire ce livre. » Romance Junkies

Le Moineau

« Les lecteurs vont adorer cette histoire... » RT BookReviews

« Je félicite McCaffrey pour la précision historique de ses récits [...] et pour ce livre sensationnel que je recommande à quiconque aime les romances historiques, avec un petit quelque chose de plus. » Jonel Boyko, critique.

« McCaffrey donne une nouvelle voix aux anciennes légendes hopis et havasupai. Son écriture inspirée rend tout à fait crédible le voyage mystique de son personnage principal dans un univers qui nous pousse à dévorer le livre d'une seule traite. » *City Sun Times*

Le Merle

« Ce western, avec ses ignobles bandits, son action trépidante, son héroïne au fort tempérament, des rebondissements inattendus et un cow-boy sexy, le tout sur fond d'histoire d'amour sensuelle, est une romance historique qui a de quoi plaire à tous. » Janna Shay, *InD'tale Magazine*

« Voici un roman historique torride et intelligent qui se déroule dans le désert de l'Arizona, où les personnages ne détonent pas dans le milieu hostile qu'ils peuplent. Deux âmes tourmentées qui se rencontrent peuvent-elles s'épanouir ensemble ? Venez le découvrir en lisant *Le Merle*, la quatrième perle totalement captivante de la série *Les Ailes de l'ouest*, de Kristy McCaffrey. » Chanticleer Book Reviews

Le Passereau

« Les lecteurs seront souvent en apnée […] un livre passionnant qui se dévore ! » Belinda Wilson, *InD'tale Magazine*

« […] une lecture au rythme effréné, avec des personnages très fouillés et une histoire détaillée qui a éveillé mon intérêt de la première à la dernière page. » Jo, Romance Junkies

« […] une aventure pleine de rebondissements qui m'a tenue en haleine […] un livre presque impossible à reposer ! » Maia, The Silver Dagger Scriptorium

À Kevin,
avec tout mon amour

CHAPITRE UN

Nord du Texas
Mai 1877

— V ous êtes perdue, mademoiselle ?
La jeune femme sursauta. Elle se tourna sur sa selle
et fusilla l'intrus du regard. Sous le bord de son chapeau sombre,
ses yeux bleus le toisèrent.

S'il y avait bien une chose à laquelle Matthew Ryan ne s'était
pas attendu, c'était tomber sur une cavalière solitaire contemplant
les trois tombes nichées là, à flanc de colline, dans ce recoin isolé
des plaines texanes. Ressurgie du passé, la vision d'une petite fille
aux mêmes yeux bleus et vifs lui traversa brièvement l'esprit. Une
vie entière semblait s'être écoulée, depuis la nuit du mois d'août où
il avait vu Molly Hart pour la dernière fois de son vivant. Même si
son deuil n'était plus aujourd'hui qu'une sourde douleur, Matt
n'avait jamais réussi à s'en remettre tout à fait.

— Non, je ne suis pas perdue, répondit-elle.

Sa voix mélodieuse et tout en nuances enveloppa Matt d'une chaleur pareille à celle d'un bon feu après une vague de froid.

— Vous êtes au milieu de nulle part, fit-il remarquer en se décalant sur sa selle.

Quand une rafale de vent les bouscula, il rajusta son chapeau.

Une tempête se préparait, malmenant les terres de son souffle toujours plus cinglant. De lourds et sombres nuages s'accumulaient à l'horizon. D'après Matt, dans peu de temps, la fille et lui ne pourraient plus aller bien loin. Ils devaient partir sur-le-champ.

— Pas plus que vous, rétorqua-t-elle.

— Vous avez connu les Hart ? demanda-t-il en faisant un signe de tête vers les tombes.

La jeune femme se détourna et hocha la tête presque imperceptiblement. Des mèches de cheveux bruns s'échappèrent de sous son chapeau.

—Je m'appelle Matt Ryan.

Il scruta la petite vallée encaissée et la maison qui tombait en ruines à quatre cents mètres de là, vestige du ranch des Hart. Un enclos à bétail, des écuries et un baraquement tenaient encore debout. Bien que couverts de poussière et d'herbes sauvages, ils étaient les dernières sentinelles d'un lieu jadis plein de vie.

— Ma famille habite un ranch à environ cinquante kilomètres d'ici, ajouta-t-il.

Quand il quitta le paysage des yeux pour revenir à la femme sortie de nulle part, elle le dévisageait, visiblement en état de choc.

— Qu'y a-t-il ? demanda-t-il précipitamment.

En réponse à l'agitation soudaine de la mystérieuse inconnue, sa monture, une belle jument alezane dont la robe avait presque la même couleur que la chevelure de sa jeune cavalière, s'agita nerveusement.

—Matthew Ryan ?

— On s'est déjà rencontrés ? demanda-t-il.

Au lieu de répondre, la jeune femme le questionna encore.

— Comment sont morts les membres de la famille Hart ? Comment est morte *Molly Hart* ?

Matt resta silencieux un moment. Dix ans s'étaient écoulés depuis son dernier passage ici, dix ans depuis les funérailles où les trois tombes avaient été creusées pour y déposer les corps de la famille assassinée, vouée au repos éternel. Avait-il été lâche de ne pas revenir plus tôt ? Allez savoir… ! En tout cas, la mort de Molly Hart pesait toujours sur lui, agissant comme un étau autour de sa conscience. Il se sentait tellement coupable de ne pas être resté auprès d'elle cette nuit-là !

— Il y a dix ans environ, au cours d'une fête, le ranch a brusquement été attaqué. Monsieur et madame Hart ont été tués. Molly a disparu.

Sa voix était monocorde ; il avait perfectionné cette façon de parler pendant ses années dans l'armée, puis auprès des Texas Rangers. Cacher ses émotions était devenu comme une seconde nature. Toutefois, si ç'avait été indispensable à l'exercice de ses fonctions, il se demandait parfois à quel prix…

— Et vous en avez déduit qu'elle était morte ?

Il y avait une certaine détresse sur le visage de la jeune femme.

— Non. Pas au début. Pas avant qu'on la retrouve.

— Qu'avez-vous retrouvé, au juste ?

Le vent se mit à siffler dans la vallée et de gros nuages noirs s'agglutinèrent rapidement au-dessus de leurs têtes. Si vous vous plaigniez du climat, dans cette région du Texas, on vous répondait d'attendre cinq minutes ; il arrivait bien souvent qu'il change aussi rapidement. Mais pour l'instant, Matt et la jeune femme devaient s'abriter.

À contrecœur, il se fit violence pour répondre :

— Un corps calciné.

La jeune femme s'efforça de maîtriser son cheval quand un éclair déchira le ciel.

— Comment en avez-vous déduit qu'il s'agissait d'elle ? demanda-t-elle.

— On a retrouvé près du corps une petite croix en or qu'elle portait toujours. Et la dépouille… était de la bonne taille.

Elle tourna son visage vers les tombes, offrant à Matt la vue de son profil. Bien qu'elle soit habillée comme un homme, avec un pantalon foncé et une chemise claire trop grande, on voyait bien qu'elle était une femme. Des mains fines tenaient les rênes et sa posture avait une cambrure et une grâce féminines. Malgré la nervosité de sa monture, elle était à l'évidence particulièrement à l'aise à cheval.

— Comment vous appelez-vous ? demanda-t-il d'une voix forte pour avoir une chance d'être entendu, en dépit des hurlements du vent.

Elle l'épingla d'un regard où se mêlaient la méfiance, l'incrédulité et… de la déception ? Cette pensée le dérouta.

Des rideaux de pluie se mirent à tomber d'un seul coup.

— Allons jusqu'à la maison ! cria-t-il en lançant brusquement son cheval dans la légère pente sur laquelle ils stationnaient jusqu'ici.

Regardant par-dessus son épaule, il vit la jeune femme jeter un coup d'œil apeuré vers le ranch en ruines. Elle hésitait. Pourtant, lorsqu'il atteignit l'habitation désertée, elle était sur ses talons.

— Je vais conduire les chevaux à l'écurie et tâcher de les mettre au sec, dit-il avant d'enlever les sacoches de leurs selles et de les tendre à la jeune femme. Et si vous alliez dans la maison voir si on peut s'abriter jusqu'à la fin de la tempête ?

Elle hocha la tête avec appréhension.

Tout en s'occupant des chevaux – finalement, l'écurie n'était pas en si mauvais état –, il se demanda qui pouvait bien être cette fille et comment elle avait pu connaître la famille Hart. Dix ans plus tôt, elle devait n'être encore qu'une enfant, probablement à peu près du même âge que Molly, et s'ils s'étaient connus, Matt s'en serait souvenu. L'été où les Hart avaient été assassinés, il avait travaillé au ranch pour aider Robert Hart, comme son père le lui avait demandé.

À cette occasion, une belle amitié était née entre lui et la petite Molly qui avait alors neuf ans. À première vue, ils ne faisaient pas vraiment la paire — il avait huit ans de plus qu'elle —, mais leur évidente camaraderie l'avait amené à voir en elle la sœur qu'il n'avait jamais eue. La petite fée avait conquis son cœur en un temps record et Matt était devenu son ami et son protecteur. Il n'avait pourtant pas été à la hauteur de ce dernier rôle et aujourd'hui encore, il supportait difficilement la souffrance qui lui en coûtait.

Rejoignant la maison en courant sous la pluie, il évita de justesse de percuter la jeune femme. Apparemment, elle n'avait pas bougé depuis qu'elle avait posé un pied à l'intérieur. Il dégaina brusquement son revolver à six coups, inspectant les lieux à la recherche d'un animal sauvage qui aurait pu, lui aussi, venir chercher refuge ici contre la tempête.

Tendant un bras, il toucha celui de la jeune femme.

Elle fit un bond.

— Du calme, murmura-t-il en la poussant doucement sur le côté.

Il fouilla la maison pièce par pièce. Il y avait des fuites d'eau un peu partout, mais heureusement, personne ; ni homme ni bête.

— La chambre du fond a l'air sèche.

Au lieu de le suivre, la femme, dont la voix et le regard pénétrant intriguaient Matt, s'arrêta sur le seuil d'une pièce différente.

Matt fronça les sourcils. Pourquoi la trouvait-il intrigante ?!

Tandis qu'il se tenait au bout du couloir, un éclair illumina tout à coup l'intérieur de la maison. La chemise claire de la femme, trempée par la pluie, était collée à son corps et en soulignait nettement les courbes. Matt se força à détourner les yeux. Il n'avait sûrement pas l'intention de profiter d'une femme toute seule au milieu de nulle part.

Elle disparut dans la chambre. Il retira son chapeau et passa ses doigts dans ses cheveux ruisselants. Qu'il la trouve attirante ou non, il émanait d'elle quelque chose d'étrange. Il la suivit dans la pièce.

— Savez-vous ce qui est arrivé à Mary et Emma ? demanda-t-elle à voix basse en lui tournant le dos.

Elle connaissait donc les deux sœurs de Molly.

— Elles sont parties vivre chez leur tante Catherine, à San Francisco.

Matt entendit un bref soupir et vit les épaules de la femme se détendre légèrement. Elle se pencha pour ramasser une vieille poupée sale.

— C'était celle d'Emma, murmura-t-elle.

— Comment connaissez-vous si bien la famille qui vivait ici ? demanda Matt, soudain contrarié face à tant de mystère. Qui êtes-vous ?

Au moment où elle se tourna vers lui, un bref éclair illumina les larmes qui coulaient sur ses joues.

— Je pourrais vous le dire, mais je pense qu'à présent, vous ne me croiriez pas. Quelle idiote j'ai été de penser qu'en revenant ici, tout serait comme avant !

Fixant la poupée qu'elle tenait dans les mains, elle ajouta doucement :

— Toute une vie gâchée, pour nous tous.

— Quel est votre nom ? demanda Matt, la gorge un peu nouée.

Ce ne pouvait pas être… Non… C'était impossible…

Même en l'entendant parler, le cœur et l'esprit de Matt se rebellaient contre cette idée.

La voix subtilement nuancée de la jeune femme résonna sur fond de pluie battante et de coups de tonnerre lointains.

— Molly Hart.

CHAPITRE DEUX

Molly observa la réaction de Matt dans la lumière décroissante. Il avait une carrure imposante qui monopolisait l'espace dans la pièce. Il restait totalement immobile et la regardait comme un chasseur prêt à fondre sur sa proie. On pouvait facilement voir, aux traits de son visage anguleux, qu'il ne la croyait pas et qu'il était choqué. De l'eau s'égouttait de ses cheveux bruns sur sa chemise trempée. La colère palpable qui émanait de tout son être lui donnait une expression féroce – ou était-ce à cause de ses muscles tendus qu'on l'aurait cru sur le point d'attaquer ?

— Quel est votre nom ? demanda-t-il à nouveau. Votre *vrai* nom.

— Je viens de vous le dire.

— Et je viens de vous dire que Molly est morte. Votre petite blague ne m'amuse pas du tout.

— J'aimerais tellement que tout ça ne soit qu'une blague…, parvint-elle à dire, malgré sa gorge serrée. Mais c'est un vrai cauchemar qui semble ne jamais finir.

Un cauchemar qui durait depuis dix ans. Deux semaines plus tôt, elle ignorait encore que ses parents étaient morts. Un marchand traversant le territoire du Nouveau-Mexique le lui avait appris — elle avait eu si peu de contact avec des hommes blancs, pendant toutes ces années !

La nouvelle l'avait ébranlée.

Rentrer chez elle et retrouver sa famille avait toujours été son seul espoir. Maintenant qu'elle était revenue, l'irrémédiable perte de son enfance lui procurait une douleur telle qu'elle ne pouvait quasiment plus respirer.

Elle ne reverrait jamais ses parents. Quinze jours après l'avoir appris, elle avait encore du mal à intégrer cette vérité. Au moins, ses sœurs avaient survécu. Ce n'était pas rien ; il subsistait un lien avec les fondations fragiles de son existence auquel se retenir.

Cependant, sa propre tombe avait été le coup de grâce, la privant du moindre sentiment de sécurité qu'elle aurait pu ressentir. Pendant dix ans, elle avait espéré, rêvé qu'on vienne la sauver des mains de ses ravisseurs. Pendant dix ans, elle s'était demandé quand et comment elle pourrait s'enfuir et rentrer chez elle. Or tout le monde l'avait crue morte ! Personne ne l'avait jamais recherchée. Matthew Ryan, son ami d'enfance, n'avait jamais tenté de la retrouver.

L'homme qui se tenait à présent face à elle était presque un étranger. Si elle ne l'avait pas si bien connu par le passé, elle aurait eu peur de lui.

— Ça vous embêterait de m'expliquer comment vous pourriez bien être Molly Hart ? demanda-t-il, la voix pleine de dédain.

— Cette nuit-là, j'ai été enlevée par l'homme qui a attaqué le ranch.

— Un Comanche ?

Elle secoua la tête.

— Non. Un groupe de Comanches nous a attaqués bien plus tard, quand on avait déjà fait pas mal de route. La plupart des hommes ont été tués et presque tous scalpés. Les Indiens m'ont emmenée.

Un éclair illumina la pièce, éclairant la silhouette d'un lit cassé, dans l'angle, toujours à la même place qu'à l'époque. C'était celui de sa petite sœur. Enfants, Emma et Molly partageaient la même chambre.

— Et comment expliquez-vous qu'on ait retrouvé le corps de la fillette ? Et la croix en or ?

— Au bout d'un certain temps de route avec les Comanches, un autre groupe nous a rejoints. Ils avaient avec eux plusieurs Blanches captives. L'une d'elles devait avoir mon âge.

Molly se tut, puis reprit d'une voix faible :

— Elle était hystérique et les Comanches s'impatientaient. L'un d'entre eux a tiré une flèche sur elle, la clouant à un arbre. Son geste sembla contrarier certains hommes, mais il était trop tard. Elle était déjà morte. Alors, ils l'ont brûlée. J'ai lancé ma croix à ses pieds – c'était tout ce que je pouvais faire pour elle, tout ce dont j'étais capable. Je monopolisais déjà toutes mes forces pour me retenir de hurler.

Molly déglutit péniblement, se rappelant la terreur dans laquelle elle avait vécu, à cette époque de son enfance. L'idée que sa propre fin macabre était imminente s'était formée dans son esprit pour ne plus jamais cesser de la hanter.

Matt semblait décontenancé ; les doutes qu'il avait passaient sur son visage comme des ombres.

— Si ce que vous dites est vrai, gronda-t-il, alors où étiez-vous passée, ces dix dernières années ? Les Comanches avaient l'habitude de troquer leurs prisonniers avec l'armée contre des marchandises. J'ai moi-même géré de tels échanges plusieurs fois.

— Vraiment ?

Peut-être qu'il avait été dans les parages, quand elle était captive… peut-être qu'il aurait pu l'aider !

— Vous étiez dans l'armée ?

— Pendant un temps.

— Je ne me souviens pas d'avoir été en contact avec des hommes blancs. Je n'étais pas vraiment prisonnière. J'avais été adoptée ; je vivais dans le tipi d'un Comanche appelé Bull Runner. J'ai été élevée avec ses deux filles.

— Comment vous êtes-vous enfuie ?

— J'ai passé huit hivers avec eux, avant qu'ils ne m'abandonnent à un marchand du Nouveau-Mexique.

— Dans quelle tribu étiez-vous ?

— Celle des Kwahadi, répondit-elle.

— Ils vivaient assez reculés. Je n'ai jamais eu affaire à eux directement.

Il n'avait donc pas été aussi proche du campement qu'elle l'avait envisagé.

— Pourquoi vous ont-ils troquée, au bout de huit ans ? demanda-t-il.

— Une demande en mariage me concernant a semé une certaine confusion dans la tribu. La fille aînée de Bull Runner était en colère. Il a décidé de me rendre à mon peuple pour prouver sa bonne volonté.

— Bonne volonté, mon cul ! dit Matt avec mépris. Il t'a gardée en otage pendant huit ans !

— Alors tu me crois ?

Sa question resta en suspens, sans réponse. La pluie martelait le toit, le tonnerre retentissait au loin et la nuit enveloppait Molly dans ses bras comme une vieille amie. Tant de fois, elle s'était blottie sous le tipi contre ses sœurs comanches, lorsqu'un orage surprenait la tribu !

— Pourquoi n'es-tu pas revenue ici deux ans plus tôt ? demanda-t-il, doutant visiblement encore de son identité.

— Le marchand me battait, répondit-elle d'une voix devenue rauque. Elijah, un vieux chercheur d'or, a eu pitié de moi. Il m'a achetée et m'a emmenée au fin fond du Mexique.

Un éclair illumina Matt, dont la mâchoire s'était contractée. Il avait toujours les mains posées sur les hanches avec indifférence, mais il était loin de paraître détendu. Il n'était pas du tout comme dans les souvenirs de Molly.

— Qui était ce marchand ?

— Un comancheros appelé Jose Torres.

Matt jura dans sa barbe.

— Tu le connais ? demanda-t-elle, surprise.

— Ouais. C'est un vaurien de m…

Il se tut et inspira profondément.

— De nombreuses captives sont malheureusement passées entre ses mains.

— Quand Elijah est mort, il y a quelques mois de ça, je n'ai pas eu d'autre choix que de retrouver mon chemin jusqu'ici, dit-elle. Si je ne l'ai pas fait plus tôt, c'est parce que je n'avais pas la moindre idée de l'endroit où je me trouvais.

— Il t'a fallu deux mois pour rentrer au Texas ?

— Je me suis arrêtée quelques semaines près d'Albuquerque pour aider une amie. Elle m'a ensuite accompagnée ici.

— Où est-elle, en ce moment ?

— On a prévu de se retrouver demain. Elle s'appelle Claire Waters. Elle était dans un sale état, quand je l'ai découverte.

La trouver vivante avait déjà été un miracle en soi, meurtrie et ensanglantée comme elle l'était, abandonnée au fond d'un des milliers d'arroyos qui sillonnaient les contreforts des monts Sandia.

Molly se sentit tout à coup épuisée, rattrapée par les événements de la journée et des dernières semaines.

— On devrait faire du feu.

Elle avança vers Matt pour quitter la pièce. Il resta immobile. Elle pouvait sentir son regard sur elle. Elle s'arrêta à sa hauteur et dit :

— Tu te souviens, quand j'ai trébuché sur un serpent à sonnette qui s'était caché sous un buisson ? demanda-t-elle en regardant au loin. J'étais prête à éclater ce truc avec ma fronde, mais tu m'en as empêchée. Tu as veillé sur moi, cet été-là, comme personne ne l'avait jamais fait.

Relevant le menton, elle le regarda. Que lui était-il arrivé, pendant toutes ces années ? Il semblait implacable, en colère et désabusé. Il boitait légèrement, quand il marchait. Était-il marié ? Avait-il une maison pleine d'enfants ? Il s'était montré si bon avec elle, dix ans plus tôt – patient, tolérant, amusé par ses singeries… il devait sûrement être un bon père.

— Je n'aurais jamais cru te revoir, Matt.

Un sourire hésitant se dessina sur ses lèvres.

Lui se contenta de la regarder.

Elle passa son chemin en le frôlant et le laissa se débattre tout seul avec ses réflexions.

CHAPITRE TROIS

Matt resta planté au milieu de la chambre plongée dans la pénombre ; la pluie qui tombait lourdement résonnait autour de lui, et ses pensées faisaient des ricochets dans sa tête.

Molly. *Vivante.*

C'était incompréhensible. Cette femme ne pouvait qu'être une sacrée menteuse. Elle avait sûrement entendu l'histoire de Molly et se l'était appropriée pour escroquer les proches de la famille Hart. Ça n'avait pas de sens. Quel mobile aurait-elle pu avoir ? Et puis, elle n'aurait jamais pu savoir qu'elle le trouverait au ranch abandonné aujourd'hui !

Il venait seulement de rentrer. Contrarié par deux longs mois de convalescence, après les soins acharnés de sa mère pour le guérir, il avait fini par avoir besoin de prendre l'air. Sa tête bouillonnait, mais ça n'avait pas d'importance.

Avec les Rangers de sa bande, ils avaient traqué pendant deux ans Augusto Cerillo, un bandit mexicain réputé pour les tortures qu'il infligeait à ses détenus. Matt avait échoué à le capturer et avait été retenu prisonnier pendant quatre mois. Si Nathan Blackmore, son vieux pote de l'armée, ne l'avait pas tiré du trou à rats que Cerillo lui avait fabriqué, il y serait sans doute mort. Son corps s'était remis de ses blessures. Des dégâts causés à sa jambe droite, il ne restait qu'un léger boitement. Son esprit, quant à lui, aurait besoin de plus de temps pour guérir.

C'était peut-être ce qui l'avait poussé, au bout de dix ans, à venir se recueillir sur la tombe de Molly.

Et si cette femme était *vraiment* Molly ?

Matt n'imaginait même pas ce que ça voudrait dire. En frottant ses joues rêches, il remarqua que sa main tremblait.

La mort de Molly avait marqué un tournant dans sa vie. Fou de rage, il s'était juré de la venger, d'une façon ou d'une autre. Il avait rejoint l'armée américaine et s'était battu à cause des interminables campagnes visant à éradiquer les Comanches du Texas. Lorsqu'en soixante-quinze, les Indiens de la dernière et la plus sanguinaire des tribus, les Kawahadi, s'étaient enfin rendus en acceptant de rejoindre la réserve, il avait démissionné de l'armée pour rallier les Rangers. Le travail était plus dangereux, la paie moins bonne, les conditions de vie souvent pires, mais ça servait son objectif : traquer ceux qui cherchaient à terroriser les innocents et dont le seul plaisir était de tuer des hommes, des femmes et des enfants sans défense.

S'était-il trompé de combat, pendant toutes ces années, si Molly était bel et bien vivante ?

Il était devenu cynique, au bas mot ; tous les massacres qu'il avait vus avaient anéanti l'innocence de son enfance. Il devait obtenir plus de preuves de l'identité de cette fille. Si elle n'était pas Molly – ce qu'il ferait mieux de croire –, il la ferait plier jusqu'à ce qu'elle l'avoue.

Il parcourut la maison à sa recherche. Il s'arrêta sur le seuil d'une autre chambre. La jeune femme – cette usurpatrice d'identité – était agenouillée devant une cheminée. Des flammes vacillaient, lançant une lueur rougeoyante qui envahissait la pièce. Tandis qu'elle pivotait sur les talons de ses bottes pour attraper autre chose à brûler, Matt fut saisi de voir à quel point elle paraissait jeune et vulnérable. Dans le même temps, la lumière du feu illumina le contour de ses seins. Sa poitrine était haute, ronde et joliment formée. L'espace d'un instant, il s'attarda à la contempler, avant de chasser brusquement ses rêveries.

C'était bien le moment de se laisser séduire !

Elle avait ôté son chapeau. Ses cheveux bruns étaient attachés dans sa nuque. Molly était brune. Tout comme des centaines d'autres femmes, après tout.

— Comme je doute fort qu'on puisse trouver quelque chose de sec dehors, je brûle des bouts de chaise, dit-elle après avoir remarqué sa présence.

— Comment avais-tu appelé ton lance-pierre ?

Allant s'asseoir par terre, un peu plus loin, elle s'adossa contre un mur. Elle souffla sur une mèche de cheveux qui tombait devant son visage.

— Le troglodyte.

Ce pouvait être un coup de bol…

— Pourquoi ?

Elle ne semblait pas inquiète, seulement fatiguée.

— Parce que j'étais persuadée que tous les cailloux que j'utilisais avaient été placés au sol par des oiseaux, les troglodytes mignons.

Passant une main derrière sa tête, elle tira sur la cordelette qui retenait ses cheveux. Tout en le fixant d'un regard intense, elle glissa ses doigts dans la masse volumineuse de sa chevelure mouillée et étonnamment courte.

— Une fois, poursuivit-elle calmement, je t'ai dit que tu pourrais me suivre à la trace, grâce aux petites pierres que j'aurais laissées derrière moi rien que pour toi, comme le troglodyte fait un chemin de cailloux jusqu'à son nid.

Elle avait visiblement connaissance de certaines conversations intimes qu'il avait eues avec Molly, au cours de leur enfance. Peut-être que Molly n'était pas morte tout de suite ; peut-être qu'elle était avec cette fille et qu'elles avaient discuté. Ou alors, l'inconnue était l'enfant sur qui les Comanches avaient tiré une flèche, mais elle avait survécu, alors que Molly était morte !

D'accord, ce n'était pas très rationnel… sa logique ne tenait pas la route. Il faisait tout son possible pour démentir cette femme, sans trouver le moindre argument pour la contredire. Pourtant, s'il acceptait de la croire, son univers entier volerait en éclats.

— Pourquoi tes cheveux sont-ils si courts ? demanda-t-il.

Avec une certaine timidité, elle porta une main aux boucles qui lui arrivaient au-dessus des épaules.

— Quand Elijah m'a trouvée avec le marchand, j'étais dans un sale état. Pour éviter d'autres ennuis, il m'a dit de me couper les cheveux et de me faire passer pour un garçon.

— Cet Elijah, il s'est gardé de te toucher ?

Étrangement, la simple idée du contraire le contrariait.

Elle sourit.

— C'était un vieil homme. Il n'avait plus toute sa tête, mais il avait bon cœur. Il a plutôt été comme un grand-père pour moi.

— Il ne devait pas avoir si bon cœur, s'il t'a retenue captive pendant deux ans !

— Eh bien, il n'avait que l'or et l'argent en tête ; c'est vraiment une obsession, chez certains. Je lui étais redevable de m'avoir sauvée des mains de Torres, mais quand j'ai retrouvé suffisamment de forces pour pouvoir partir, on était perdus au fin fond de la Sierra Madre. Avant de mourir, il m'a dit qu'il m'aiderait à rentrer au Texas … À la fin, il avait l'intention de bien se conduire envers moi.

— Donc, il a fini par mourir et tu es revenue ici ?

— Oui. Pourquoi as-tu autant de mal à croire que c'est moi ?

Il fut surpris de se sentir submergé d'émotions. Il s'éclaircit la gorge et baissa les yeux sur ses bottes usées.

— J'ai cherché Molly jusqu'à épuisement, jusqu'à ne plus pouvoir tenir à cheval.

Toujours debout dans l'encadrement de la porte, il releva les yeux vers elle.

— Je ne vais pas trahir sa mémoire, juste parce que tu débarques du sud en proclamant être revenue d'entre les morts !

Elle secoua la tête avec résignation.

— Dans ce cas, je vais tâcher de dormir un peu. Je suis trop fatiguée pour continuer à discuter avec toi, surtout si tu ne crois pas un mot de ce que je dis.

Elle jeta une couverture mouillée à même le sol et s'allongea contre le mur. Matt s'installa de l'autre côté du feu de cheminée pour garder un œil sur elle. Pourquoi ? Il ne savait pas vraiment. Ses instincts étaient sens dessus dessous.

Elle se servit de son bras comme oreiller et fixa à nouveau Matt de ses yeux bleu vif.

— Tu es marié, Matt ?

— Non.

— Tu n'as pas d'enfants ?

— Non.

— Comment vont tes parents ? Et ton frère, Logan ?

— Plutôt bien, je dirais.

— Tant mieux.

Elle ferma les yeux.

— J'ai si souvent pensé à toi, ajouta-t-elle d'une voix endormie, avant d'ouvrir un œil en souriant. Je me souviens que tu te voyais épouser une dame du monde, tout apprêtée et aussi maline qu'un homme. Je suis contente de voir que ça t'est passé !

Elle referma les yeux et, en un rien de temps, sa respiration trahit son sommeil.

Matt remarqua les légères taches de rousseur autour de son nez. *Molly avait des taches de rousseur.* Il observa sa main posée près de son visage, et ses doigts. Ils ressemblaient à ceux de Molly ; bien qu'ils n'aient rien eu de particulier, ils lui étaient familiers.

Sous les traits de cette femme, ceux de l'enfant lui apparurent peu à peu.

Molly était vivante ! Contre toute probabilité, elle était juste là, devant lui. Un miracle surgi du passé !

Matt n'était pas un grand religieux. Malgré tout, il ne put s'empêcher de croire que Dieu jouait avec son destin et qu'Il devait bien s'amuser.

Il lui envoyait peut-être un message, à travers cette femme allongée à l'autre bout de la pièce : la vie n'était pas ce qu'il croyait. Toutes ses opinions, toutes ses croyances à propos du monde – et de son monde à lui – étaient fausses.

Molly était vivante.

Cette révélation insuffla une bouffée de vie dans l'esprit de Matt. Un souffle plein d'espoir et d'encouragement.

Finalement, la vie valait peut-être la peine d'être vécue.

CHAPITRE QUATRE

Matt se réveilla en sursaut. Le soleil passait au travers des fenêtres crasseuses, illuminant la pièce vide. Des poussières flottaient dans ses rayons obliques. Malgré la présence de Matt et de la jeune femme pendant toute la nuit, la pièce sentait encore le renfermé.

Pas n'importe quelle jeune femme…

Molly.

Il se leva, sortit de sa torpeur et quitta la maison d'un pas déterminé. Il l'aperçut tout de suite qui marchait à flanc de colline, non loin de là. Il souffla un bon coup, soulagé. Il avait craint qu'elle ne soit partie.

Son départ aurait été l'aveu d'une supercherie. Sa présence, puisqu'elle était restée, attestait-elle pour autant de son identité ? Matt ne savait plus où donner de la tête. Il sentait dans ses tripes qu'à partir de maintenant, sa vie ne serait plus jamais la même.

Il ajusta son chapeau pour protéger ses yeux du soleil, avant de la rejoindre sur la colline. Elle se trouvait exactement à l'endroit où il l'avait quittée dix ans plus tôt, là où il l'avait vue vivante pour la dernière fois.

— Il y a un problème ? demanda-t-il.

Elle faisait les cent pas en regardant par terre.

— Non, pas vraiment.

Elle posa ses mains sur ses hanches et soupira.

— Tu ne te souviens pas de l'endroit où je l'ai enterré, par hasard ?

— De quoi parles-tu ? demanda-t-il, refusant toujours de lui donner le moindre indice.

— De mon kit de survie.

Elle le regarda en plissant les yeux et mima la forme d'une boîte.

Il regarda son geste, fasciné par la finesse de ces doigts féminins tannés par le soleil.

— Tu te souviens ? J'étais en train de l'enterrer, le soir de l'attaque. C'était une boîte en métal avec... Bon sang, je ne me souviens même plus de tout ce que j'avais mis à l'intérieur !

— Ouais, s'entendit-il répondre, ça ne m'étonne pas...

Était-il devenu con à ce point ? Il faudrait qu'il pose la question à Nathan. C'était le seul qui lui répondrait franchement.

Dégoûtée, elle se détourna en lui faisant signe de déguerpir.

— Va-t'en, Matt ! Tu ne me sers à rien, en restant là.

Il soupira, essayant de retrouver quelques-unes des bonnes manières que sa mère avait tenté, pendant des années, de leur inculquer, à son frère et à lui.

— Tu devrais chercher sous le petit chêne.

Elle le dévisagea, puis se dirigea vers l'arbuste en broussailles. S'emparant d'un gros caillou, elle se mit à creuser la terre. C'était une étrange réplique de la scène qui s'était déroulée une décennie plus tôt.

Il l'avait trouvée là ; elle s'était échappée en douce de la fête pour venir enterrer son kit de survie. Sa belle robe jaune était toute tachée de terre et, comme elle s'était penchée au-dessus du trou qu'elle creusait avec une pierre pareille à celle d'aujourd'hui, ses boucles brunes s'étaient détachées du ruban assorti à sa tenue. Elle lui avait dit vouloir enterrer la boîte là au cas où les Indiens attaqueraient – les Comanches avaient toujours représenté une menace omniprésente. La mère de Molly, craignant également les Kiowa, au nord, et même les Tonkawa, au sud, avait induit chez ses filles une sorte de paranoïa.

À l'époque déjà, Matt savait que son père et les autres propriétaires de ranchs s'étaient donné beaucoup de mal pour coexister pacifiquement avec les Indiens de la région ; mais personne n'avait réussi à convaincre Molly qu'elle était en sécurité. Et en fin de compte, elle ne l'était pas.

Y repenser, c'était retourner le couteau dans la plaie.

La pierre toucha quelque chose de dur.

— Incroyable, elle est toujours là !

Elle retira la boîte de son étui de terre. Elle en dépoussiéra le dessus, fit bouger le couvercle avec précaution et l'ouvrit.

Matt savait ce qu'il y avait à l'intérieur, car elle le lui avait montré, le soir où elle avait enterré la boîte ; pourtant, il se surprit à regarder par-dessus son épaule. Une boussole, une bouteille d'eau vide, un couteau, des allumettes et des bandes de tissu en cas de blessure. Elle retira le vieux lance-pierre abîmé qui était posé au fond.

— Le troglodyte, murmura-t-elle.

Poussant ce qui restait du contenu sur les bords, elle s'empara d'un morceau de papier plié, puis replaça la fronde.

— Qu'est-ce que c'est ? demanda-t-il.

Elle ferma la boîte et la cala sous son bras, mais garda le papier terni à la main. Elle se leva.

— C'est une lettre que je pensais devoir cacher, à l'époque.

Elle déplia la feuille et se mit à lire tout en rebroussant chemin vers la maison. Il lui emboîta le pas et la percuta quand elle se retourna tout à coup. Le visage grave, elle demanda :

— As-tu découvert qui a tué mes parents ?

— Non.

Ç'avait été une période très éprouvante pour lui, son père, sa mère, les employés du ranch et tous les propriétaires terriens des environs, venus aider à retrouver Molly et les meurtriers de Robert et Rosemary Hart. Les suspects avaient réussi à leur échapper.

— Pas la moindre idée ? insista-t-elle.

— On a traqué les hommes qui ont attaqué le ranch et t'ont enlevée, dit-il. En fin de compte, on n'a rien trouvé.

— Pourtant, je sais que certains d'entre eux ont été tués, quand les Indiens ont lancé l'assaut.

— On n'a retrouvé aucun corps. As-tu reconnu celui qui t'a enlevée ?

Elle secoua la tête, puis sembla hésiter.

— Qu'y a-t-il ? demanda-t-il.

— Pourquoi devrais-je te confier mes suspicions, alors que tu ne crois même pas que je suis Molly ?

Il soutint son regard intense et il sentit, au-delà de ses légers doutes, qu'elle était bien Molly Hart. Il ne saisissait pas le pourquoi du comment ; en la regardant maintenant, sous l'azur étincelant du ciel texan, il entendait murmurer le passé − pas seulement le leur, mais celui de milliers de gens mis à rude épreuve sur ces terres arides − et l'écho de ces vies révolues résonnait dans son cœur et son âme, y ravivant ce qu'il avait ressenti le jour où il avait cru Molly perdue à jamais.

Le corps de Molly avait été recouvert d'une couverture, puis enroulé dedans et posé au sol, aux pieds des hommes et des garçons qui avaient cherché la fillette. La dépouille avait été cruellement traitée. En état de choc, Matt avait quitté la vallée du ranch des Hart. Il avait fini par faire halte sur la crête d'une colline pour voir le soleil se coucher. L'étendue des plaines texanes s'étirait à perte de vue ; un vent violent s'était levé et la fin du jour couchait des ombres noires sur la terre.

C'était comme si les rafales le transperçaient, comme s'il était vidé de son esprit, de son cœur et de ses rêves, morts avec Molly.

Il ouvrit sa main et regarda la croix en or posée sur ses doigts calleux. Le chagrin qu'il s'était efforcé de refouler le submergea, toute la tension dans son ventre céda d'un seul coup et ses jambes se dérobèrent sous lui.

Il tomba à genoux, son corps secoué par d'incontrôlables sanglots. Il maudit

Dieu, les Comanches, et même Robert Hart qui avait emmené ses trois jeunes filles dans un coin aussi paumé. Mais par-dessus tout, il s'en prit à lui-même. Si seulement il était resté avec elle, ce soir-là… elle aurait peut-être encore été vivante aujourd'hui !

Elle *était* vivante.

— Je te crois, dit-il d'une voix inégale. Et ça me pétrifie !

— Pourquoi ?

— Parce que j'aurais dû te trouver. Parce que, pour commencer, tu ne te serais jamais fait kidnapper, si seulement j'étais resté avec toi ce soir-là.

La surprise se dessina sur le visage de Molly.

— Ce qui est arrivé n'était pas de ta faute !

— Peut-être, mais je suis responsable de mes actes. Je ne peux même pas imaginer l'enfer que tu as dû vivre, ces dix dernières années. C'est un miracle que tu aies survécu.

— Il y a bien longtemps que j'ai arrêté de croire aux miracles, répondit-elle d'une petite voix. Survivre au jour le jour est déjà assez difficile comme ça.

— Je ferai tout ce que je pourrai pour t'aider.

Elle le regarda, perplexe.

— Je ne comptais pas sur ton aide.

— Que veux-tu faire ? Où as-tu prévu d'aller ?

Un air résigné passa sur son visage et elle s'assit sur un rocher proche.

— Je n'en sais rien. Je ne me suis pas projetée si loin.

— Ma mère peut t'aider à entrer en contact avec tes sœurs.

Elle hocha la tête.

— Oui, j'aimerais bien.

Elle tripota le papier qu'elle avait dans les mains.

— Qu'y a-t-il dans cette lettre ?

Elle mordilla sa lèvre inférieure sans répondre.

— Est-ce que Davis Walker est encore en vie ? demanda-t-elle.

— Oui. Il tient toujours un ranch dans les environs.

Elle lui tendit la feuille.

Chère Rosemay,

Tu ne peux pas me repousser éternellement. Je sais que tu m'as dit de garder mes distances, mais je ne peux pas. J'ai besoin de te voir, de comprendre pourquoi tu refuses de me voir. Que me caches-tu ?

Davis

Stupéfait, Matt regarda Molly.

— Davis ? Avec ta mère ?

— On dirait.

— Où as-tu trouvé ça ?

— Un après-midi, Davis est venu ici. Je jouais dehors, mais quand je l'ai vu, je me suis cachée. Il a tambouriné à la porte, encore et encore − il était furieux. Ma mère était partie rendre visite à Sarah et à son époux, avec Emma et Mary. Tu te souviens de Sarah ? À une époque, elle aidait maman à s'occuper de nous. Finalement, Davis a renoncé. Avant de partir, il a glissé ça sous la porte.

Il replia la feuille avec précaution.

— Je sais que je n'aurais pas dû, mais je me suis faufilée dans la maison et je l'ai lue. J'étais petite, mais pas si naïve. J'ai su que cette lettre attirerait des ennuis. J'ai décidé de l'enterrer pour que personne, et surtout pas mon père, ne la découvre jamais.

— Tu ne penses pas qu'ils ont continué à se voir, si ? demanda-t-il.

Molly haussa les épaules.

— Je ne sais pas. Mais il y a autre chose. Quand les hommes m'ont enlevée ce soir-là, je me souviens très bien que l'un d'eux a mentionné Davis Walker.

— Comment ça ?!

— Je ne me rappelle pas vraiment le contexte, tout était si effarant ; mais…

Comme elle se tut, il poursuivit à sa place.

— Tu penses que Davis était derrière l'attaque lancée contre ta famille ? Parce qu'il était furieux que ta mère le repousse ?

— Depuis que j'ai appris la mort de mes parents, il y a deux semaines, des images de mon enfance tournent en rond dans ma tête. Alors oui, l'idée m'a traversé l'esprit.

Tout ça ne plaisait pas à Matt. Davis Walker était un ami de son père. Il avait aussi été l'ami de Robert Hart. L'imaginer responsable de la destruction de leurs vies dix ans plus tôt le démoralisait.

— Je dois rejoindre Claire, décréta-t-elle en quittant le rocher sur lequel elle était assise. Elle est allée se renseigner pour moi sur le ranch des Walker, hier.

— Et ensuite, que comptes-tu faire ?

— Découvrir si Walker était vraiment derrière tout ça, dit-elle avec détermination.

— Et s'il l'était ?

— Le lui faire payer.

CHAPITRE CINQ

M att n'aperçut Claire Waters qu'une fois arrivé à sa hauteur. Elle s'était cachée dans une des failles du terrain plat, à huit kilomètres environ de ce qui restait du ranch des Hart. Elle était accroupie près d'un amas de petits chênes et son cheval était attaché dans un méplat dissimulé.

Molly mit pied à terre et se précipita vers Claire.

Deux femmes seules, faisant de leur mieux pour rester hors de vue, hors de portée.

Cette pensée n'arrangea en rien l'humeur maussade de Matt, dans laquelle les révélations de Molly concernant Davis Walker l'avaient plongé. Cependant, Molly était la source même de sa contrariété. Elle lui rappelait ces dix dernières années passées sans elle ; et son incapacité à la protéger.

Quand Claire sortit, hésitante, de là où elle s'était tapie, et que Matt découvrit son jeune et joli visage aux yeux verts qui le fixaient, il jura dans sa barbe. Claire ne devait pas être beaucoup plus vieille que Molly. Cette révélation le surprit. Il l'avait imaginée plus âgée.

Contre toute attente, Molly avait traversé le Texas avec une fille qui aurait pu être sa jumelle. Vulnérables, sans la moindre protection, elles étaient visiblement inconscientes de tout ce qui aurait pu leur arriver. Ces terres, pour ne parler que de ça, regorgeaient de dangers liés au climat et aux créatures peuplant le désert – et Matt ne voulait même pas imaginer la tournure tragique de leur destin, si elles étaient tombées entre les mains des hommes, surtout dans un pays où les femmes se faisaient rares.

— Claire, dit Molly en souriant. Est-ce que tu vas bien ?

La femme hocha la tête, coiffée d'un chapeau aux larges bords. Une natte blonde pendait devant son épaule. Il aurait été difficile de ne pas remarquer son air méfiant.

— Je te présente Matt Ryan. Ne t'inquiète pas, il sait tout. Matt, voici Claire Waters.

Il descendit de cheval en sautant à terre.

— Mademoiselle, la salua-t-il en inclinant légèrement son chapeau.

— Il était au ranch, poursuivit Molly. Tout le monde me croyait morte.

— Vraiment ? demanda-t-elle froidement. C'est pour ça que personne ne t'a jamais cherchée ?

Malgré le calme apparent sur le visage de Claire, Matt sentit la colère de la jeune femme face au sort de son amie. La loyauté qu'elle témoignait à son égard le poussa à revenir sur la première impression qu'il s'était faite d'elle en la voyant.

— Oui, répondit Molly. Il y a eu une certaine confusion, il y a dix ans ; ils ont trouvé le corps d'une autre fillette et l'ont pris pour le mien.

Elle sourit légèrement en jetant un coup d'œil à Matt par-dessus son épaule.

— Il a eu beaucoup de mal à me croire, quand je lui ai dit qui j'étais. Matt était un ami de la famille, quand j'étais petite.

— Tu m'as déjà parlé de lui, je m'en souviens, répondit Claire.

Matt se rappela l'état dans lequel Molly avait apparemment

retrouvé Claire : en sang et couverte de bleus. Elle semblait rétablie, même s'il remarquait une marque rouge et irrégulière le long de son cou.

On ne pouvait faire abstraction des zones d'ombre qui voilaient les yeux de Claire et de Molly. La vie avait dû faire grandir ces filles plus vite que prévu, malgré leur jeune âge. Ce genre de triste réalité, loin d'être rare dans la région, contrariait toujours Matt.

— Je lui ai dit, pour Walker, et il m'a proposé son aide, expliqua Molly.

Claire lança à Molly un regard à la fois interrogateur et sceptique auquel son amie répondit par un hochement de tête.

— Davis Walker est toujours en vie, annonça Claire, mais il n'était pas dans son ranch. Une femme plus âgée que nous, madame Owens, m'a dit qu'il était parti à Forth Worth pour quelques semaines. Elle m'a proposé de dormir sur place, à cause de la tempête. Un seul de ses fils était présent, T.J. Il ne m'a pas appris grand-chose, si ce n'est qu'il voulait partager son lit avec moi.

— T.J. n'a jamais été réputé pour sa délicatesse, rétorqua Matt. Il ne t'a pas harcelée, au moins ?

— Non, répondit Claire. Joey Walker devait rentrer aujourd'hui. Je l'ai raté parce que je ne voulais pas être en retard à notre rendez-vous. L'aîné, Cale, doit sûrement se souvenir mieux que ses frères de ce qui s'est passé il y a dix ans, mais il ne s'est plus pointé au ranch depuis longtemps.

— C'est Cale qui a trouvé le corps, dit Matt à Molly. Il n'a jamais fait allusion à son père, à l'époque, mais il est parti peu de temps après.

— Tu es parti, toi aussi ? demanda Molly.

— Oui.

Il s'en était allé le cœur lourd, cherchant à échapper à tout ce qui, autour de lui, lui rappelait incessamment le destin de Molly.

Il la regarda. Malgré tout ce qu'elle avait enduré, elle se tenait bien droite et pleine d'assurance, ses cheveux à nouveau remontés sous son chapeau. Il se souvint de son tempérament malicieux qu'elle mettait à l'époque au service d'une nature plutôt curieuse et se demanda s'il subsistait encore en elle un peu de l'enfant d'autrefois. Elle était forte, elle avait survécu… À quel prix ?

Matt regarda au loin, vers l'est.

— Cale a rejoint l'armée à peu près en même temps que moi, dit-il, cherchant à y voir plus clair. Mais quelques années après, il est parti de son côté.

— Pour faire quoi ? demanda Molly.

— Il est tantôt tueur à gages, tantôt chasseur de primes. Il est quelque part, dans le coin ; je le croise, de temps à autre. Je peux sûrement le trouver.

— Aucun des fils Ryan ou Walker n'est resté ?

— Il n'y a pas grand-chose ici pour retenir un homme.

Excepté des jours interminables, remplis de souvenirs qu'il valait mieux oublier.

— Cale s'en est bien sorti. Il a le regard vif, la tête sur les épaules et je ne connais pas de meilleur tireur que lui. Joey est doué au tir, lui aussi. Il a fini par rejoindre l'armée, mais il y a quelques années, il est revenu aider son père au ranch. Quant à T.J., il est encore le boulet qu'il a toujours été dans mes souvenirs. Il boit trop et joue souvent. Davis a dû le tirer d'affaire plus d'une fois.

— Et Logan ?

— Qui est Logan ? demanda Claire.

— Mon petit frère, répondit Matt en souriant. Crois-le ou non, Logan a fini shérif. Mais il est revenu l'année dernière pour aider au ranch. Mon père a des problèmes de santé.

— C'est pour ça que tu restes ici ? demanda Molly.

Sa voix le réchauffa comme un bon whisky par une nuit glacée. Spontanément, des visions de lui et de Molly se tenant chaud lors d'une nuit froide lui surgirent à l'esprit.

— En grande partie, confirma-t-il, embarrassé par ses propres pensées, sachant à quel point elles étaient déplacées.

Molly avait toujours vu en lui un grand frère. Les personnes capturées par les Indiens – et en particulier les femmes – étaient souvent considérées comme souillées, quand elles parvenaient à revenir dans leur famille. Molly aurait du fil à retordre, ne serait-ce que pour se réadapter. Il doutait fort qu'elle voie d'un bon œil qu'il lui porte un intérêt loin d'être fraternel.

Il était de son devoir de s'assurer qu'elle bénéficierait de tous les égards. Il devait lui trouver un mari convenable qui ne tiendrait pas compte de ces dix dernières années.

— Je pense qu'on devrait se mettre en route pour le ranch de mes parents.

Il leva les yeux vers le soleil au zénith.

— Il nous faudra encore plusieurs heures avant d'y arriver. Vous y serez en sécurité toutes les deux. Vous pourrez y rester autant que vous le voudrez et dormir dans un lit.

— On ne dort pas si mal, par terre, fit remarquer Claire en rassemblant les rênes de son cheval, avant de se mettre en selle.

— Il y a de meilleures façons de vivre, dit Matt.

— Une vie meilleure… commença Molly, puis elle secoua la tête. La meilleure vie qui soit se résume parfois au fait d'être en vie, tout simplement.

Matt saisit la pure vérité de ses paroles. Que Molly et Claire soient encore vivantes était incroyable.

— Ne t'inquiète pas pour nous, Matt, dit Molly d'une voix plus ferme, avant de se mettre en selle. On sait se débrouiller toutes seules.

Matt ouvrit la marche ; Molly suivait juste derrière, puis Claire. Il allait prendre soin de Molly ; c'était la moindre des choses. Son père étant mort, elle aurait besoin que quelqu'un s'occupe de son état de santé, de sauver sa réputation et de s'assurer que l'homme qu'elle épouserait se conduirait bien avec elle. De plus, il faudrait que quelqu'un veille sur elle, si elle comptait vraiment traquer les hommes qui avaient tué ses parents. Que Molly puisse ne pas attendre tout ça de lui n'était pas la question.

Dix ans plus tôt, il n'avait pas été capable de la sauver ; mais en l'aidant à se construire une nouvelle vie, peut-être qu'il se sentirait moins coupable… et qu'elle pourrait enfin être heureuse.

Malgré la détermination avec laquelle il envisageait ce nouveau but, il se sentait nerveux.

Il devrait faire avec.

CHAPITRE SIX

Quand les trois cavaliers atteignirent le ranch des Ryan, le soleil couchant teintait la terre de ses rayons dorés. En chevauchant sous une arche en fer forgé, Molly lut l'inscription « S.R. Ranch ».

— Ce sont les initiales de qui ? demanda-t-elle à Matt, qui ralentit son cheval pour se mettre à son niveau.

— Ce sont celles de ma mère, Susanna Ryan, répondit-il. Notre bétail est marqué de ses initiales. Tu n'étais jamais venue ici ?

Molly secoua la tête.

— Ma mère n'aimait pas beaucoup parcourir de grandes distances. Je crois qu'elle refusait de s'aventurer à plus de quinze kilomètres à la ronde, alors je ne me souviens pas d'avoir mis les pieds ici.

Un instant plus tard, elle ajouta :

— Ni au ranch des Walker.

— Son exploitation s'est agrandie, ces dernières années, l'informa Matt. Davis possède environ trente mille bêtes, sur vingt mille hectares de terres.

— C'est difficile à imaginer, dit Claire. Quelle taille fait votre ranch ?

— On approche des cinquante mille bœufs. Mon père a étendu le domaine ; il fait maintenant presque trente-deux mille hectares.

— Comment gérez-vous tout ça ? demanda Molly.

Matt regarda autour de lui en souriant.

— Les propriétaires de ranch parlent ces temps-ci de clôturer leurs terres à l'aide d'un nouveau matériau appelé fil barbelé, mais mon vieux n'est pas si convaincu. Ça protégerait le bétail du vol et montrerait aux intrus les limites du domaine privé, mais les grands espaces ouverts ont quelque chose de spécial… on n'a pas envie de les délimiter.

Ils arrivèrent devant une grande maison à deux étages. La façade blanchie à la chaux de cette bâtisse principale contrastait avec l'herbe tendre et printanière qui l'entourait. De grands peupliers longeaient le porche qui s'étendait sur toute la longueur de la maison, jusqu'au baraquement des travailleurs, sur la droite. Deux enclos à bétail, un grand et un plus petit, contenaient une douzaine de chevaux, au pied d'une grange immense. Il y en avait d'autres un peu plus loin, au sud, et encore des bâtiments en bois.

Le ranch des Ryan paraissait gigantesque, fourmillant d'hommes à cheval ou à pied. Molly contemplait la scène. Habituée à être seule, elle se sentait un peu submergée.

Pourtant, elle sentit quelque chose naître en elle, l'envie d'avoir des racines, une vraie maison, de se sentir en sécurité ; et quelque part dans un coin de sa tête et dans les désirs inavoués de son cœur, elle rêvait aussi d'avoir une famille.

Elle fut distraite par la présence de Matt à ses côtés. Jetant un coup d'œil vers lui, elle se dit qu'elle ne voulait plus être seule… et qu'elle aimerait avoir des enfants. Et pour ça, elle aurait besoin d'un mari, n'est-ce pas ?

Cette pensée la surprit. Si elle avait voulu se marier, elle aurait pu tout simplement supplier Bull Runner de la garder avec les Comanches et de donner sa main à Snake Eater. Elle ignorait les tenants et les aboutissants des relations entre les hommes et les femmes, mais elle était certaine d'une chose : épouser Snake Eater l'aurait conduite à vivre dans un univers encore plus restreint. De plus, elle n'avait pas trouvé le guerrier comanche particulièrement attirant, malgré les émois que son joli visage provoquait chez les femmes de la tribu.

Matt.

Enfant, Molly avait nourri le rêve de l'épouser. Son espoir candide et innocent, né de son affection pour lui, avait été stimulé par les taquineries de sa sœur Mary. Cependant, elle n'était alors qu'une petite fille et lui déjà presque un homme. Elle s'était résignée au caractère improbable d'un tel destin.

Mais maintenant… ? L'idée de l'épouser semblait un peu fantaisiste ; cependant, elle ne pouvait s'empêcher d'espérer qu'ils redeviennent amis, même si Matt, l'ayant crue morte pendant toutes ces années, ne semblait pas encore totalement convaincu de son identité. Tout portait à croire qu'entre eux deux, les choses ne seraient plus jamais comme avant.

Des larmes lui brûlèrent tout à coup les yeux. Rien ne serait plus jamais comme avant. Elle refoula son envie de pleurer en clignant fortement des paupières.

Matt mit pied à terre et se tourna vers elle.

— Tu vas bien ? demanda-t-il en s'approchant pour tenir sa jument.

Molly toussa en regardant ses mains.

— Oui. J'ai de la poussière dans les yeux, c'est tout.

Elle descendit de cheval et Claire en fit autant. Un homme robuste contourna la maison et s'approcha d'eux ; une barbe grise lui couvrait la moitié du visage.

— Salut, Matt ! On s'demandait où donc t'étais passé, hier soir !

— J'ai été retenu à cause de la tempête, Dawson. P'pa est dans le coin ?

Dawson regarda les filles en plissant les yeux et sourit.

— Il est parti jeter un œil au troupeau, sur le plateau nord. Ta mère est dans la maison.

— Merci. Molly, Claire, voici Randall Dawson, notre contremaître.

— Enchanté, mesdemoiselles ! Appelez-moi simplement Dawson !

Molly sourit, ravie de cette distraction. Une femme sortit de la maison.

— Matthew ? Je pensais bien avoir entendu ta voix.

Elle s'arrêta net.

— J'ignorais que tu avais des invitées…, dit-elle, commentaire immédiatement suivi d'une expression de ravissement.

Molly n'avait qu'un vague souvenir de la mère de Matt, ne l'ayant vue que peu de fois.

Elle était grande, élancée et étonnamment féminine pour une femme vivant sur des terres aussi rudes. Son fils lui ressemblait ; ils avaient tous les deux un nez long et fin, la même légère inclinaison des yeux, et des cheveux bruns — même si ceux de la mère étaient saupoudrés de gris et remontés sur sa tête en chignon.

— Je vais faire les présentations, dit Matt en invitant Molly et Claire à le précéder pour se diriger vers la maison. Entrons d'abord !

— Il y a un problème ? lui demanda sa mère.

— Non, mais il vaut peut-être mieux que tu sois assise.

Sa mère fronça légèrement les sourcils et s'adressa directement à Molly et à Claire :

— Malgré le comportement étrange de Matthew, soyez toutes les deux les bienvenues !

— Merci, madame Ryan, répondit Molly.

La mère de Matt lui sourit.

— Vous me rappelez quelqu'un…

Matt les conduisit dans la maison, jusqu'à un salon spacieux. Un canapé capitonné bordeaux aux pieds tournés faisait face à deux fauteuils rembourrés de la même couleur, et une grande cheminée en pierres s'étirait sur le mur opposé. Le décor, rustique et masculin, plut à Molly.

Elle ôta son chapeau en même temps que Claire et prit soudain conscience de son apparence ; elle devait paraître bien crasseuse, avec des vêtements usés par toutes ses chevauchées. Elle fut éberluée de voir à quel point les cheveux de Claire brillaient, alors qu'ils étaient aussi sales et défraîchis que les siens. Ses boucles blondes, rassemblées dans son dos en une seule et même natte, luisaient dans la lumière pâle que diffusaient deux lampes à pétrole posées sur une tablette, au-dessus de la cheminée. On pouvait voir la clarté du jour décliner à toute vitesse par la grande fenêtre donnant sur le porche.

Matt jeta son chapeau sur une console, puis fit un geste vers Claire, l'invitant à s'asseoir dans le large canapé.

— Voici Claire Waters.

— Ravie de vous rencontrer, m'dame, dit Claire, semblant visiblement assez mal à l'aise.

— Je vous en prie, appelez-moi Susanna. Comment connaissez-vous Matthew, toutes les deux ?

Molly s'assit à côté de son amie, qui interrogeait Matt du regard.

— C'est une histoire un peu hors du commun, intervint Matt.

Il fixa Molly, qui se sentit tout à coup nerveuse. Tout le monde avait changé, en dix ans — et elle plus que quiconque. Ce retour sur ces terres s'avérait bien plus embarrassant que ce qu'elle avait imaginé.

— Tu te souviens de l'assassinat des Hart ? demanda Matt à sa mère.

— Évidemment que je m'en souviens !

Une expression de douleur passa sur son visage.

— Et quand Cale a retrouvé le corps de Molly ?

— Oui. Pourquoi reparles-tu de cette histoire ?

— Apparemment, nous avons fait fausse route. Ce n'est pas Molly que Cale a trouvée.

Susanna regarda son fils, confuse.

—Je ne comprends pas.

— Elle est toujours en vie.

Après un temps d'hésitation, il ajouta :

— C'est *elle*, Molly.

Susanna se tourna vers elle et se figea, stupéfaite.

— Mon Dieu… ! souffla-t-elle doucement.

Ne sachant pas quoi faire, Molly resta immobile elle aussi. Devait-elle apporter des preuves ? Fallait-il qu'elle raconte à la mère de Matt une histoire du passé pour la convaincre de son identité ? Cependant, rien ne lui venait à l'esprit.

— Bien sûr ! finit par dire Susanna. Tu ressembles tellement à ta mère !

Des larmes lui montèrent aux yeux. Elle se leva et traversa la pièce.

— Molly, ma chère enfant !

Molly se leva spontanément et Susanna la prit dans ses bras.

— C'est incroyable ! dit-elle d'une voix chargée d'émotions. C'est un miracle ! On a été effondrés par ce qui est arrivé – et particulièrement de t'avoir perdue, *toi* !

Elle fit un pas en arrière et toucha doucement le visage de Molly.

Molly lui adressa un sourire timide, ne sachant pas vraiment comment réagir.

— Qu'est-il advenu de toi ? demanda Susanna.

Molly jeta un coup d'œil à Matt, dont le regard était impénétrable.

— C'est à toi de voir ce que tu veux raconter ou non, dit-il calmement.

Molly inspira profondément et se lança :

— J'ai été enlevée par les hommes qui ont attaqué le ranch, cette nuit-là. Plus loin, ils ont été agressés par un groupe de Comanches qui m'ont prise avec eux. Il y avait une autre fille avec nous, à peu près du même âge que moi. C'est elle qu'ils ont tuée ; mais vous avez apparemment tous cru que c'était moi.

— Oh, Molly… ! dit Susanna d'un ton plein de pitié. Tu étais avec les Comanches, tout ce temps ?

— Pendant quelques années ; puis ils m'ont vendue à un marchand qui m'a ensuite vendue à un chercheur d'or. Je suis restée deux ans avec lui. Je n'ai été capable de revenir ici que très récemment. J'ai appris la mort de mes parents il y a deux semaines seulement.

— Je suis tellement désolée, murmura Susanna. Je n'arrive pas à y croire… Comment Matthew t'a-t-il retrouvée ?

— Elle était au ranch des Hart, hier.

Susanna dévisagea son fils.

— C'est incroyable !

Elle se retourna vers Molly.

— Je n'imagine même pas ce que tu as dû traverser. Tu dois être épuisée. Laissez-moi vous installer toutes les deux, proposa-t-elle en incluant Claire d'un regard.

— Merci beaucoup pour votre hospitalité, dit Molly.

— Je vais retrouver p'pa, décida Matt. Logan est dans le coin ?

— Non. Il est parti patrouiller du côté de la frontière sud. Je ne sais pas exactement quand il rentrera – ni s'il rentrera ce soir.

Matt attrapa son chapeau et se dirigea vers la porte d'entrée.

— Ne nous attendez pas pour dîner. Je suis sûr que Molly et Claire n'ont pas fait un vrai repas depuis longtemps.

Il échangea un regard avec Molly, puis disparut. Elle aurait souhaité qu'il reste, même si ce désir était irrationnel.

Fatiguée et affamée, elle se faisait une joie à l'idée de dormir dans un vrai lit. Ça ne lui était pas arrivé depuis si longtemps ! Depuis dix ans, précisément.

———

MOLLY ENTENDIT TOQUER DOUCEMENT à la porte de la chambre. Elle ouvrit.

— Je t'ai apporté une chemise de nuit et des vêtements de rechange, dit Susanna en lui tendant les affaires.

— Merci.

Molly retourna au centre de la pièce.

— Et merci de nous permettre de passer la nuit chez vous.

Susanna entra dans la chambre et se mit à préparer le lit.

— Tu peux rester aussi longtemps que tu voudras. Claire également. D'ici quelques jours, les travaux de rénovation des chambres à l'étage devraient être terminés ; vous pourrez vous y installer.

Elle tapota les oreillers.

— Comment as-tu rencontré Claire ?

— Près d'Albuquerque, il y a quelques mois.

Molly n'en dit pas plus ; Claire n'avait peut-être pas envie que tout le monde connaisse les détails.

— Il est arrivé quelque chose à cette pauvre petite, déduisit Susanna en finissant de faire le lit. Je n'ose pas imaginer quoi.

Elle traversa la chambre pour fermer les rideaux marron qui habillaient l'unique fenêtre.

Il y avait une baignoire dans la pièce et de la vapeur s'en échappait. Molly avait hâte de profiter d'un tel luxe. Une fois de plus, elle jeta un coup d'œil autour d'elle. C'était une chambre de garçon ; celle de Matt, précisément. Susanna avait insisté pour qu'elle s'y installe, disant qu'il pourrait dormir ailleurs et n'y verrait pas d'inconvénient. Claire occupait la chambre de Logan, juste à côté.

— Je ne te dérange pas plus, dit Susanna. Tu peux prendre un bain et te reposer un peu. Claire s'est déjà endormie.

— Je me demandais si vous saviez quelque chose, à propos de mes sœurs.

Elle avait partagé un rapide souper avec Claire et Susanna, mais personne n'avait beaucoup parlé. Molly avait été bien trop concentrée sur le repas – un simple ragoût avec du pain chaud – pour se soucier de faire la conversation. Ça faisait si longtemps qu'elle n'avait pas mangé un aussi bon plat mijoté ! Le parfum qui s'en dégageait était la meilleure odeur qu'elle ait respirée depuis les biscuits à la cannelle que sa mère lui préparait quand elle était petite. Un simple coup d'œil à Claire lui avait appris que son amie était dans le même état d'extase.

Molly avait été un peu gênée de se goinfrer, mais Susanna n'avait pas fait le moindre commentaire. Elle s'était contentée de les resservir en leur distribuant plusieurs tranches de pain supplémentaires, puis insista pour leur faire couler un bain et leur conseilla une bonne nuit de repos.

— Oh, mon Dieu, bien sûr que oui ! Je suis désolée de ne pas t'en avoir parlé plus tôt.

Susanna prit les mains de Molly et la fit s'asseoir au bord du lit.

— Matt m'a dit qu'elles étaient parties vivre à San Francisco chez ma tante Catherine.

— Oui. Et Catherine a eu la gentillesse de nous donner des nouvelles régulièrement. À vrai dire, je les aurais bien gardées avec nous, tes sœurs ; mais Catherine a insisté pour qu'elles quittent le Texas. Elle trouvait que ce n'était pas un endroit convenable où grandir.

Susanna se tut un instant.

— Elle avait raison, évidemment. Elle avait bien mieux à leur offrir. Mary doit avoir vingt-quatre ans, aujourd'hui. Elle s'est mariée il y a quatre ou cinq ans. J'aurais aimé aller à la cérémonie, Jonathan était prêt à m'y accompagner, or tout s'est déroulé trop vite ; on a manqué de temps. Son mari tient un ranch près de Tucson, dans l'Arizona. Ils ont eu un enfant peu de temps après la noce. Catherine n'y a pas fait allusion, mais ça peut expliquer le mariage précipité.

Molly ne put cacher sa stupéfaction.

— Mary ?!

— Oui, Mary, dit Susanna en riant. J'avoue avoir été surprise, moi aussi. Elle était tellement attachée aux règles et aux apparences !

— Elle a eu un fils ou une fille ?

— Un fils. Et une fille aussi, qui doit avoir à peu près trois ans, maintenant. Mary m'a écrit il y a quelques mois. Elle attend un autre enfant ; elle a l'air d'aller bien. Son mari s'appelle Tom Simms et ils ont l'air très heureux. Apprendre que tu es vivante va lui faire un choc, Molly, comme à nous tous. Mais je sais qu'elle voudra te voir au plus vite.

Molly hocha la tête. Elle avait donc un neveu, une nièce, et un autre bébé était en route… Ça lui faisait chaud au cœur.

— Il faudra que je trouve le moyen de lui rendre visite.

— On pourra lui écrire demain, dit Susanna. Quant à Emma, elle vit toujours chez ta tante. Elle doit avoir dix-huit ans, à l'heure qu'il est. D'après les lettres de Catherine, Emma a été une enfant difficile. À une époque, ta tante s'est fait beaucoup de souci pour elle — ta sœur s'était beaucoup renfermée. La dernière lettre que j'ai reçue dit qu'elle va mieux. Apparemment, elle fait preuve d'une grande détermination, à présent. Comme toi auparavant…

Molly sourit de voir une étincelle malicieuse dans les yeux de Susanna.

— D'après ta tante, Emma est très jolie ; mais elle ne s'intéresse pas plus que ça aux hommes qui leur rendent visite. Elle aurait développé un côté nomade et je ne pense pas que ta tante ait le bon tempérament pour accueillir ce genre de prédispositions. J'ai suggéré à Catherine de nous l'envoyer pour qu'elle passe un moment ici. Évidemment, maintenant que tu es là, je ne doute pas qu'Emma voudra revenir. On leur écrira demain également.

— Merci beaucoup, vraiment.

— Tu n'as pas à me remercier. Que tu sois en vie est un tel miracle ! Je n'en reviens toujours pas.

Susanna la serra contre elle.

— Tu devrais te laver et aller te coucher. On pourra discuter plus longuement demain.

La mère de Matt quitta la pièce, et Molly se sentit gagnée par

41

une profonde fatigue. Elle se déshabilla rapidement, prit un bain et revêtit la longue chemise de nuit que lui avait prêtée Susanna.

Après avoir déambulé un moment dans la chambre ainsi vêtue, Molly la trouva trop encombrante à son goût et entreprit de dénicher autre chose à se mettre dans les affaires de Matt. Elle trouva une chemise blanche qu'elle enfila rapidement, avant de la boutonner entièrement. Elle avait son odeur ; tout comme le lit : un puissant mélange de musc, de cuir et de savon. Quand Molly s'assoupit, ce fut comme si elle était couchée juste à côté de lui.

Cette impression était aussi réconfortante que perturbante.

CHAPITRE SEPT

Un hurlement réveilla Molly en sursaut. Elle resta pétrifiée un instant, les yeux écarquillés dans le noir – dans la chambre de Matt, se souvint-elle. Puis elle se rappela le cri de femme. Claire !

Molly rejeta les couvertures, sauta du lit et se précipita dans le couloir. La vue d'un homme grand, musclé et à moitié nu la coupa net dans son élan. Claire se tenait dans l'encadrement de la porte de la chambre voisine ; elle portait une longue chemise de nuit blanche de Susanna et serrait une couverture contre sa poitrine. Ses cheveux blonds dégringolaient autour de ses épaules, encadrant son visage tout rouge. Molly dévisagea l'homme devant elle.

Soudain, elle le reconnut ; c'était Logan, le petit frère de Matt. Il n'était pas aussi grand que lui, mais ses cheveux bruns et les traits caractéristiques de son visage trahissaient son appartenance à la famille Ryan.

— Ça t'embêterait de me dire pourquoi il y a une fille dans mon lit ? demanda Logan d'une voix étouffée et contrariée.

Molly fit un bond en prenant conscience que Matt se tenait derrière elle. Quand elle se retourna vers lui, elle eut le souffle coupé et son pouls s'emballa. Torse nu lui aussi, il avait visiblement enfilé un pantalon à la va-vite, à en croire le bouton encore ouvert à sa taille. Cependant, tandis que la nudité de Logan avait simplement surpris Molly, celle de Matt la troubla littéralement.

Il n'y avait pas un gramme de graisse sur tout son corps, et les muscles aux lignes pures de ses épaules étaient harmonieusement tendus. Les poils de sa poitrine formaient une toison sombre qui s'étirait en V, avant de disparaître derrière le bouton défait de son pantalon. Son ventre était plat et musclé. La dépassant d'une tête, il se tenait si près d'elle qu'en abaissant le revolver qu'il avait dégainé à la hâte, il lui frôla le bras. Ce bref contact la fit frémir.

— M'man pensait que tu ne rentrerais pas cette nuit, dit Matt dont le timbre de voix ajouta au trouble de Molly. Je te présente Claire Waters. Claire, voici mon frère, Logan.

Molly parvint enfin à parler.

— Claire, est-ce que tu vas bien ?

— Oui, répondit-elle avant de jeter un coup d'œil vers Logan. Il m'a surprise, c'est tout.

— Donc, il y en a une aussi dans ton lit ! M'man n'a rien trouvé de mieux pour jouer les entremetteuses ? demanda Logan, mais sa voix s'était radoucie, tandis qu'il regardait Claire à nouveau.

— C'est une longue histoire, répondit Matt. Prends ton sac de couchage ! Tu dors à l'étage avec moi.

Molly avait une conscience accrue de la présence de Matt. Il se tenait trop près d'elle ; beaucoup trop près. Elle pouvait jauger, dans le couloir obscur, la distance qui séparait Claire et Logan : il y avait au moins un mètre… alors que Matt n'était pas à plus de dix centimètres d'elle. Elle se sentit soudain gênée d'être nue sous la fine chemise qu'elle portait.

— Désolé, Claire, dit Matt. Molly, tu peux aller te recoucher. J'expliquerai tout à Logan.

Il fit enfin un pas en arrière et elle risqua un autre coup d'œil vers lui. Malgré la pénombre, elle remarqua la lueur brûlant dans son regard. Pourtant, son visage et sa posture affichaient une inébranlable détermination. Molly ressentit le grand effort de retenue dont il faisait preuve.

Il paraissait menaçant, dans l'atmosphère intime qui régnait dans le couloir dépourvu d'éclairage. Il tangua légèrement d'un pied sur l'autre et ses larges épaules se crispèrent. Molly frémit et perçut une lourdeur dans son bas ventre.

Si Logan et Claire n'avaient pas été là, elle l'aurait sûrement touché. Malgré leur présence, il lui fallut monopoliser toute sa volonté pour s'empêcher de caresser son torse du bout des doigts. Bien qu'incapable de l'expliquer, elle était certaine de pouvoir apaiser la tension de ce corps.

Molly fit un effort pour hocher la tête.

— Bonne nuit, murmura-t-elle en retournant dans la chambre de Matt.

La dernière chose qu'elle vit, avant de refermer la porte derrière elle, fut le regard de Matt, entièrement focalisé sur elle. Adossée de l'autre côté de la porte, le souffle court, elle en tremblait encore. Tout cet incident l'avait secouée. Avait-elle rêvé la façon dont Matt l'avait regardée ? De manière inattendue, l'attraction qu'elle éprouvait envers lui était devenue de plus en plus forte. Il n'était plus le jeune homme de dix-sept ans qu'elle avait connu par le passé. Il était plus âgé, plus distant, mais bien plus désirable !

Elle ne rêvait pas… elle ne l'avait pas laissé indifférent dans le couloir, ç'avait été palpable, évident ; l'espace entre eux s'était rempli d'une sorte d'électricité, comme si une tempête se préparait, menaçant d'inonder les terres alentour. Tout ça avait provoqué en elle quelque chose de totalement inconnu, un désir presque douloureux.

Ce qui avait trait à la féminité lui avait échappé, ces dernières années. Elijah avait été loin de lui fournir un bon modèle. Elle se sentait désorientée et ne savait pas du tout comment gérer la situation avec Matt.

Elle retourna se coucher, sans pouvoir retrouver le sommeil, évidemment.

MATT REBROUSSA chemin jusqu'au salon où il avait essayé de dormir un peu. Il replaça son revolver dans son étui, puis se laissa tomber dans le canapé. Il se frotta les yeux avec la paume de sa main droite ; un bref contact avec sa joue lui rappela qu'il devait se raser, mais ce qu'il avait vraiment besoin de faire, c'était de piquer une bonne tête dans un ruisseau glacé ! Dommage que la Red River soit à plus de quinze kilomètres au nord…

Il savait malgré tout qu'une longue chevauchée et une nage en eau froide n'auraient pas pu effacer de son esprit l'image de Molly se précipitant hors de sa chambre, uniquement vêtue d'une chemise à lui, son visage aux traits d'une remarquable finesse encadré par ses cheveux sombres ébouriffés.

Son regard embué et sa voix rauque l'avaient presque mis à genoux. Quand elle s'était retournée, il avait été sur le point de jeter toute sa bonne volonté par la fenêtre … Sous le tissu fin de la chemise, la réaction de son corps à leur promiscuité avait été flagrante. Il revoyait dans sa tête la silhouette sombre de ses seins à travers la blancheur du vêtement. Seule la présence des autres l'avait retenu de la toucher ; et encore, difficilement !

Matt tenta de ramener au premier plan de sa mémoire la petite Molly de neuf ans – mignonnette, innocente et enjouée – qui n'aurait évoqué chez lui que des sentiments fraternels. En vain. Rien d'autre ne lui vint à l'esprit que les longues jambes fines soutenant le reste d'un corps loin d'avoir encore neuf ans, et à peine dissimulé sous un léger tissu blanc.

— Je ne vois pas pourquoi c'est toi qui prendrais le canapé, dit Logan en entrant dans la pièce, avant de jeter son sac de couchage par terre.

— J'étais là le premier. Alors dis bonjour au plancher ! Je te raconterai tout demain.

— Tu rêves ! Je suis trop curieux, maintenant ! En plus, il va me falloir un moment pour me remettre d'être tombé sur Claire…

Matt le regarda en fronçant les sourcils.

— Tu ne lui as pas manqué de respect, au moins ?

Logan répondit en riant :

— Sauf si elle s'est offusquée de me voir dans toute ma splendeur !

— Bon Dieu, dit Matt d'un ton las, tu étais tout nu !

— Nu comme un vers ! confirma Logan avec un grand sourire qui le fit paraître bien plus jeune qu'il ne l'était, du haut de ses vingt-cinq ans. Je ne pense pas que Claire ait une grande expérience des hommes, mais elle ne s'est ni enfuie ni évanouie, c'est déjà ça ! Je n'avais jamais vu une femme réagir aussi vite. Quand j'ai voulu me coucher, elle m'a balancé un coup en pleine poitrine avec la plante délicate de son petit pied. Un peu plus bas et je ne serais probablement pas en train de parler, à l'heure qu'il est !

Logan s'installa dans un des fauteuils et se toucha le haut du torse en grimaçant légèrement.

— Vas-y mollo avec elle, ordonna Matt. Je pense qu'elle en a bavé.

— Comment ça ?

— Je ne sais vraiment pas grand-chose, si ce n'est qu'elle s'était fait tabasser quand Molly l'a trouvée près d'Albuquerque, il y a quelques mois.

Logan resta pensif un moment ; son attitude avait changé instantanément.

— Les enfoirés qui ont fait ça ont été arrêtés ? demanda-t-il d'un ton glacial.

— Je n'en sais rien.

Matt observa son jeune frère. Derrière son apparente décontraction se cachait un homme déterminé. Matt ne connaissait personne ayant le même sens inné de la justice que Logan ; pas étonnant qu'il soit devenu shérif ! Sa réputation était connue de tous − il était le genre d'homme à faire le boulot, quoi qu'il lui en coûte. De plus, pour ce qui était de remonter une piste, Logan était aussi compétent que Nathan ou que Matt lui-même.

Les garçons avaient appris l'art de la survie et de la chasse auprès de Joseph Running Bear, un vieux Kiowa grincheux qui avait travaillé au ranch des Ryan, quand ils s'étaient installés au Texas. Ils avaient appris bien plus sur l'environnement et les créatures qui le peuplaient − hommes compris − auprès d'oncle Joe, que tout seuls au cours de ces dix dernières années.

À la mort du vieil Indien, quelques années plus tôt, Matt avait perdu presque un père, un homme comme on en croisait peu. Il se demandait toujours pourquoi Joe avait quitté les Kiowa, mais le vieil homme avait obstinément refusé d'en parler. Il devait encore s'agir d'une histoire tragique. Sur ces terres, le malheur semblait toucher quasiment tout le monde, à un moment ou à un autre.

Matt jeta un coup d'œil à son frère. Logan était soudainement revenu de Virginia City un an plus tôt, annonçant qu'il comptait rester au ranch pour donner un coup de main. Matt ne lui avait jamais demandé pourquoi, mais il s'était sûrement passé quelque chose, pour que Logan abandonne son poste de shérif aussi facilement.

Les frères passaient du temps ensemble, ces derniers mois, ce qui ne leur était pas arrivé depuis des années. Logan pouvait se montrer particulièrement charmant, cachant sous sa désinvolture apparente la volonté de travailler dur et de ne laisser personne l'approcher de trop près. En cela, Matt lui ressemblait.

Il n'avait pas souvenir d'avoir vu Logan s'intéresser à une femme. Bon, Matt n'en avait jamais ramené une à la maison, lui non plus, parce qu'il n'était jamais resté assez longtemps au même endroit pour nouer des liens sérieux.

Mais aujourd'hui, il avait fait entrer une fille chez ses parents ; même deux, en fait, et l'une d'elles était en train de le chambouler comme il l'avait rarement été. Il fallait vraiment qu'il se reprenne, car il était de son devoir de protéger Molly des hommes comme lui, pas de lui courir après !

— Qui est Molly ? demanda Logan. Comment ces filles sont-elles arrivées ici ?

— Tu vas avoir du mal à le croire, dit doucement Matt. C'est Molly Hart.

— Molly Hart ? répéta Logan, visiblement confus. Tu parles de Molly Hart… qui a été assassinée il y a dix ans ?

Matt hocha lentement la tête.

— Comment est-ce possible ?! demanda Logan, incrédule.

— Je vais te dire ce que je sais, mais garde-le pour toi. Je doute que Molly ait envie que son passé s'ébruite.

Matt avait tout raconté à son père un peu plus tôt dans la soirée, estimant qu'il devait être mis au courant, et il allait maintenant confier toute l'histoire à Logan, parce qu'il pouvait compter sur lui pour tenir sa langue. La haine envers les Indiens était toujours profondément ancrée dans cette partie du Texas, même si les Comanches et les Kiowas ne représentaient plus une menace. Parfois, ce dégoût entachait les anciens captifs qui tentaient de vivre à nouveau dans leur communauté.

Matt avait du mal à comprendre ce phénomène. Les personnes faites prisonnières revenaient souvent mal en point, autant physiquement que psychiquement. Quand leur famille et leurs amis, qui avaient désespérément souhaité leur retour, n'arrivaient pas à les accepter après tout ce qui leur était arrivé − surtout quand il s'agissait de femmes −, ça ne les aidait pas !

Lorsque Matt eut fini de raconter l'histoire du retour de Molly d'entre les morts, Logan secoua la tête, ébahi.

— Mieux vaut une selle vide qu'un méchant cavalier, dit Logan.

Matt le regarda, perplexe.

— C'est ce que je me suis toujours dit, concernant Davis Walker, expliqua Logan. Il était cruel envers ses chevaux. Quelqu'un aurait dû s'en mêler depuis longtemps. Je suppose que

Cale, Joey et T.J. avaient d'autres choses à faire que de remettre leur père à sa place.

— Je reconnais que Walker n'est pas un citoyen modèle, mais aucun d'entre nous n'est un saint, dans la région.

— Parle pour toi ! rétorqua Logan avec un grand sourire.

— Côté vertu, j'avoue que tu n'es pas mal placé ! admit Matt, avant d'ajouter, plus sérieusement : la grande question, c'est pourquoi ? Pourquoi Davis Walker aurait envoyé des types attaquer les Hart, les tuer et enlever Molly ? Le fait qu'il en pinçait prétendument pour la mère est le seul mobile qu'on puisse lui prêter.

— Ça me semble une motivation suffisante. J'ai vu des crimes encore plus terribles être commis pour bien moins que ça !

— Ouais, dit Matt d'un ton las. Moi aussi.

Seulement, il détestait l'idée que Walker ait pu faire ça. L'envisager devait être pénible pour son père aussi.

— As-tu déjà parlé à p'pa ? demanda Logan.

— Oui, tout à l'heure. Il ne voit encore aucune explication possible. Il veut en parler avec m'man. Il pense qu'elle se souviendra peut-être de quelque chose. Il dit aussi que Davis n'a plus jamais été le même, après la mort de sa femme, à l'accouchement.

— À la naissance de T.J. ? demanda Logan en haussant un sourcil.

Matt acquiesça.

— Ah, celui-là… J'imagine que ça explique sa tendance à n'en faire qu'à sa tête ! Sa mère n'était pas là pour le corriger.

— Sa tête de pioche est sûrement sa meilleure qualité, rétorqua Matt d'un air sombre.

— Plus grand-chose ne me surprend, ces derniers temps, mais là, on peut dire que tu m'as coupé la chique !

— Faudrait qu'on dorme un peu, conclut Matt en s'étirant sur le canapé. On décidera de la marche à suivre demain.

Logan soupira.

— Quelque chose me dit que je ne suis pas près de retrouver mon lit. On devrait s'installer dans le dortoir, en attendant que m'man finisse de rénover les chambres de l'étage.

— Tu te ramollis, avec l'âge ?

— Non, je suis juste réaliste. Tu n'as pas remarqué qu'il y a deux jeunes et jolies filles dans nos lits, en ce moment ?

— Ne t'approche pas de Molly.

La voix de Matt était placide, mais il y sourdait une menace tacite. Il n'avait pas pris conscience d'éprouver envers elle un tel sentiment de possessivité, avant que ces paroles ne lui échappent. Inspirant profondément pour retrouver son calme, il ajouta :

— Pardon, c'est sorti tout seul. Mais je pense qu'on devrait veiller sur elle jusqu'à ce qu'elle s'installe quelque part. On doit pouvoir lui trouver, dans les ranchs des environs, un mari convenable parmi les jeunes travailleurs.

Logan haussa un sourcil.

— Tu veux lui trouver un mari ? demanda-t-il en riant. Depuis quand es-tu devenu ange gardien ? Parce que tu ne la regardais pas comme un ange, tout à l'heure, tu peux me croire !

Logan avait toujours une voix traînante, quand il parlait gentiment, mais il pouvait soudainement vous prendre de court, au moment le plus inattendu.

— Qu'est-ce que tu sous-entends ?

— Rien, répondit Logan en haussant les épaules. Mais je ne suis pas aveugle et je suis sûr que toi non plus. Je l'ai vue, tout à l'heure, seulement vêtue d'une de tes chemises. Tu veux lui trouver un mari ? Je pense que ça ne sera pas difficile… mais tu devrais d'abord être certain de ce que *tu* veux, avant de vouloir décider de sa vie !

— Ce que je veux n'est pas la question. Elle a vécu un enfer. J'ai bien l'intention de veiller à ce que sa vie prenne une meilleure tournure, à partir de maintenant.

— Je crois que ça va me plaire, dit Logan en s'allongeant par terre.

— Qu'est-ce qui va te plaire ?

Logan se remit à rire.

— Te regarder jouer les entremetteurs.

— Dors !

Son frère pouffa une dernière fois, puis la pièce plongea dans le silence.

CHAPITRE HUIT

Quand Molly se réveilla, le soleil brillait par la fenêtre. La veille, elle avait eu du mal à trouver le sommeil à cause de l'effet que lui avait fait Matt dans le couloir, mais aussi parce qu'elle n'avait plus dormi dans un lit depuis dix ans. C'était franchement trop mou ! Au petit jour, ayant fini par jeter une couverture à même le parquet, elle avait enfin pu dormir.

Le souvenir de ses rêves lui revint à l'esprit : elle était au ranch de ses parents, avant la nuit où sa vie avait basculé en un claquement de doigts. C'était un après-midi ensoleillé ; elle se tenait à côté de l'enclos à bétail, près d'Emma. Les boucles sombres des cheveux de sa sœur étaient si belles dans la lumière du soleil que Molly n'avait pas résisté à l'envie de les enrouler autour de son doigt.

« C'est si bon de te revoir, Emma ! »

Sa sœur lui avait souri et une de ses joues s'était creusée d'une fossette qui apparaissait toujours quand elle était vraiment contente. Ce sourire avait réchauffé le cœur de Molly. Puis un cavalier était apparu dans le corral. C'était Matt ; il débourrait un cheval. Seulement, dans le rêve, il n'était pas tout jeune, comme à l'époque. Il avait le même âge qu'aujourd'hui.

Le souvenir de ce rêve raviva chez Molly le désir de retrouver Emma. Que de temps perdu ! Avec un peu de chance, elles se reverraient bientôt. Elle se frotta les yeux pour en chasser les dernières vapeurs de la nuit.

Susanna avait déposé au pied du lit une robe marron, simple et sombre, avec plusieurs sous-vêtements blancs. Molly enfila les bas, la culotte bouffante et le jupon léger, avant de se glisser tant bien que mal dans la robe, fermant des boutons par-ci par-là, légèrement perplexe devant l'ensemble de l'attirail. Elle n'avait plus porté pareille tenue depuis son enfance, mais elle finit par se débrouiller.

Amusée de ressembler de nouveau à une fille, elle remua les hanches, faisant onduler la jupe d'avant en arrière autour de ses chevilles. Ça faisait dix ans qu'elle n'avait pas porté ce genre de vêtement ; à cette pensée, une boule se forma dans sa gorge et ses yeux picotèrent.

Elle inspira un bon coup pour refouler son envie de pleurer. Elle attrapa ses bottes et remarqua qu'elles étaient très sales et ternies ; malheureusement, elle n'avait pas d'autres souliers. Elle les enfila, bien consciente qu'elles n'allaient pas avec la robe. Elle s'étonna de s'en soucier. *Matt.* Elle se souciait de plaire à Matt.

Avant de pouvoir s'attarder sur cette pensée, elle fut distraite par ses cheveux. Ils pendaient en désordre autour de son visage. Ils étaient encore trop courts à son goût, Elijah ayant toujours tenu à ce qu'elle les coupe quand elle était avec lui. Elle entreprit de relever la masse bouclée derrière sa tête, puis la laissa retomber, dépitée. Elle n'avait aucune expérience en matière de coiffure susceptible de plaire aux autres.

De plaire aux hommes…

De plaire à Matt.

Frustrée, elle soupira. Qu'elle était bête ! Matt la remarquait à peine.

Elle ouvrit la porte de la chambre et se dirigea vers les parties communes de la maison. Elle entendit des voix provenant du grand salon et vint s'immobiliser sur le seuil avant d'entrer. Les conversations s'arrêtèrent net et tout le monde se tourna pour la regarder. Une vague de chaleur lui monta au visage et elle rougit.

Dans la pièce, Susanna et Claire se tenaient côte à côte, sur sa droite ; Logan et Matt sur sa gauche. Elle aperçut Matt du coin de l'œil, mais ne put se résoudre à croiser son regard. Elle focalisa plutôt son attention sur l'homme plus âgé qui se tenait au milieu du salon, juste en face d'elle. Bien qu'elle ne l'ait vu qu'une ou deux fois étant enfant, elle sut qu'il était le père de Matt.

Il avait une silhouette imposante. Il était aussi grand que ses fils, avait des épaules aussi larges, toutefois son visage ridé et ses cheveux gris témoignaient de ses années de lutte au grand air. Quand il posa sur elle ses yeux bleu-vert qui ressemblaient tant à ceux de Matt, son expression s'adoucit. Molly sentit sa gorge se nouer ; elle commençait à perdre le contrôle de ses émotions.

— Molly, dit doucement Jonathan. Dieu soit loué ! Je n'avais encore jamais vu quelqu'un revenir d'entre les morts, mais ton père disait toujours que tu avais autant de courage que n'importe quel garçon. Je ne devrais pas m'étonner que tu aies survécu. Sois la bienvenue chez toi, mon enfant !

Molly cacha dans les plis de sa robe ses mains qui tremblaient ; elle tortilla ses doigts dans le tissu doux.

Jonathan avança jusqu'à elle et posa ses mains sur ses épaules.

— Tu peux rester ici aussi longtemps qu'il te plaira, décréta-t-il d'une voix rauque.

Molly hocha la tête, son cœur battant à tout rompre. Elle s'éclaircit la gorge et parvint enfin à parler :

— Je suis heureuse de vous revoir, monsieur.

Elle eut l'impression d'être une grenouille essayant de faire une phrase.

Jonathan retira ses mains de ses épaules et dit :

— Tu dois avoir faim. Passons à table ; on pourra parler après.

Molly jeta un coup d'œil à Claire, remarquant qu'elle portait une robe couleur crème et que ses cheveux étaient noués avec un ruban. Elle la trouva vraiment jolie, alors qu'elle-même se sentait comme une poupée de chiffon débraillée.

Tandis que tous se dirigeaient vers la salle à manger, Logan s'approcha d'elle. Il passa ses bras autour d'elle et le corps de Molly, raidi par la gêne, fut déséquilibré par l'accolade.

— Je ne savais pas qui tu étais, hier soir, déclara-t-il avec autant de douceur dans la voix que dans le regard. J'imagine que dire « heureux de te revoir » est une lapalissade…

Elle s'écarta légèrement, commençant à se détendre.

— Je savais qui tu étais, hier soir, dit-elle. Vous vous ressemblez tellement, avec Matt !

Logan fit un pas de côté en laissant retomber ses bras, Matt étant tout à coup venu s'interposer entre eux. Elle risqua enfin un coup d'œil vers lui et l'intensité de son regard lui coupa le souffle. Elle fut surprise de voir qu'il était contrarié. C'était peut-être dû à son apparence…

— Ouais, répondit Logan d'une voix traînante, mais c'est moi le plus beau.

Molly ne put réfréner le sourire qui se dessina spontanément sur ses lèvres. Logan avait toujours été sympathique, facile d'accès ; et apparemment, ça n'avait pas changé. Cependant, l'instant d'après, Matt lui fit signe de déguerpir et posa sa main dans le bas du dos de Molly pour la guider dans le couloir, vers la salle à manger. À ce contact, le sourire de Molly s'évanouit.

Elle n'avait jamais envisagé de la sorte les retrouvailles avec Matt, pendant les nuits et les jours – les semaines sans fin – qu'elle avait passés à rêver de revenir chez elle. Elle avait bien sûr espéré le revoir, mais à vrai dire, elle s'était imaginée le retrouvant tel qu'il était à l'époque. L'homme qui la touchait à présent – et l'effet qu'il lui faisait – était une tout autre histoire.

D'un côté, elle avait envie de se tourner vers lui, de se coller à lui au point d'être enveloppée dans son odeur – un mélange de savon, de soleil et de notes subtiles plus masculines – et de s'abandonner au confort qu'inspirait sa force. D'un autre côté, elle voulait s'enfuir en courant sans jamais se retourner. Ce désir naissant qu'elle éprouvait pour lui ne pouvait lui causer que des peines de cœur. Malgré son manque d'expérience avec les hommes, elle en était certaine.

Se garder de tout attachement lui avait rendu la survie de ces dix dernières années supportable – ou presque. Rien ni personne n'était resté dans sa vie de façon constante.

Tout avait tellement changé !

Elle savait aussi qu'elle reprendrait la route dans peu de temps. Elle avait cru que le Texas serait sa destination finale, mais ce n'était plus chez elle, ici. Ses parents étaient morts, leur ranch tombait en ruines et ses sœurs vivaient ailleurs. Rien ne la retenait plus sur ces terres, excepté l'affaire Davis Walker.

— T'es à peine plus beau qu'un tatou, dit Matt en réponse au commentaire de son frère, au moment où ils entraient dans la salle.

Il tira une chaise à l'attention de Molly, puis en désigna une autre à Claire. Il s'assit ensuite en face d'elles, avec son frère. Jonathan prit place sous une grande fenêtre ; la pièce était baignée d'un soleil prometteur. Susanna s'assit à l'autre bout de la grande table en bois sombre minutieusement sculptée sur laquelle étaient posées des assiettes et de l'argenterie rutilante et joliment disposée. Les chaises assorties étaient imposantes et lourdes. Il y avait une longue desserte contre un des murs de la salle et un grand vaisselier contre un autre, rempli de verres, de vaisselle. Le tout procura à Molly une certaine appréhension. Manger n'avait jamais représenté pour elle une chose compliquée. La veille au soir, Susanna les avait invitées, elle et Claire, à dîner dans la cuisine – ce qui lui avait convenu parfaitement.

— J'ai toujours trouvé que les tatous étaient de très jolies petites créatures, répondit Logan, l'air de rien.

Une pensée traversa soudain l'esprit de Molly.

— Claire, as-tu été présentée à Logan ?

— Oui, répondit Claire en gratifiant le frère de Matt d'un regard froid. Juste avant ton arrivée.

Logan lui adressa un grand sourire, puis un clin d'œil.

Molly fut étonnée de voir son amie rougir, elle qui restait toujours impassible.

— Tu as bien dormi ? demanda-t-elle à voix basse en se penchant vers la jeune femme.

Claire était devenue sa compagne de voyage ; pourtant, il était fort probable que sa présence à ses côtés soit également temporaire, à l'image de toutes les relations humaines dans sa vie.

— Oui. Ça va.

Claire devait se sentir encore plus mal à l'aise que Molly de séjourner ici, en terre étrangère avec des inconnus.

Matt et Logan commencèrent à manger. Ils se donnaient des coups de coude involontaires, excepté le dernier que Matt infligea à son frère délibérément.

— J'oublie toujours que tu es gaucher, dit Matt, exaspéré, en évitant un autre coup. Mais visiblement, tu oublies facilement que je suis ton aîné !

— On peut régler ça, fanfaronna Logan, la bouche pleine d'œufs brouillés. Où tu veux, quand tu veux ! Choisis le jour !

Susanna se pencha vers Claire et Molly.

— Juste au moment où je les crois devenus adultes, ils me prouvent le contraire. On dirait bien que je n'ai pas encore perdu mes petits garçons !

Puis elle ajouta d'une voix plus forte :

— Vous allez échanger vos places, oui ou non ?

Matt se leva pour s'asseoir juste en face de Molly. Elle leva rapidement les yeux et vit qu'il la regardait. Elle en laissa presque tomber sa fourchette.

— Il y a une chose que j'aimerais savoir depuis longtemps, commença Logan, et maintenant que tu es là, Molly, tu vas peut-être pouvoir m'éclairer. Pendant l'été qu'on a tous passé au ranch de ton père, l'après-midi où on était allés se baigner dans le bassin de rétention, après avoir débourré des chevaux… qui, précisément, a volé tous mes vêtements ?

Molly toussa en ayant du mal à avaler sa bouchée.

— Eh bien, dit-elle, hésitante. À vrai dire, il s'agissait d'Emma.

— Emma ? demanda Logan, surpris. La petite Emma de sept ou huit ans ?

— Ma petite sœur, confia Molly à Claire, en aparté.

— Et la plus gentille des petites filles qui puissent exister, précisa Matt. Je me demande qui avait bien pu lui donner l'idée de voler les vêtements de Logan…, ajouta-t-il en fixant Molly.

— Tu ne peux pas m'accuser, sur ce coup-là ! se défendit-elle. C'était son idée ! Bon, elle a peut-être été encouragée par Joey ou Cale.

Susanna se mit à rire.

— Que s'est-il passé, ensuite ?

— Madame Hart a fini par avoir pitié de moi et m'a lancé un drap, dit Logan.

Molly s'éclaircit la gorge.

— Il se peut qu'Emma ait eu une autre raison de faire ça, maintenant que j'y pense. On avait toutes les deux entendu parler de ta… eh bien, de la marque que tu avais, à un certain endroit de ton corps. Une tache de naissance ? Emma a pu céder à la curiosité.

Susanna sourit.

— Oui, il est né avec. Matthew en a une aussi, ajouta-t-elle d'un ton léger.

Matt et Logan rougirent fortement. Autant la tache de naissance de Logan n'intéressait pas Molly, autant celle de Matt l'intriguait ; elle se demanda quelle forme elle avait et où exactement elle était placée. Elle piqua un fard, se retrouvant aussi rouge que les garçons.

Elle se souvint alors qu'elle comptait questionner Jonathan et Susanna au sujet de la mort de ses parents. Matt sembla lire dans ses pensées.

— P'pa, as-tu parlé avec maman de la nuit où les Hart ont été assassinés ? demanda-t-il.

— Oui.

Jonathan reposa sa tasse de café et son visage s'assombrit. Il regarda Molly.

— J'aimerais avoir des précisions à t'apporter, mais la vérité, c'est que tout le monde était bouleversé par ce drame et qu'il n'y avait aucune raison de suspecter quelqu'un de l'entourage de tes parents.

Il se tut et soupira.

— Et Davis Walker encore moins. Même si, à l'époque, j'ai trouvé bizarre qu'il n'ait pas offert de participer à l'enquête et ne nous ait pas aidés à te chercher. Mais bon, comme Matthew était sur ta trace jour et nuit…

— Vraiment ? demanda Molly en se tournant vers Matt. Pourtant, tu m'as dit que c'est Cale qui a trouvé la fillette assassinée…

— C'est vrai, confirma Jonathan. Matthew a atteint un tel niveau d'épuisement que j'ai presque dû l'attacher pour qu'il se repose. C'est à ce moment-là que Cale a trouvé le corps qu'on a pris pour le tien.

La persévérance de Matt la surprit, même s'il n'y avait là rien d'étonnant. Elle croisa son regard. Ses yeux tiraient tantôt vers le bleu, tantôt vers un gris vert. Un instant, elle perçut combien il avait souffert, toutes ces années, de l'avoir cherchée sans la trouver. Elle voulut dire quelque chose, sans trouver les mots.

Alors, elle se tourna de côté, vers Susanna.

— Arrivait-il à ma mère de se confier à vous ?

La femme hésita.

— Eh bien, non, pas vraiment. Matthew nous a parlé de la lettre de Davis à ta mère, celle que tu as trouvée. Je ne sais pas si tu étais au courant, mais ta mère était fiancée à Davis, avant d'épouser ton père.

Effarée, Molly murmura :

— Je n'en savais rien.

— Pourquoi personne n'en a jamais parlé ? demanda Matt.

— Eh bien, répondit Susanna, il ne semblait pas spécialement approprié d'en parler. C'était le passé, après tout. Quand on vivait tous en Virginie, Davis et Robert étaient bons amis. Quand ta mère a finalement épousé Robert, leur union a mis cette amitié à rude épreuve. Mais les choses semblèrent s'arranger, lorsque Davis épousa Loretta. Bien sûr, maintenant que j'y pense, il est curieux que Davis se soit installé si près des Hart, en arrivant au Texas.

Molly repensa à la lettre cachée dans son kit de survie. Sa mère avait-elle eu à nouveau une liaison avec Davis, une fois au Texas ? Éprouvait-elle alors encore des sentiments pour lui ? Mais elle était morte, emportant avec elle les réponses aux questions et le fin mot de l'histoire.

Par contre, Davis Walker était toujours en vie. Qu'aurait-il à dire, si Molly lui en parlait ? Elle décida que, si l'occasion se présentait, elle le questionnerait.

— Une fois au Texas…, demanda-t-elle à Susanna. Davis a-t-il entretenu une relation avec ma mère ?

Susanna secoua lentement la tête.

— Je l'ignore. J'espère vraiment que non.

— Je vais faire des recherches, dit Matt, et voir ce que je peux trouver.

— Moi aussi, ajouta Jonathan. Pendant ce temps, vous êtes toutes les deux invitées à rester ici autant qu'il vous plaira, mesdemoiselles. D'où venez-vous, Claire ?

— Du territoire du Nouveau-Mexique, monsieur.

— Vous avez parcouru de sacrées distances toutes seules, Molly et vous ! Avez-vous de la famille qui vous attend quelque part ?

Claire resta silencieuse un instant, avant de répondre :

— En quelque sorte.

Jonathan hocha la tête.

— Eh bien, quand vous souhaiterez rentrer chez vous, on trouvera un moyen de vous y reconduire.

— Merci, dit Claire, mais je ne voudrais surtout pas déranger qui que ce soit.

— Ne dites pas de sottises ! Le rassemblement aura lieu dans quelques jours, on se débrouillera pour organiser quelque chose, assura Jonathan en jetant sa serviette dans son assiette vide, avant de se lever. Allez, les gars ! Le boulot ne va pas s'faire tout seul !

— Comme si on ne le savait pas…, marmonna Logan, se levant de table à son tour. Mesdemoiselles…

Il adressa un sourire à Claire et quitta la pièce. Matt hésita.

— Ne t'en fais pas, lui dit Susanna. Je vais m'occuper d'elles. On pourrait écrire aux sœurs de Molly, ce matin.

Molly la gratifia d'un sourire reconnaissant.

— Merci, madame Ryan.

— Je repasserai vous voir plus tard, promit Matt.

Il jeta un dernier coup d'œil derrière lui, puis quitta la salle. Sa jambe droite était raide et le boitillement qu'elle avait remarqué la veille était plus prononcé.

Molly voulut questionner Susanna à ce sujet, mais se ravisa. Elle ferait mieux d'en parler directement à Matt. Ça lui donnerait une excuse pour engager la conversation avec lui. Ils avaient dix ans à rattraper !

Elle était de plus en plus curieuse de savoir ce qui lui était arrivé pendant tout ce temps.

Simple curiosité. Oui, bien sûr.

Du moins, elle voulait s'en convaincre.

CHAPITRE NEUF

L'après-midi était déjà bien entamé quand Matt trouva Molly dans la grange. Ce n'était pas le fruit du hasard ; il avait entendu sa mère dire qu'elle souhaitait voir sa jument et il était venu la chercher ici. Elle était dans le box, à côté de sa bête, assise près de la porte et adossée au mur. Comme elle somnolait, il s'arrêta pour l'observer.

Elle portait la même robe qu'au petit déjeuner. Le vêtement avait beau ne pas être ajusté, le tissu sombre soulignait les courbes de son corps. Il essaya de ne pas y prêter attention. *Essaye mieux que ça !* Ses cheveux bruns ondulaient autour de son visage ; il contempla ses longs cils et s'attarda sur les taches de rousseur claires qui brillaient comme des paillettes sur son petit nez droit. Il baissa les yeux vers sa bouche. Ses lèvres roses et délicates étaient bien trop charmantes ! Mais où était passée la petite fille qu'il avait connue ?!

Il se sentit soudain envahi par un sentiment de culpabilité. Molly avait dû être terrifiée, quand elle avait été kidnappée, privée de sa famille et de sa maison, forcée à vivre dans une culture si différente de la sienne. Son espoir d'être un jour libérée avait été ensuite anéanti par un horrible marchand comancheros. Tout ça pour être un jour sauvée par un chercheur d'or négligent qui l'avait entraînée au milieu de nulle part !

Qu'elle ait survécu était un miracle.

Et qu'il y ait toujours en elle de la douceur et de la gentillesse était un autre miracle. Mais il se souvenait de la force d'âme qui la caractérisait, enfant, et de son amour pour la vie. Elle n'était pas de ceux qui s'attardaient sur les problèmes. Une telle attitude était sûrement ce qui lui avait permis de rester forte, malgré tant d'épreuves traumatisantes.

Cependant, en la voyant assise devant lui, à demi assoupie, Matt eut le cœur tout retourné par tant d'innocence et de vulnérabilité. Si seulement il était resté auprès d'elle, cette nuit-là, il aurait peut-être pu lui épargner les souffrances de ces dix dernières années !

Un coup de feu retentit. Matt se leva d'un bond, les yeux rivés vers le ranch. La pleine lune éclairait la colline où il avait trouvé Molly creusant la terre pour y enfouir son kit de survie. Le lointain bavardage mêlé de rires qui s'élevait de la fête se changea en hurlements ponctués d'autres coups de feu.

— Matt, que se passe-t-il ?!

L'esprit ailleurs, Matt entendit à peine la voix angoissée de Molly.

— Je ne sais pas.

Il perçut du coin de l'œil la couleur claire de sa robe tandis qu'elle se levait à côté de lui.

Il devait absolument descendre, aller là-bas et faire quelque chose. Il s'empressa de se rappeler où était son revolver. Dans le dortoir, près de ses sacoches ! Il fallait qu'il aille le chercher aussi vite que possible. Il se tourna vers Molly et l'attrapa par les épaules.

— Ne t'approche pas de la maison, tu m'entends ? Reste cachée ici ! Je reviendrai te chercher quand les lieux seront sécurisés !

Molly hocha la tête, mais sans quitter des yeux l'offensive qui s'opérait à quatre cents mètres de là.

Matt s'éloigna.

Il ne la revit plus jamais vivante.

Jusqu'à hier.

Molly s'étira, puis ouvrit les yeux. Remarquant la présence de Matt, elle se leva rapidement, repoussa ses cheveux en arrière et ajusta sa robe.

— J'ai dormi longtemps ? demanda-t-elle précipitamment.

— Je ne sais pas. Par contre, tu ne devrais peut-être pas faire la sieste dans les boxes, avec les chevaux. Ils pourraient te blesser.

Elle flatta l'encolure de sa jument.

— Pecos ne me ferait jamais de mal.

Elle ouvrit malgré tout la porte et sortit.

— C'est Elijah qui me l'a offerte, une des rares fois où il a trouvé de l'or. D'après le marchand qui l'a vendue, elle vient d'un des meilleurs élevages du Mexique.

Pecos enfouit son museau dans le cou de Molly, la faisant rire.

— Je n'ai pas eu de meilleure amie qu'elle, depuis.

Matt croisa les bras et appuya son épaule contre un gros poteau de bois.

— Ça t'embêterait de me dire pourquoi tu n'es pas restée cachée, cette nuit-là ?

Molly frotta la paume de sa main sur le nez du cheval, se délectant visiblement de cette proximité avec l'animal.

— Tu m'as laissée toute seule, plantée là. Je sais que je n'aurais pas dû bouger, mais j'étais inquiète pour Emma.

— Alors, tu es descendue vers la maison ?

— Pas à découvert, puisqu'il y avait des hommes partout ; l'un d'eux m'a quand même attrapée. Après, je ne me souviens de rien. Je peux te demander quelque chose ?

Matt acquiesça.

Molly inspira pour calmer ses émotions.

— Comment sont morts mes parents ?

Matt se passa une main dans les cheveux, puis replaça son chapeau. Il n'avait jamais été du genre à édulcorer la vérité et il n'allait pas commencer à le faire maintenant. Surtout pas avec Molly. Elle méritait de savoir.

— Ton père a reçu une balle dans la tête. Ta mère, dans la poitrine.

Seuls les bruits que faisait Pecos brisaient le silence qui régnait dans la grange.

— Aux dires de tous, ta mère se serait jetée devant ton père.

Molly assimila l'information sans dire un mot. Puis elle demanda :

— Elle a voulu le sauver ?

— C'est ce que tout le monde en a conclu.

— Tout le monde ?

— Des propriétaires de ranch, les voisins, les vachers. Ils étaient venus de plusieurs kilomètres à la ronde pour essayer de trouver les hommes qui avaient fait ça ; et pour te chercher.

Molly avait un air sérieux et concentré ; triste, également. Ses yeux brillaient. Elle avait disparu, la petite fille qui courait se cacher dans les collines ou les ravines, autour du ranch des Hart, celle qui savait attraper les serpents mieux que n'importe quel travailleur agricole, celle qui rêvait de vivre toute seule dans la nature en sillonnant les plaines du Texas qui s'étendaient à perte de vue.

— Parle-moi du temps que tu as passé avec les Comanches, dit-il.

Un pâle sourire se forma sur les lèvres de Molly.

— Tu te souviens des histoires que Cale me racontait, à propos de l'enlèvement de Cynthia Ann Parker ?

— Ouais, je me les rappelle.

Il se souvenait également d'avoir dit à Cale d'arrêter de farcir la tête de cette petite avec des histoires susceptibles de l'effrayer. Mais c'était peine perdue, car Molly en redemandait.

— Elle avait été kidnappée quand elle était enfant et avait grandi dans une tribu comanche. Elle était devenue la femme de Peta Nocona et lui avait donné trois enfants. As-tu déjà entendu parler de son fils, Quanah Parker ?

Matt acquiesça. Deux ans plus tôt, Quanah Parker s'était rendu en conduisant sa tribu, les Kwahadi, à la réserve. Cet homme avait compris avant les autres que les Comanches ne pourraient pas lutter contre la vague de changement qui avait lieu sur leurs terres et il avait voulu sauver son peuple. Matt ne pouvait qu'admirer le courage qu'une telle décision avait dû demander. Les Comanches étaient des nomades. Vivre dans une réserve avait souvent sur eux de lourdes conséquences, la sédentarisation forcée brisant la nature même de leur âme.

— J'étais avec Kwaina Parker, poursuivit Molly. J'ai souvent pensé à l'ironie du destin.

— Tu as connu son père ?

Elle secoua la tête.

— Non, pas vraiment. Je l'ai vu quelques fois. Il était dans le groupe de ceux qui m'ont enlevée, mais il n'aimait pas beaucoup la violence et s'opposait aux tortures infligées aux captives.

— Ils t'ont torturée ? demanda-t-il précipitamment.

Cette idée le rendit malade et il se sentit ébranlé, une fois de plus.

— Non, j'ai eu de la chance. J'ai été adoptée. J'ai vécu dans le tipi de Bull Runner avec ses deux femmes, Coyote Woman et Rain Cloud, et ses deux filles, Sits On Ground et Running Water. Il y avait aussi un grand-père qui vivait avec nous, Bird Fly High. C'est lui qui m'a donné mon nom comanche, Canauocué Juhtzù.

— Oiseau ?

— Oui, répondit Molly, visiblement surprise. Troglodyte des cactus, plus exactement. Tu parles comanche ?

— Pas vraiment. Mais on apprend quelques trucs, à l'occasion.

— À un moment, j'en suis arrivée à ne plus savoir parler autrement que Comanche.

— Tu as oublié l'anglais ?

— On peut dire ça, oui. Comme je ne le parlais plus, il s'est effacé de ma mémoire, dit-elle avec un haussement d'épaules. Elijah m'a aidée à le réapprendre.

Elle sourit, un peu honteuse.

— Il m'a rafraîchi la mémoire des gros mots, avant toute chose.
Matt lui adressa un grand sourire.

— J'imagine que tu me tiens responsable de te les avoir appris,
en premier lieu.

— Pas seulement toi, répondit-elle. Cale, Logan, Joey… vous
aviez tous un vocabulaire assez salé !

— Un vocabulaire salé ? C'est drôlement bien dit, venant de
quelqu'un qui avait récemment oublié l'anglais !

— Elijah prenait très au sérieux l'étude des livres.

— Il t'a appris à lire ?

— Non, répondit-elle en riant. C'est moi qui ai dû lui
apprendre à lire !

— Pas une mince affaire, apparemment… !

— Oh que non ! reconnut-elle. Mais j'avais beaucoup de temps
libre devant moi.

— Redis-moi pourquoi Bull Runner a voulu te rendre…
Molly parlait en caressant Pecos.

— Après plusieurs hivers passés avec les Kwahadi, Rain Cloud
a suggéré de me faire participer à une cérémonie, un rite de
passage de l'enfant à la femme, au cours duquel les filles doivent se
tenir à la queue d'un cheval et tenter de courir avec lui. Je n'ai pas
voulu le faire. Je me considérais encore comme une captive et
j'avais toujours l'espoir d'être sauvée ou de réussir à m'échapper.

À ces mots, Matt tressaillit intérieurement. Elle n'avait jamais
eu la moindre chance d'être sauvée, parce que tout le monde
ignorait qu'elle avait besoin de l'être, qu'elle était vivante.

— Participer à cette course aurait fait de moi une femme
comanche, poursuivit Molly. Je refusais d'accepter leur peuple à ce
point. Finalement, Bull Runner a insisté, pensant que c'était une
bonne idée. Sa fille aînée, Sits On Ground, allait courir aussi. On
avait à peu près le même âge, elle et moi. Alors je l'ai fait.

Matt jura dans sa barbe.

— Tu aurais pu mourir piétinée.

— C'était un peu effrayant, mais je m'en suis bien sortie. Un peu trop bien, même. De nombreux guerriers de la tribu ont commencé à me porter une attention particulière.

— Pourquoi ?

— J'étais à présent considérée comme disponible et ma qualité de captive blanche ne semblait faire aucune différence.

Matt n'en fut pas surpris. Molly était une femme impossible à ne pas remarquer, qu'on soit un Blanc ou un Peau-Rouge.

— Une offre de vingt chevaux a été déposée devant le tipi de Bull Runner, venant d'un guerrier appelé Snake Eater. C'était une proposition de taille et Bull Runner était ravi. Mais il ne comprenait pas bien laquelle de ses filles Snake Eater désirait épouser. Pour autant de chevaux, il était prêt à nous donner toutes, Sits On Ground, Running Water et moi.

— Quel âge avait Running Water ?

— Quelques années de moins que moi.

Matt secoua la tête. À ses yeux, obliger des filles à se marier si jeunes était barbare. Que Molly ait été l'une d'entre elles ne faisait qu'ajouter à son dégoût.

— Il s'avéra que Snake Eater ne voulait que moi, poursuivit-elle. C'était vraiment insensé, sachant qu'avoir beaucoup de femmes était d'une grande importance pour les hommes comanches.

Matt le comprenait bien, au contraire. Snake Eater la désirait, elle et elle seule, et il avait fait en sorte que Bull Runner ne la lui refuse pas. Un sentiment de possessivité mêlé de jalousie s'empara brusquement de lui ; comme ça ne lui ressemblait pas, il ne put que dévisager Molly, pétrifié par la force de cet élan.

— Sits On Ground n'était pas contente de la tournure des événements, dit-elle, sans se rendre compte de la réaction de Matt. Elle s'est sentie repoussée, et à juste titre. Des offres étaient rarement faites pour des captives – d'habitude, le père devait lui-même faire une proposition à un guerrier pour être déchargé de la fille. Sits On Ground devint difficile à vivre.

— Tu voulais épouser Snake Eater ?

La question lui avait échappé. Trop tard !

— Non, répondit Molly, recommençant à caresser sa jument. J'ai dit à Sits On Ground qu'elle pouvait être sa femme, si elle le voulait ; mais Snake Eater insista, disant qu'il n'accepterait pas d'autre femme que *moi*. C'est là que Bull Runner proposa de me rendre à mon peuple. Il a déclaré qu'il m'aimait beaucoup et qu'il ne voulait pas me voir partir, mais que ma présence lui causait des soucis dans ses affaires familiales. Il aurait pu simplement m'échanger au sein de la tribu. Bizarrement, il a voulu faire plus que ça.

Matt était soulagé que Bull Runner ait si bien traité Molly. Si seulement il ne l'avait pas laissée aux mains de Jose Torres !

— Comment a réagi Snake Eater ?

— Il n'était pas très content. J'ai été emmenée avec un groupe de guerriers qui partaient pour le Nouveau-Mexique. Snake Eater faisait partie des hommes. Au début, j'ai pensé qu'il allait peut-être me kidnapper, mais Bull Runner était là aussi et il a veillé à ce qu'il n'y ait pas de problème.

— Visiblement, il ne s'est pas attardé ensuite pour veiller à ce que Torres te traite bien ! commenta Matt d'un ton grave.

— Non. Pourquoi boites-tu ?

Le changement de sujet le désarçonna. Il n'abordait jamais cette question ; il avait confié très peu de choses à sa mère, et à son père encore moins. Cependant, Molly venait de lui dévoiler une grande partie de son terrible passé. Lui refuser toute confidence aurait été injuste envers elle.

— Ces dernières années, j'étais avec les Rangers. Il y a environ six mois, j'ai été capturé en essayant de mettre la main sur un certain Cerillo, un Mexicain qui multipliait les pillages et les meurtres, le long de la frontière entre le Texas et le Mexique. J'ai été blessé à la jambe. Elle vient à peine de guérir.

— Il t'a torturé ?

Un voile d'inquiétude obscurcit le regard de Molly.

— Pendant six mois ?

— Non ; ça a duré quatre mois, en fait, répondit Matt en essayant de sourire.

Mais le souvenir de cette période l'affectait toujours ; il se réveillait encore la nuit, tout tremblant et couvert de sueur, à cause de cauchemars bien trop réalistes.

— Tu t'es échappé ?

— Non, un ami m'a tiré de là.

Matt devait sa vie à Nathan Blackmore.

— Tu as réussi à survivre. Parfois, c'est tout ce qui compte, dans une situation où rien d'autre ne mérite qu'on s'en souvienne.

Il sentit bien qu'elle parlait autant pour elle que pour lui.

Survivre. Quand la vie en était réduite à ça, plus rien d'autre ne comptait.

— Allons souper, dit-il. Je suis sûr qu'ils doivent tous se demander où on est.

Après une dernière caresse à Pecos, Molly quitta la grange, Matt derrière elle. La nuit commençait à prendre possession des lieux et un vent cinglant les gifla de plein fouet. Molly se retourna brusquement. Matt n'eut pas le temps de s'arrêter et la percuta.

Elle leva les yeux vers lui en souriant, coinçant derrière son oreille ses cheveux décoiffés.

— Je suis contente que tu ailles bien, Matt. Je suis sûre que tes parents et Logan se sont fait une joie de ton retour ; moi aussi, je suis heureuse de te revoir.

Sa confession le laissa sans voix. Tout était tellement injuste ! Molly ne pourrait jamais rattraper les dix années qu'elle avait perdues. Il n'en revenait toujours pas qu'elle soit vivante – une jeune femme pleine de vie, en chair et en os, debout à quelques centimètres de lui.

Y a-t-il quelqu'un..., commença-t-elle, avant de laisser sa question en suspens.

— Quelqu'un ?

— De spécial à tes yeux...

Le sérieux de son expression envoûta Matt.

— Tu veux dire, une femme ? demanda-t-il avant de secouer la tête. Non.

— Il n'y en a jamais eu ?

Il réfléchit à sa question, le poids du passé se mêlant au présent. Il secoua la tête à nouveau.

Elle accueillit l'information avec un léger hochement de tête. Elle fixa un point, au loin, par-dessus l'épaule de Matt. Une rafale de vent les bouscula.

— Crois-tu aux forces supérieures ? demanda-t-elle.

— De quoi parles-tu, exactement ?

— À ce qui donnerait un sens caché aux événements de la vie.

— Crois-moi, aucune raison ne peut justifier tout ce qui t'est arrivé, Molly. Et si je pouvais remonter le temps jusqu'à ce soir-là, je veillerais à te mettre à l'abri et je te protégerais, quitte à t'attacher !

Elle rit, avec une certaine amertume.

— Tu me connaissais bien, à l'époque, mais en réalité, je pense que tu n'aurais pas pu empêcher ce qui s'est passé. Tu sais, les Comanches croient que les hommes peuplent la terre même après leur mort. Mes parents avaient peut-être d'autres choses à faire. Il se peut que je les retrouve, un jour.

— Pendant dix ans, je t'ai crue morte, dit Matt d'une voix enrouée en plongeant ses yeux dans les siens. J'ai souvent rêvé de toi.

Sa gorge se serra d'une façon inattendue qui le fit bafouiller.

— Plus que tout au monde, je souhaitais te ramener à la vie.

Elle lui prit la main et ce contact le fit tressaillir. Sans crier gare, elle se pencha vers lui et l'embrassa sur la joue. La chaleur de ses lèvres s'infusa dans tout son corps et le choc provoqué par le contact de ses courbes appuyées contre lui enflamma ses sens.

— Merci de ne pas m'avoir oubliée, murmura-t-elle.

Elle s'éloigna. Une autre bourrasque fouetta Matt, qui ressentit son corps à vif, exposé. Il aurait voulu profiter encore de la chaleur et la tendresse de Molly.

Il resta planté là.

Il y avait eu des femmes dans sa vie. Des femmes raffinées, des femmes d'un soir, certaines belles, certaines qui simplement voulaient s'amuser dans les draps. Matt n'avait pas été du genre à dire non, quand ses partenaires avaient envie de lui et qu'elles avaient l'habitude de ces relations-là.

Mais il refusait d'aller sur ce terrain-là avec Molly, même si ça le torturait. Elle n'avait pas d'expérience. Elle méritait mieux. Elle méritait de découvrir par elle-même ce qu'elle désirait.

Elle comptait pour lui – elle avait toujours compté –, mais il ne tirerait pas profit d'une potentielle affection qu'elle aurait toujours pour lui. Elle l'avait embrassé comme l'aurait fait une sœur, pour lui témoigner de la gratitude ; il veillerait à se le rappeler. Elle avait besoin d'avoir, à ses côtés, bien mieux qu'un Ranger asséché, rongé par des cauchemars, un homme diminué, usé avant l'heure.

CHAPITRE DIX

M att fit ralentir son cheval près de la maison principale, puis mit pied à terre. Il avait passé toute la matinée à réparer le toit effondré d'un des baraquements et son estomac grondait famine. Il s'apprêtait à entrer dans la maison, quand il aperçut Molly, à cheval, dans le plus grand des deux enclos. Il ne reconnut pas l'homme qui était avec elle. Il attacha sa monture et se dirigea vers eux, mais Logan, sortant de la grange, le coupa dans son élan.

— Qui est-ce, avec Molly ? demanda Matt.

Logan plissa les yeux.

— Voyons… Il s'appelle Howie, je crois. Howie Martin. Ouaip, c'est ça !

— Et qui est Howie Martin ? demanda Matt sur un ton menaçant.

Il n'appréciait pas la lueur dans le regard de son frère.

— Il bosse au ranch des Callahan. Il est passé nous ram'ner des bêtes qui s'baladaient sur leurs terres, alors j'voulais pas laisser passer une bonne occasion, tu vois !

— Et quelle occasion, s'il te plaît ?

Matt savait bien que son frère le provoquait délibérément.

— Celle de trouver à Molly un prétendant !

Matt s'arrêta net et Logan se mit à rire.

— Tu as dit qu'on devait la marier…

Son frère lui donna une claque dans le dos et ils poursuivirent leur chemin vers l'enclos.

Molly montait Pecos à cru. Elle parlait à Howie, qui tentait d'enfourcher son cheval, également dépourvu de selle. Mais le jeune blond aux grands yeux n'arrivait apparemment pas à immobiliser sa monture.

— Molly est une excellente cavalière, se justifia Logan à la seule attention de Matt. J'ai suggéré qu'elle apprenne à Howie comment monter à cru. Je crois qu'il a un petit béguin pour elle, pas toi ? Même si je ne parlerai pas de mariage tout de suite. On ne voudrait pas effrayer ce jeune !

— Il n'a même pas l'air en âge de se raser…

L'ingérence de Logan agaçait Matt. Ce qu'il avait dit concernant l'avenir de Molly était une chose ; avoir la réalité sous les yeux en était une autre.

— Ouais, je sais, reconnut Logan. C'est pourquoi je lui ai demandé son âge. Il prétend avoir dix-neuf ans. Juré, ajouta-t-il, impassible. Il a aussi précisé – devant Molly, je l'avoue – qu'il gagnait quarante-cinq dollars par mois, chez les Callahan. Le type a l'air fiable.

Matt jura dans sa barbe en regardant son frère s'en aller avec le sourire jusqu'aux oreilles.

— Howie, il faut vraiment vous calmer, disait Molly. Si le cheval n'arrête pas de bouger, vous ne pourrez pas monter dessus.

— Mais v's avez bien grimpé su'l'vôtre pendant qu'il bougeait, répondit Howie, exaspéré.

— Je ne pense pas vraiment que vous soyez prêt pour ça.

Les cheveux de Molly étaient attachés à la base de sa nuque et cachés sous son chapeau. Matt ne put rester indifférent devant les lignes gracieuses de sa posture, toutefois ce qui attira son attention plus encore fut d'entrevoir la peau nue de ses jambes que dévoilait une jupe bleu ciel. Il en fut contrarié. Cette robe remontait bien trop ! Pourquoi Molly ne portait-elle pas de bas ?

Et avant tout, pourquoi montait-elle à cru, en robe ?!

— Molly ! appela-t-il d'une voix forte.

Elle sursauta, regarda par-dessus son épaule, puis sourit en lui faisant signe de la main. Au même instant, Howie parvint à se hisser sur son cheval, mais il fut désarçonné en un clin d'œil. Il gémit.

— Howie ? Pas de mal ? demanda Molly en reportant son attention sur le jeune homme. Tout n'est qu'une question d'équilibre. Je pensais que vous montiez à cheval depuis l'âge de six ans…

Il se leva en se frottant les fesses.

— Ouais, mais c'bien plus facile en s'tenant à une selle !

— Howie, intervint Matt, je suis sûr que les Callahan se demandent où tu es passé. Tu ferais mieux de rentrer.

— V's êtes qui ? demanda Howie.

— Matthew Ryan.

À ces mots, les yeux du garçon devinrent encore plus ronds.

— Sans blague ?! C't un honneur de vous rencontrer, m'sieur Ryan !

Il marcha précipitamment vers le bord du corral où Matt se tenait de façon décontractée, les bras appuyés sur la barrière en bois. Howie serra la main de Matt avec enthousiasme.

— J'ai beaucoup entendu parler de vous, m'sieur. Vous êtes une légende, dans la région, vous qu'avez été avec les Rangers. C'est vrai que vous avez tué un ours, pendant que vous vous battiez cont'e des centaines de Kiowas ? Et qu'vous avez abattu un marchand véreux à cinq cents mètres, d'une seule balle entre les deux yeux ?

Molly s'approcha à cheval. Matt risqua un coup d'œil vers elle et la vit sourire.

— Des histoires, tout ça, Howie, dit Matt. Ne crois pas tout ce qu'on te raconte !

— Bon sang… sûr que j'aimerais vous entendre conter que'ques aventures ! insista le garçon, émerveillé.

— Une autre fois, peut-être.

Tant d'admiration mettait Matt mal à l'aise. Rien dans sa vie n'avait eu le goût d'une aventure. Trop de morts et de violence entachaient tout ce qu'il avait vécu.

— J'pourrais ram'ner que'ques amis ? demanda Howie, ne lâchant pas le morceau.

Matt pensa que ça ravirait Logan, de voir débarquer d'autres maris potentiels pour Molly. Néanmoins, Howie semblait pour l'instant plus intéressé par Matt que par la compagnie d'une jolie jeune femme. Ce garçon devait revoir ses priorités ; il avait totalement oublié Molly ! Ça aurait sûrement fait marrer Logan, encore ; mais Matt se sentit étrangement soulagé.

— J'y réfléchirai, dit-il. Maintenant, file !

— Pigé ! capitula Howie, tout excité, avant de serrer à nouveau la main de Matt. À un d'ces jours, m'sieur Ryan !

Il fit sortir son cheval de l'enclos et se dirigea vers l'endroit où il avait laissé sa selle. Avec un temps de retard, il se souvint de Molly.

— Ah ouais, salut, ma'm'selle Molly ! Merci pour le cours de ch'val.

Il fit un petit geste de la main qu'il répéta plusieurs fois avant de sangler son cheval, de se hisser dessus et de partir en direction du sud.

— Logan m'a demandé de lui donner une leçon, dit Molly en fronçant les sourcils. Est-ce qu'on engage souvent d'aussi piètres cavaliers, dans les ranchs ?

Matt fit une grimace.

Non ; d'habitude, non.

Il longea le corral jusqu'à la barrière en regardant Molly descendre avec grâce de sa jument. En fin de compte, sa jupe était à la bonne longueur. Il ouvrit la clôture pour la laisser sortir.

— Est-ce que tu montes toujours à cru, en robe ? demanda-t-il.

— Non, bien sûr que non. C'était plus gênant que je n'aurais cru.

— Je m'apprêtais à passer à table, avant d'être distrait. Tu veux te joindre à moi ?

— Distrait par quoi ? demanda-t-elle en lui emboîtant le pas.

Il la regarda droit dans les yeux.

— Par toi.

Une rougeur charmante couvrit le visage de Molly, ce qui procura à Matt un plaisir peu commun. Il regarda autour de lui en souriant, admirant le ranch qu'avait bâti son père, au fil du temps, à partir de rien.

Matt avait quinze ans, lorsque ses parents avaient quitté la Virginie pour s'installer au Texas, cherchant à prendre un nouveau départ, suite à la guerre civile. Il se souvenait encore de la cabane dans laquelle ils avaient vécu ; avec Logan, ils aidaient alors leur père à traquer et à attraper au lasso les bœufs qui traînaient partout en abondance. Que cette aventure ait été un vrai pari sautait aux yeux de Matt pour la première fois.

Tout ça par amour pour une femme. La dévotion de son père envers Susanna Ryan restait inégalée dans la région. Il pouvait se conduire comme un beau salaud quand il le voulait, mais assumait haut et fort les raisons qui le motivaient à travailler si dur.

Matt l'avait plus d'une fois entendu dire : « Je fais tout ça pour toi, ma chérie. » Sa mère répondait toujours par un sourire ému dont elle ne gratifiait jamais personne d'autre.

— Il y a une vieille cabane, dans la propriété, pas très loin d'ici, dit Matt en guidant Molly pour lui faire contourner la maison. C'est là qu'on a vécu, au début, en arrivant de Virginie. Peut-être qu'on pourrait aller y jeter un coup d'œil, un après-midi.

— Je me souviens qu'au départ, on a vécu un peu dans notre calèche ! Nos familles avaient si peu de choses…

— J'ai souvent regretté que Robert Hart vous ait toutes emmenées ici.

Un air de nostalgie passa sur le visage de Molly.

— Je m'étais tout de suite sentie chez moi, ici, à la seconde où j'avais posé le pied par terre.

Matt tenta de déchiffrer son regard.

Chez elle…

— As-tu toujours ce même sentiment ? demanda-t-il, au comble de sa curiosité.

Après tout ce qu'elle avait traversé, on pouvait se demander si elle n'avait pas développé de la haine pour tout ce qui était lié à son calvaire des dix dernières années.

Elle hésita.

— Je ne sais pas. « Chez moi » est un concept qui ne m'est plus familier.

Elle se détourna pour gravir les quelques marches menant au porche, derrière la maison. Matt la suivit et passa la porte qui donnait dans la cuisine. Ils ôtèrent simultanément leur chapeau. Ayant entendu quelqu'un entrer, la vieille cuisinière mexicaine jeta un coup d'œil par-dessus son épaule.

— Rosita, dit Matt, désolé de te déranger. Je voulais prendre quelque chose à manger.

Pinçant ses lèvres l'une contre l'autre, Rosita essuya sur son tablier la farine qu'elle avait sur les mains, avant d'avancer vers eux.

— *Señor* Matt, j'à peine desservir le repas !

Matt baissa les yeux vers elle. Rosita était toute petite, mais loin d'être docile ou sans défense. Elle et son mari travaillaient au ranch S.R. depuis des années. Juan était un des meilleurs cow-boys qu'ils aient engagés. Leurs enfants avaient fini par se disperser par monts et par vaux ; un peu comme Matt et Logan, initialement. Susanna l'avait d'ailleurs fait remarquer. Matt savait que sa mère rêvait de le voir s'installer quelque part, de préférence non loin d'elle. « Pour voir mes petits-enfants », avait-elle précisé.

Ceci dit, Matt ne se voyait pas avec des marmots. Voir tant de gamins pris entre les feux des guerres avec les Indiens et subir la brutalité générale qui régnait sur ces terres l'avait convaincu de laisser aux autres le souci d'en avoir.

— Et c'est la *señorita* dont parle John ? demanda Rosita en se tournant vers Molly. Il dire que vous êtes *muy bien* avec les chevaux. Vous monter comme une Indienne, qu'il dit. Mon Juan, jamais impressionné ; mais vous… tout le repas, il parler de vous !

— Merci, répondit Molly.

— Alors, asseoir-vous tous les deux !

Rosita leur fit signe de s'installer à une longue table flanquée d'un banc de chaque côté.

— Je vous donner à manger.

Elle retourna vers la cuisinière et entreprit de remplir deux bols à l'aide d'une louche.

— C'est comment, votre nom ?

Matt s'assit du même côté de la table que Molly, près d'elle. Il se dit qu'ainsi, ils pourraient tous les deux parler à Rosita. Il ne s'attarda pas sur le fait que la proximité de Molly était des plus agréables.

— Eh bien, c'est Matt, répondit-il d'un air innocent. Je pensais que tu le savais…

Rosita le remit à sa place d'un regard noir.

— Oh, ces garçons Ryan, alors ! Vous, jamais trouver de femme, avec toutes vos bêtises à la bouche. Je dire à mon Juan qu'il apprendre à vous un peu de charme. *Sí, sí* ! dit-elle d'une voix forte en levant les bras pour en rajouter. Du charme ! Après, c'est fini, pas une seule *señorita* pouvoir vous résister, comme le Seigneur avoir la bonté de vous donner joli visage. C'être presque malicieux, voilà ce que je dire !

Elle déposa devant eux des bols dont s'échappaient des vapeurs parfumées.

— Merci ; et je m'appelle Molly.

— Tu venir d'où ? demanda Rosita avec intérêt.

Molly s'éclaircit la gorge et jeta un coup d'œil à Matt.

— Du Mexique ?

— Molly est une vieille amie, intervint Matt. Elle s'est absentée pendant des années.

Rosita l'ignora.

— Où ça, au *Méjico* ?

— Eh bien, j'ai surtout vécu dans les montagnes, répondit Molly.

Rosita planta ses poings sur ses hanches. Elle tenait toujours une cuillère en bois de laquelle s'égouttait de la sauce qui tombait par terre. Molly soupira.

— Avant ça, ajouta-t-elle, j'ai vécu de nombreuses années avec les Comanches.

La cuisinière mexicaine écarquilla les yeux.

Matt se mit à manger le ragoût de haricots, de maïs et de tomates, assaisonné de piments. Il avait trop faim pour attendre que les femmes aient fini de parler.

Rosita posa devant lui une assiette de tortillas et un pichet d'eau. Il servit un verre à Molly, puis en remplit un second pour lui.

— Eh ben, ça expliquer comment vous si bien monter, finit par dire Rosita. Les Comanches être d'excellents cavaliers. Ils apprendre à leur femme à faire du cheval ?

Molly acquiesça en portant une cuillérée de ragoût à sa bouche. Soudain, elle se mit à tousser.

— Épicé, hein ? dit Rosita. Boire de l'eau !

Molly but une grande gorgée, puis s'empara d'une tortilla.

— Tu t'habitueras à la cuisine de Rosita, assura Matt en souriant devant les yeux mouillés de Molly. Au moins, tu ne tomberas pas malade, en mangeant ça !

— Je crois que je viens de tomber malade, plaisanta Molly en respirant bruyamment.

Matt se mit à rire.

— Que mangent les Comanches ?

— Du buffle, des baies, des noix et encore du buffle, répondit Molly, avant de reboire de l'eau. C'est vraiment très bon, Rosita. Merci, dit-elle d'une voix cassée.

La petite femme chassa son commentaire de la main.

— Vous, tout manger ! Vous trop maigre. Ces Indiens, ils vous faire crever de faim ?

— Pas volontairement, répondit Molly. Mais certains hivers étaient longs…

Matt termina sa portion. Alors qu'il se levait pour se resservir, Molly l'arrêta en posant une main sur son bras. Elle fit glisser son bol devant lui et lui fit signe de se rasseoir.

— Tu devrais manger plus, dit-il. Rosita a raison, tu es trop maigre.

— C'est toujours mieux que trop grosse, non ? demanda-t-elle, une lueur amusée dans les yeux.

— Vous n'avoir pas de marques des Comanches, constata Rosita. Ils ne vous pas blesser ?

Molly secoua la tête.

— Non. J'ai été plutôt bien traitée.

— Quel âge, quand ils vous prendre ?

— Neuf ans.

— Vous, chanceuse de revenir !

— Oui, je sais.

— Moi, je connaître des hommes attaqués. Les Indiens, ils ont scalpé. Certains, pas mourir, dit Rosita en secouant la tête. Eux, porter chapeau pour cacher.

— Quelqu'un en particulier ? demanda Matt, curieux.

— Juan, il rencontrer un homme au ranch Bautista, ça faire quelques mois. Lui, moche comme un chien galeux. Juan certain que l'homme scalpé depuis des années.

— Tu te souviens de son nom ? demanda Matt.

Rosita réfléchit un instant.

— Whitaker, qu'il dire. *Sí*, c'est son nom.

Matt rumina l'information. Il était peu probable qu'il existe un lien avec Walker, mais c'était un début. Il irait d'abord parler à Dawson. Le contremaître connaissait la plupart des ranchs de la région ; il saurait sûrement qui était ce Whitaker et pour qui il avait travaillé, par le passé.

— À quoi penses-tu ? demanda Molly, l'interrompant dans ses réflexions.

— Rien dont tu aies à te soucier.

Il souhaitait l'impliquer le moins possible dans la recherche de l'homme ou de ceux qui avaient tué ses parents.

Se levant, il attrapa son chapeau. Avant de sortir, il dit :

— *Muchas gracias*, Rosita.

Molly se précipita à sa suite, le rattrapant dehors, au bas des marches.

— Attends ! Penses-tu que ce Whitaker puisse avoir été impliqué dans l'attaque d'il y a dix ans ?

Matt mit son chapeau, puis s'arrêta pour regarder la jeune femme qui avait couru derrière lui.

— Molly, rends-moi un service…

— Quoi ?

— Fais-moi confiance. Je m'en occupe. Je ne veux pas que tu sois mêlée à tout ça.

— Pourquoi pas ? demanda-t-elle, visiblement contrariée.

— Parce que tu devrais penser à ton avenir au lieu de rechercher la vermine à sang-froid qui a pu commettre un tel crime. Tu devrais plutôt te trouver un mari, un foyer et fonder une famille pleine de bébés.

— Tu crois que je suis revenue pour ça ? Pour trouver un mari et me dire que tout est bien qui finit bien ?

Elle vissa son chapeau sur sa tête et posa ses mains sur ses hanches fines, moulées dans une robe bleu ciel – une robe que lui avait sans aucun doute donnée la mère de Matt. Celle-ci lui allait malheureusement bien mieux que la marron.

Avec des courbes comme les siennes, Molly n'aurait pas de mal à trouver pléthore de prétendants. Cette pensée – et le fait d'imaginer un autre homme profiter de ces courbes – agaça Matt.

— Si tu décides d'aller voir ce Whitaker, peux-tu me promettre de m'emmener avec toi ? demanda-t-elle d'une voix ferme.

— Je ne peux pas te faire ce genre de promesse.

— Tu auras besoin de moi, insista-t-elle. Je suis le seul témoin de cette histoire. Je pourrais me souvenir de quelque chose qui nous serait utile. Je suis revenue dans l'espoir de revoir ma famille et je n'ai trouvé que des pierres tombales. Je n'ai rien, Matt. Rien, en dehors de mon cheval, de quelques piètres affaires et du peu d'or qu'il me reste d'Elijah. Ça te laisse peut-être croire que je cherche un homme pour prendre soin de moi, mais c'est bien la dernière chose dont je me soucie. Tout ce que je souhaite pour l'instant, c'est la vérité. Ensuite, je pourrai peut-être envisager l'avenir.

Matt lut une grande détermination dans le regard de Molly. Il y perçut aussi des ombres noires ; les cicatrices de ces dix dernières années refaisaient brusquement surface. Elles avaient été enfouies bien plus profondément qu'il ne l'avait soupçonné.

Il voulait chasser la peur du regard tourmenté de Molly. Il la voulait en sécurité. Il la voulait… d'une façon qu'il n'aurait pas dû.

— J'y réfléchirai.

C'était le moins qu'il puisse lui accorder.

— Hey, Matt !

La voix venait du côté du corral. Matt regarda par-dessus son épaule et vit Dawson.

— Blackmore arrive !

— Merci, répondit Matt, avant de se retourner vers Molly.

Son chapeau faisait de l'ombre à son visage toujours soucieux.

Quelle petite fée elle avait été jadis ! Elle était parvenue à provoquer chez lui des émotions totalement inattendues : de l'affection, de la tendresse et un profond désir de protection. À présent, quelle femme déterminée elle était devenue − lui provoquant… fichtre, il ne souhaitait surtout pas s'attarder là-dessus ! Rien de bon n'en sortirait.

— Pourquoi ne viendrais-tu pas faire la connaissance de

Nathan ? dit-il en se dirigeant vers l'homme qui s'approchait sur un cheval à la robe sombre.

Son ami serait peut-être intéressé par la jeune femme. À peine cette réflexion lui eut-elle traversé l'esprit qu'une impulsion irrationnelle lui donna envie de cacher Molly dans la maison pour qu'aucun des hommes du ranch, Nathan compris, ne puisse la voir. Il lutta pourtant pour ne rien en faire.

Il ne pouvait pas gagner sur les deux tableaux. Dans sa tête, cependant, il commençait à entrevoir une option qui ne devait pas en être une, un cas de figure qu'il n'était pas sûr de pouvoir assumer, s'il le laissait se produire.

Se tenant à côté d'elle en attendant l'arrivée de l'homme qui lui avait sauvé la vie, la réalité pure et simple de ce qu'il ressentait lui sauta aux yeux.

Il voulait Molly pour lui seul.

CHAPITRE ONZE

L'après-midi même, Molly chevauchait derrière Matt et Nathan le long d'un ruisseau bordé de peupliers touffus. Le ciel sans nuage de cette chaude journée annonçait un été torride.

Molly repoussa légèrement son chapeau en arrière et offrit son visage à la caresse du soleil. Après avoir vécu à ras de terre pendant si longtemps, une seule nuit au ranch des Ryan, aussi agréable soit-elle, lui avait donné l'impression d'être complètement décalée. À présent, au grand air et au milieu des paysages immenses, elle se sentait plus égale à elle-même.

Matt et Nathan étaient trop loin pour qu'elle puisse entendre leur conversation, aussi focalisait-elle son attention sur les nombreux oiseaux qui s'élançaient entre les arbres, tout autour d'eux.

À l'époque où elle vivait avec les Comanches, elle observait souvent les innombrables oiseaux qui peuplaient la nature. Elle enviait leur liberté. Parfois, la nuit, quand la solitude et la peur la gagnaient, elle s'imaginait être un troglodyte volant haut dans le ciel, rapide et libre. Dans ses projections mentales, son âme suivait le vent et s'envolait au-dessus des terres. Il ne s'agissait peut-être que de stupides rêveries, mais elles lui permettaient de ne pas sombrer dans la folie, lorsque la douleur d'avoir été arrachée à sa famille menaçait de l'anéantir.

Bird Fly High, son grand-père comanche, avait tout de suite remarqué son intérêt pour les oiseaux et lui parlait souvent d'eux. C'était un homme calme qui n'élevait jamais la voix, encore fort, bien qu'un peu voûté. Quand la tribu déplaçait le campement, il apportait toujours son aide, démontant les tipis avec Molly, les autres filles et les femmes, en plus d'attacher les lourdes perches de cèdre aux chevaux et aux ânes – après quoi, il préférait souvent se déplacer à pied plutôt qu'à cheval, répétant que l'exercice était bon pour ses vieux os.

— Tu observes le *tiriejuhtzú* avec application, lui avait dit un jour Bird Fly High.

Molly avait répondu par un simple hochement de tête.

— Pour comprendre le *juhtzú*, il faut avoir un esprit aiguisé, être capable de discerner les plus petits détails d'un vaste paysage. C'est un exercice difficile, parce qu'il faut veiller à ne pas trop garder la tête dans les nuages. Es-tu une rêveuse, *tiriejuhtzú* ?

Molly avait quasiment compris tout ce qu'il avait dit. À force d'écouter attentivement les femmes et les enfants qui l'entouraient, elle avait étendu sa connaissance de la langue comanche. Mais elle montrait toujours une certaine réticence à la parler elle-même, craignant de perdre toute connexion avec son propre peuple.

Alors, elle s'était contentée de répondre « *Jaa* ». Bird Fly High avait acquiescé en signe d'approbation, avant de serrer son épaule dans sa main pour lui montrer qu'il la comprenait.

Le vieil homme lui manquait un peu ; elle se demandait s'il vivait toujours. L'idée qu'elle ne le saurait jamais l'attrista. Il lui avait appris beaucoup de choses – au sujet des coutumes comanches, de la terre et surtout des oiseaux. Pour la première fois, elle se sentit reconnaissante de l'avoir connu.

Matt et Nathan firent patauger leurs chevaux dans le ruisseau, puis s'engagèrent sur un sentier battu qui serpentait à flanc de colline et dont la pente douce était couverte de genévriers et de peupliers. C'était le printemps et le paysage était vert et fleuri.

Molly se réjouissait de ne pas avoir été exclue de l'excursion. Matt aurait préféré lui éviter de se confronter à la laideur de ce passé meurtrier, mais même si ce désir la touchait, il était déjà trop tard. Il avait fini par comprendre son besoin de venir avec lui.

Lorsque tout serait fini, elle devrait envisager l'avenir. À cette idée, elle se sentait perdue. Où irait-elle ? Claire avait décidé de les attendre au ranch S.R., préférant ne pas les accompagner à celui des Bautista ; toutefois Molly savait qu'un jour ou l'autre, son amie devrait retourner au Nouveau-Mexique. Peut-être que Molly pourrait l'y accompagner et poursuivre ensuite sa route jusqu'en Californie, pour voir Emma et sa tante. Elle n'aurait plus aucune raison de rester au Texas. Cependant, cette pensée l'oppressait.

Elle était à nouveau en pantalon, parce que c'était largement plus confortable ; pourtant, elle se surprit à regretter les robes. Avoir une apparence féminine ne lui manquait pas, mais pour être honnête, elle déplorait que Matt se conduise avec elle comme si elle avait encore neuf ans. Peut-être avait-il raison… peut-être qu'elle cherchait vraiment un mari, sans même en avoir conscience.

Si tel était le cas, alors pourquoi l'avis de Matt concernant sa tenue lui importait-il plus que celui de Nathan ?

Elle jeta un coup d'œil à ce dernier. Il s'était montré cordial, lorsque Matt les avait présentés tout à l'heure, or même avec l'expérience limitée qu'elle avait de la gent masculine, Molly avait vite compris qu'il n'était pas un homme ouvert et facile d'accès. Il portait un chapeau noir sur ses cheveux bruns et une cicatrice sur sa joue gauche lui donnait un air menaçant. Molly ne pouvait qu'imaginer d'où elle provenait.

Il était aussi grand et mince que Matt, mais il y avait dans ses yeux des ombres auxquelles son âme semblait incapable d'échapper. Son comportement et sa personnalité ne semblaient pas contenir la moindre légèreté et vouloir échanger des banalités avec lui aurait été d'une terrible futilité.

Matt et Nathan firent ralentir leurs montures pour que Molly puisse chevaucher à leur hauteur.

— Nathan et toi avez quelque chose en commun, lui dit Matt en rapprochant son cheval de sa jument.

Leurs jambes se touchèrent et Molly savoura ce bref contact.

— Quoi, exactement ? demanda-t-elle d'un ton hésitant.

— Nathan a été fait prisonnier par une bande de Comanches, lui aussi.

— Vraiment ?

Étonnée, elle se pencha en avant pour regarder Nathan, à la gauche de Matt.

— Quel âge aviez-vous ?

— J'étais plus âgé que vous, d'après ce que Matt m'a dit, répondit Nathan. Vous êtes chanceuse d'avoir survécu. Et plus encore d'avoir pu rentrer chez vous.

— Je suppose.

Molly trouvait que son destin lui avait joué bien des tours, toutes ces années, mais elle n'avait jamais perdu la foi ni l'espoir de parvenir un jour à rentrer chez elle.

— Dans quelle tribu étiez-vous ?

— Les Kotsotekas. Je suis resté captif pendant dix-huit mois environ, avant de réussir à m'échapper.

— Comment vous êtes-vous enfui ?!

Comment avait-il pu faire ce dont elle avait seulement rêvé, nuit après nuit ?

— Une des femmes m'a aidé.

— Comment a-t-elle fait ?! Elles ne sont pas autorisées à assister aux conseils. Elles n'ont même pas accès aux médicaments !

— Je n'étais pas un petit garçon, quand ils m'ont capturé. Une des femmes m'a pris en sympathie et m'a convaincu de jouer l'idiot. Au bout d'un moment, les guerriers m'ont laissé les accompagner à la chasse et j'ai commencé à faire semblant de me perdre en revenant au campement. À chaque sortie, je mettais un peu plus de temps à rentrer, jusqu'au jour où je ne suis pas rentré du tout. Comme ils en ont simplement déduit que je m'étais encore perdu, ils ne sont pas venus me chercher ; du moins, pas avant qu'il ne soit trop tard.

— Comment avez-vous su où aller, une fois libre ?

La plus grande peur de Molly, si elle s'était enfuie – et au bout d'un moment, les opportunités n'avaient pas manqué –, avait été de ne jamais retrouver son chemin.

— Je savais où j'étais ; j'avais mentalement noté des points de repère, chaque fois que la tribu changeait d'emplacement ; alors il ne m'a fallu que quatre jours de marche pour atteindre le territoire des Blancs.

— Ce sont les Comanches qui vous ont fait cette cicatrice ?

Une heure plus tôt, elle n'aurait jamais imaginé avoir tant de choses en commun avec Nathan. Elle savait que les hommes faits prisonniers, surtout les plus vieux, étaient souvent maltraités. Certains étaient battus, surchargés de travail, même mutilés.

— Celle-ci n'est qu'un petit échantillon de ce qu'ils m'ont fait.

Un muscle tressaillit dans la mâchoire de Nathan et son expression redevint impénétrable.

— Tu as toujours su te sortir du pétrin, dit Matt.

— J'ai eu de la chance. Cette femme m'a sauvé la vie. Je suppose que ça contredit la plupart des théories texanes selon lesquelles tous les Comanches sont des barbares.

— Mais ce sont des barbares, n'est-ce pas ? intervint Molly. Peut-être pas aussi terribles que les Tonks. Les enfants comanches colportaient des histoires à voix basse dans lesquelles les Tankawas faisaient bouillir les bras et les jambes des Comanches qu'ils capturaient, avant de les manger. D'autant que je sache, les Kwahadis ne mangeaient pas leurs ennemis, mais je me rappelle une fois où des hommes partis en guerre revinrent avec un prisonnier ute. Comme ils l'ont torturé, ce pauvre homme… ça m'a donné envie de vomir ! Je n'ai pas pu supporter de voir ça.

Elle revoyait toujours la scène où une femme d'âge mûr lui avait coupé les paupières. Du sang avait dégouliné sur son effrayant visage aux yeux tout ronds. Après ça, Molly avait couru se réfugier dans le tipi de Bull Runner, essayant tant bien que mal de maîtriser ses haut-le-cœur.

— À ta place, je n'aurais pas pitié de cet Ute, Molly, dit Matt d'une voix haineuse. Je ne doute pas qu'il ait fait sa part d'actes barbares, lui aussi.

— Tu as probablement raison.

Elle lui jeta un coup d'œil et se demanda pourquoi il avait l'air plus nerveux que d'habitude. Mais comment pouvait-elle savoir ce qui était normal ou non, dans son attitude ? Nathan la regarda.

— Comment êtes-vous revenue au Texas ? Matt a mentionné qu'un chercheur d'or vous a traînée au Mexique.

— Elijah Hardin m'a sauvé la vie, je lui en serai toujours reconnaissante. J'ai essayé de lui parler de ma famille, mais au début, j'avais oublié ma langue maternelle.

Croyant avoir entendu Matt jurer, elle le regarda ; il avait tourné la tête. Elle surprit un sourire fugace sur les lèvres de Nathan. Les deux hommes avaient un comportement étrange. La bonne humeur de Matt semblait s'évaporer un peu plus chaque minute, tandis que Nathan se montrait un peu plus humain que ce à quoi elle s'était attendue.

— Pas évident, de parler anglais, quand on est le seul à le faire ! fit remarquer Nathan.

Molly hocha la tête.

— Pendant un temps, j'ai essayé de ne pas parler comanche. Je suppose que c'était ma façon de me rebeller contre eux ; mais l'anglais a fini par tomber dans l'oubli. Elijah m'a aidée à le réapprendre, quand j'étais avec lui.

— Que lui est-il arrivé ? demanda Nathan.

— Il a passé une grande partie de sa vie à chercher de l'or dans des mines, dit-elle, repensant à la solitude dans laquelle elle avait vécu, recluse avec le vieil homme. Quelle ironie du sort, qu'il soit mort la nuit, dans son sommeil, sachant tous les risques qu'il avait pris dans des grottes et des puits de mine abandonnés ! Un matin, peu après mon réveil, je l'ai trouvé raide mort.

Elle inspira pour garder son calme et poursuivit :

— Alors, je l'ai enterré, j'ai rassemblé nos affaires et j'ai pris la route pour quitter le Mexique. Une des raisons qui m'avaient retenue de quitter Elijah ou les Comanches avant lui, c'était la peur d'être incapable de m'orienter au milieu des étendues sauvages. Pourtant, contre toute attente, j'avais plus de compétences que je ne croyais. Comme vous, j'avais noté des points de repère ; et puis, j'avais observé les étoiles pendant des années.

Ensuite, elle ajouta, comme si cette pensée lui était venue après coup :

— Et je chassais facilement le crotale !

— Quoi ? demanda Matt, d'un ton presque accusateur.

— Peux-tu seulement imaginer comme il est ennuyeux de vivre dans les montagnes avec un vieil homme, sans avoir personne d'autre à qui parler ? rétorqua Molly, sur la défensive. Le pire, c'étaient les nuits. J'aurais facilement pu me laisser submerger par la solitude – et par la peur des créatures nocturnes, or j'ai lutté contre. Au lieu d'attendre qu'elles se jettent sur moi, c'est moi qui les chassais, à la nuit tombée. Pas pour les tuer, bien sûr. Bon, j'ai bien dû zigouiller quelques serpents, mais seulement quand je n'ai pas eu le choix.

— Bon sang, pourquoi le vieil homme ne veillait-il pas sur toi ?!

La voix outragée de Matt fit grimacer Molly.

— Je voulais vivre, et Elijah n'aurait pas été foutu de protéger un chien, s'il l'avait voulu ! Tu ne te souviens pas combien j'étais douée avec ma fronde ? Je m'en suis fabriqué une autre.

— Ouais, je me souviens de ce truc ; et je me rappelle aussi le crotale que tu as tenté de tuer avec, quand tu avais neuf ans. Si je ne t'avais pas attrapée à ce moment-là, il se serait jeté sur toi et ne t'aurait jamais lâchée !

— C'est possible.

Mieux valait ne pas lui raconter l'autre incident qu'elle avait eu avec un serpent à sonnette, pendant qu'elle était avec les Kwahadis. La colère lui aurait sûrement fait fumer les oreilles ! Cette image la fit sourire.

— Promets-moi juste une chose, dit Matt d'une voix ferme. De ne plus t'approcher des serpents !

— Même si j'ai faim ?

Le taquiner, au nom de leur ancienne amitié, avait été plus fort qu'elle. Il s'était montré incroyablement patient avec elle, à l'époque, alors qu'elle le harcelait de questions en le suivant partout pour apprendre tout ce qu'il savait. Elle ignorait la nature de ce qu'elle éprouvait pour lui aujourd'hui, mais l'air était électrique entre eux, ce qui la décontenançait. En même temps, elle se sentait tellement plus vivante qu'auparavant !

Nathan riait. Molly le regarda avec un grand sourire, se disant qu'après tout, il n'était pas si redoutable que ça.

— Crois-tu vraiment que je te laisserais manger du serpent ? demanda Matt. Je vais prendre soin de toi mieux que ça.

— Je ne t'ai jamais demandé de prendre soin de moi. Personne n'a pris soin de moi pendant dix ans et je me suis très bien débrouillée pour survivre.

— Si j'étais toi, Matt, je fermerais ma bouche, conseilla Nathan. De toute façon, elle cuisine sûrement mieux que toi !

De fait, le silence fut la seule réponse de Matt. Malgré sa mauvaise humeur, il chevauchait en souplesse, tenant avec légèreté les rênes de ses mains gantées.

— Que mangeais-tu, quand Cerillo te gardait prisonnier ? lui demanda-t-elle.

Nathan se tourna vers Matt, visiblement curieux de le savoir, lui aussi.

— Pas grand-chose, répondit Matt en regardant droit devant lui. Un serpent aurait été un festin.

— Voilà ; maintenant, tu comprends, dit doucement Molly.

Matt la fixa de ses yeux bleu-vert.

— Comment as-tu fait... pour ne pas devenir folle ?

La concentration lui fit froncer les sourcils.

— J'ai vu la souffrance des autres captives, répondit-elle. Alors j'ai appris à me taire et à faire ce qu'on me disait. Ils me faisaient travailler dur, mais toutes les femmes comanches travaillent dur. Leur vie était difficile. Mes mères comanches me témoignaient une certaine gentillesse, ce qui aidait. Tous les soirs, malgré tout, je regardais les étoiles en imaginant que quelque part, ma famille contemplait le même ciel ; que tu contemplais le même ciel.

Elle lui sourit.

— En faisant ça, d'une certaine façon, je me sentais connectée.

— Vous avez supporté ce que beaucoup de fillettes et de femmes n'auraient pas pu, dit Nathan.

— Tout comme vous, lui répondit Molly. Et comme Matt, ajouta-t-elle en remarquant que le regard de Matt s'était adouci.

Elle se sentit envahie d'une intense gratitude. Elle était si heureuse de l'avoir retrouvé !

— Tu as entendu ça, Ryan ? plaisanta Nathan. Elle nous compare à des fillettes et à des femmes !

— En ce qui te concerne, elle a raison ! répondit Matt d'une voix traînante.

— La prochaine fois, je te laisserai dans le trou à rats que Cerillo avait fabriqué spécialement pour toi !

Mais il n'y avait aucune animosité dans les paroles de Nathan ; elles semblaient le fruit d'une simple réflexion.

— Je te serai toujours reconnaissant de ne pas l'avoir fait, murmura Matt.

Molly aurait aimé dire quelque chose pour apaiser l'esprit de Matt que ces souvenirs tourmentaient, mais l'expérience lui avait appris que parfois, seul le temps pouvait atténuer les souffrances du passé.

VERS LA FIN de l'après-midi, ils arrivèrent au ranch Bautista, niché dans une vallée entourée de collines aux sommets plats. Des hommes à cheval allaient et venaient. Certains s'occupaient d'un groupe de vaches Longhorn réunies dans un corral. Matt savait qu'ils rassemblaient le bétail pour le marquer et pensa qu'eux-mêmes allaient bientôt devoir regrouper leur troupeau au ranch S.R., comme à chaque printemps.

Après avoir posé quelques questions, ils apprirent que Whitaker était dans le baraquement des employés. Ils se dirigèrent vers le bâtiment en bois à un étage. Souhaitant épargner à Molly une rencontre qui pouvait mal tourner, Matt lui dit d'attendre dehors pendant qu'il interrogerait leur homme avec Nathan. D'expérience, il savait qu'un type coincé réagissait souvent violemment. Et mentait, par-dessus le marché.

Pourtant, à la dernière minute, il fut sur le point d'embarquer Molly avec eux à l'intérieur. Elle avait beau porter à nouveau le pantalon et la chemise ample dans lesquels il l'avait découverte quelques jours plus tôt, elle était encore bien trop féminine pour sa tranquillité d'esprit. Il ne voulait pas que les employés du ranch l'importunent. Il hésita, mais lui répéta de se tenir à l'écart.

À en juger par l'expression butée de son visage, Molly n'était pas contente ; elle resta néanmoins en retrait, à califourchon sur Pecos. Matt fut soulagé qu'elle ne pipe mot, même si l'éclair de colère qui traversa son regard ne passa pas inaperçu. Elle avait la rage. Matt trouva malgré tout préférable d'affronter son courroux que sa douceur. Il savait mieux gérer la fureur que les gestes innocents d'amitié et de gratitude qu'elle lui avait témoignés. Le souvenir du baiser qu'elle avait déposé sur sa joue lui faisait encore tourner la tête, tout Texas Ranger dur et insensible qu'il était !

Il entra dans le baraquement, Nathan derrière lui. Plusieurs hommes s'affairaient à l'intérieur. L'air était saturé de fumée, de transpiration et de la puanteur des corps sales.

— On cherche un dénommé Whitaker, lança Matt aux hommes qui les dévisagèrent.

— Pourquoi ça ? demanda l'un des plus jeunes travailleurs.

— On veut juste lui poser quelques questions.

Matt observa le groupe d'hommes, essayant de déterminer s'ils allaient leur donner du fil à retordre.

Le jeune fit un signe de tête vers un type plus vieux et plus épais, debout derrière la grande table qui trônait au milieu de la pièce. L'homme fusilla le garçon du regard.

— Un grand merci, Jenkins, petit merdeux !

Jenkins et les autres gars sortirent ; ils n'aimaient visiblement pas beaucoup Whitaker. Matt attendit qu'ils se retrouvent seuls tous les trois. Il entendit quelques sifflements retentir dehors. Les jeunes cow-boys venaient apparemment de remarquer Molly. Matt fut soudain très pressé d'en finir avec ce tête-à-tête.

— D'après ce qu'on m'a dit, il y a dix ans, tu as bossé dans le ranch de Davis Walker, près de la Red River, commença Matt.

Le visage de Whitaker, mal rasé et tanné par le soleil, était dissimulé dans l'ombre du chapeau crasseux qu'il portait. Quand il ouvrit la bouche pour parler, Matt remarqua qu'il lui manquait quelques dents de devant.

— V's êtes qui ? demanda l'homme.

— Mon nom, c'est Matt Ryan. Il y a dix ans, le ranch des Hart a été attaqué, plus à l'ouest. Il y a eu deux personnes assassinées et une petite fille enlevée. Ça te dit quelque chose ?

— Pour l'amour de Dieu, je m'souviens même plus de c'que j'ai fait hier ! Alors y a dix ans, tu parles !

Whitaker émit un rire écœuré.

— As-tu attaqué le ranch des Hart pour Davis Walker ?

— Tu t'trompes de bougre, mon p'tit. J'ai rien à t'dire ! Pourquoi qu'tu veux fourrer ton nez dan'un truc qui r'monte aussi loin ? Ça va t'causer que des problèmes.

Matt avait les yeux rivés sur Whitaker. Son instinct lui disait que cet homme était impliqué dans l'affaire, d'une façon ou d'une autre. Peut-être qu'une balle dans la jambe l'aurait persuadé de parler plus vite, mais ça aurait fait désordre.

Il se rapprocha de lui et, d'un geste fluide, lui retira son chapeau, ce qui confirma les dires de Rosita. L'homme avait bien été scalpé ; le haut de sa tête était marbré de cicatrices et des cheveux gris poussaient uniquement sur les côtés de son crâne, de façon désordonnée.

— Fils de pute ! rugit Whitaker. Ne m'touche pas, putain, ou j'te crève !

— C'est une promesse ? demanda Matt d'un ton calme. Qu'est-il arrivé à ta tête ?

— Je dirais que ça ressemble à une coupe de cheveux indienne, commenta Nathan d'une voix traînante. Et pas une récente…

— C'pas un crime de survivre à un scalp ! dit Whitaker en reprenant son chapeau des mains de Matt pour le remettre sur sa tête.

En une fraction de seconde, Matt dégaina son revolver à six coups et cloua Whitaker au mur du fond en l'étranglant de son bras gauche, le canon de son arme collé entre ses deux yeux.

— Je ne suis pas un homme patient. Je veux savoir pourquoi Davis Walker t'a dit d'attaquer le ranch des Hart et pourquoi tu as enlevé une de ses filles.

— Ça va ! s'écria Whitaker d'une voix éraillée. J'vais te dire c'que j'me souviens ! Pour peu qu'tu r'tires tes pattes de moi !

Matt recula et l'homme trébucha, toussant en se frottant le cou. Matt garda le type en joue et entendit Nathan charger son fusil.

— On nous a just'dit qu'Walker voulait qu'on attaque le ranch des Hart. Y nous a jamais causé lui-même. On d'vait toucher une belle somme, mais on s'est fait couillonner, au final !

— On m'a dit que la plupart des autres gars ont été tués. Estime-toi déjà content d'être en vie !

L'homme ne répondit rien.

— Qui t'a ordonné d'attaquer ce ranch ? demanda Matt.

— J'sais pas. J'y ai jamais causé. Z'ont passé l'mot parmi les gars. On avait tous besoin du blé, et p'is Hart, il volait les bœufs à Walker, toute façon ! Y méritait b'en une bonne leçon !

— Il méritait de mourir ? demanda Matt. Comment sais-tu qu'il volait du bétail ?

— Tout l'monde savait ça.

Il faudrait que Matt en parle à son père, mais il trouvait peu probable que Robert Hart ait volé des bœufs. Pourquoi aurait-il fait ça ? Aurait-il eu besoin d'argent à ce point ?

— Pourquoi avoir enlevé la fillette ? demanda Matt.

— On nous a dit qu'y aurait une récompense en plus, si on attrapait la cadette et qu'on l'apportait près de la Brazos River.

— *Qui* te l'a dit ? demanda Matt dont la patience s'amenuisait.

Whitaker haussa les épaules.

— J'me souviens pas. C'tait y a longtemps ! C'est juste passé d'bouche à oreille.

— C'est toi qui as tué Robert Hart ? demanda Nathan, derrière Matt.

— Putain, j'me rappelle pas ! Tout l'monde était déchaîné… et sa bonn'femme arrêtait pas d'gueuler !

— C'est pour ça que tu l'as tuée aussi ?

Matt était à deux doigts d'envoyer son poing dans la gueule de Whitaker.

— Elle s'est j'tée devant lui, c't'idiote ! beugla Whitaker. On n'aurait pas pu la sauver ! Bon Dieu, c'pas ma faute, toute cette histoire ! Et p'is, c'est pas comme s'y restait quelqu'un qu'en a que'que chose à foutre !

Matt refoula le dégoût que lui inspirait une attitude aussi cruelle.

— C'pas moi qui les ai butés, s'empressa d'ajouter Whitaker. C'est un gars qu'était plus âgé qu'moi. Mais tu pourras pas mett'e la main d'ssus, vu qu'les Comanches y l'ont tué pas longtemps après l'coup.

— Qu'a dit Walker, quand il a appris ce qui s'était passé ?

— Tu crois qu'j'allais lambiner dans l'coin pou'l'savoir ?! jappa Whitaker. J'suis pas débile !

— Rien n'est moins sûr…

Matt se demandait s'il devait ou non croire la version de Whitaker. Il sentait dans ses tripes qu'il ne tirerait rien d'autre de ce type, qu'il lui avait sûrement dit tout ce dont il se souvenait.

— C'est qui, elle ? demanda Whitaker, une note d'inquiétude tintant à nouveau sa voix.

Matt n'eut pas besoin de se retourner pour savoir qu'il s'agissait de Molly. Il se demanda ce qu'elle avait bien pu entendre. Un rapide coup d'œil à son visage tout blanc et à son air effaré lui apprit qu'elle en avait entendu suffisamment.

— C'est lui…, murmura-t-elle. Celui qui m'a enlevée !

— De quoi qu'elle cause ?!

— C'est moi, la cadette ! clama-t-elle avec colère.

Whitaker jura haut et fort.

CHAPITRE DOUZE

Depuis trois kilomètres environ, Matt et Nathan chevauchaient vers le sud, Molly les suivant un peu en retrait. À en croire la teinte orangée du ciel, le soleil n'allait pas tarder à se coucher ; les bruits de la nuit résonnaient déjà autour d'eux. Matt s'inquiétait du silence dans lequel Molly s'était murée depuis qu'ils avaient quitté Whitaker. Comme ils avaient une longueur d'avance sur elle, Nathan se risqua à demander :

— Que comptes-tu faire au sujet de Davis Walker ?

— Aucune idée, répondit Matt.

Ils se turent à nouveau jusqu'à ce que le dernier rayon du soleil disparaisse derrière l'horizon. Dans la brume pâle du crépuscule, Matt contempla la femme qui chevauchait derrière lui, celle qui venait de bouleverser sa vie en l'espace de quelques jours seulement.

— Que vas-tu faire de Molly ? demanda Nathan, comme s'il avait lu dans ses pensées.

— L'attacher à une colonne de lit, marmonna Matt.

— Tu penses à une colonne de lit en général ou à la tienne en particulier ?

Matt jeta un coup d'œil à Nathan. Son ami avait un regard malicieux.

— Ce n'est pas ce que tu crois, répondit Matt. J'ai l'intention de bien me conduire.

— Tu vas l'épouser ? demanda Nathan en haussant un sourcil.

Matt ne parvint qu'à faire un léger mouvement de tête.

— J'peux pas.

— Pourquoi ? Elle est déjà mariée ?

Nathan n'était visiblement pas près de laisser tomber le sujet.

— Non.

Matt eut l'impression de répondre aux questions d'un enfant ; mais s'il se sentait aussi tiraillé quand il s'agissait de l'avenir de Molly, Nathan n'y était pour rien.

— Elle en a bavé. Elle a besoin d'un homme en qui elle puisse avoir confiance, pas d'un type qui voudrait seulement la mettre dans son lit.

Nathan se mit à rire, visiblement soulagé.

— D'accord ; là, je comprends mieux.

— Ce qui est censé vouloir dire… ?

— Je voulais juste savoir ce que tu ressentais pour elle.

— Je ne ressens rien pour elle, rétorqua Matt. Du moins, rien qui mérite qu'on s'y attarde. Elle est vulnérable. Je n'en profiterai pas.

— Je suppose que tu te sens coupable de ce qui lui est arrivé, il y a dix ans.

— Comment faire autrement ? Je l'ai laissée seule, quand Whitaker et ces types ont attaqué sa maison ! Et je ne lui ai été d'aucun secours, pendant les années qu'elle a passées avec les Comanches.

— Ton problème, Matt, c'est que tu endosses toujours trop de responsabilités face aux aléas de la vie. Tu l'as fait un nombre incalculable de fois, quand on était à l'armée – et même si tu ne m'en as jamais rien dit, je suis sûr que c'est en partie pour ça que

Cerillo a réussi à te coincer. Arrête un peu ! Des femmes comme celle qui est derrière toi, il n'en passe pas tous les jours. Vas-tu cracher dans la soupe à cause d'un sentiment de culpabilité, ou parce que tu te crois trop respectable pour daigner la toucher ?

Il ne se sentait pas trop respectable pour la toucher ; bien au contraire. Il craignait que ce soit la chose la moins respectable à faire !

Il avait existé une réelle amitié entre eux, par le passé. Il ne doutait pas qu'elle ait eu de l'affection pour lui ; et peut-être en avait-elle encore. Ne serait-elle pas désorientée, s'il se servait de ces sentiments à ses propres fins ? Répondrait-elle à ses avances, simplement parce qu'il le désirait ? L'idée d'obtenir quoi que ce soit d'elle sous la contrainte était hors de question – après tout ce qu'elle avait vécu ces dix dernières années, en plus !

Molly finirait peut-être par tourner la page de son passé ; à ce moment-là, elle s'éloignerait sûrement de lui définitivement. Il ne pourrait pas lui en tenir rigueur. Mais pour être honnête – ce qu'il avait visiblement du mal à être, dès qu'il s'agissait de ses sentiments grandissants pour elle –, il n'était pas sûr de vouloir protéger Molly. Il cherchait surtout à se préserver, pauvre chéri, au cas où elle le quitterait à nouveau (et cette fois-ci, de sa propre volonté). Vous parlez d'intentions respectables !

— Nos chemins se séparent ici, annonça Nathan en faisant pivoter son cheval face à l'est. Je prévois d'aller voir ma sœur en Californie, une fois que j'aurai terminé ce que j'ai à faire à Fort Worth ; je passerai te voir sur le chemin du retour. Molly, ce fut un plaisir.

Nathan inclina son chapeau vers elle au moment où elle arrivait à leur hauteur.

— Merci, Nathan, dit-elle d'une voix veloutée qui vibra dans le cœur de Matt. Surtout pour votre aide, là-bas, avec Whitaker.

— Prenez soin de vous Et si je peux me permettre un conseil : laissez le passé derrière vous et tâchez de vous poser. En fin de compte, je doute que risquer votre vie en traquant des ordures comme Whitaker et Davis Walker en vaille la peine. Je sais par expérience que ce qu'a fait Walker finira par lui revenir en pleine poire.

Molly sourit, mais son attitude était grave.

— Je me souviendrai de vos conseils.

Elle s'éclaircit la gorge avant d'ajouter :

— Pour tout vous dire, vous m'avez vraiment surprise. Lorsqu'on s'est rencontrés, je vous ai pris pour une brute sans cœur ; depuis, vous n'avez cessé de me prouver le contraire. J'avoue qu'au début, j'ai vraiment cru vous déplaire.

— Rien ne saurait être plus faux. En fait, si Matt ne se décide pas, vous risquez de me revoir !

Molly sembla confuse.

— Fous le camp, Blackmore ! dit Matt d'un ton menaçant.

Nathan se mit à rire. Rapprochant de son ami son cheval noir comme le jais, il ajouta à voix basse :

— Tente ta chance, Matt ! Tu mérites un peu de bonheur, après Cerillo.

Nathan empoigna brièvement l'épaule de Matt, puis disparut dans la nuit qui gagnait du terrain à vue d'œil, son cheval sombre se fondant sans peine dans l'obscurité. Ses mots semblèrent résonner derrière lui.

Tente ta chance.

Matt se tourna vers Molly, qui regardait Nathan s'éloigner. Il voulait cette femme, il en était sûr, à présent. Cependant, elle était jeune – et seule. Il ne pourrait plus jamais se regarder en face, s'il la touchait ; à moins qu'elle ne fasse le premier pas vers lui, délibérément.

Bien résolu, il reprit la route vers l'ouest, chevauchant à ses côtés.

MATT GUIDAIT son cheval dans l'obscurité et Molly le suivait. Il comptait atteindre un petit ruisseau qui se trouvait un peu plus loin et s'y arrêter pour la nuit. Lorsqu'ils atteignirent le cours d'eau en question, ils tombèrent sur un autre campement.

L'intention première de Matt fut d'esquiver les trois ou quatre hommes réunis autour d'un feu. Leurs chevaux broutaient dans la lumière orangée des flammes vacillantes. Mais il reconnut soudain l'un des types et n'en crut pas ses yeux.

— Qu'y a-t-il ? demanda Molly en rapprochant Pecos de son hongre gris moucheté.

— Les esprits doivent vouloir nous jouer des tours, parce qu'un des hommes assis là est Davis Walker.

Elle tourna vivement la tête vers eux.

— Tu en es sûr ?

— Ouais, répondit Matt à regret, avant d'inspirer un bon coup. Molly, passons notre chemin. Il ne se dira rien ce soir qui pourrait nous être utile. En fin de compte, Whitaker ne nous a pas révélé grand-chose de plus que ce qu'on savait déjà ; ce qui veut dire qu'on n'a pas vraiment plus de preuves contre Walker qu'on en avait hier.

— Ce n'est pas juste, dit Molly, sa voix tremblant de colère. Il a profité des dix dernières années de sa vie. Autant de temps qu'il a volé à ma famille !

— Hey ! On peut vous aider, les gars ? leur cria l'un des hommes autour du feu de camp, ayant fini par remarquer leur présence.

— Davis, c'est Matt Ryan.

Matt essayait de garder une voix neutre. Il espérait que l'échange serait bref et que Molly ne ferait ni ne dirait rien d'imprudent. En aparté, il lui souffla :

— C'est peut-être mieux que tu me laisses faire.

Il lui jeta un coup d'œil. À la lueur du feu, il put lire le mécontentement sur son visage, mais également autre chose. Elle avait peur.

— Ne t'inquiète pas, dit-il. Je te protégerai.

— Je ne m'inquiète pas pour moi. J'ai peur pour toi. S'il te plaît, sois prudent !

Éberlué d'être l'objet de son angoisse, il resta bouche bée, incapable de répondre – d'autant que Walker s'approchait de leurs chevaux. À contrecœur, Matt mit pied à terre.

— Matthew Ryan ? Ça alors ! Comment vas-tu ?

Matt ne vit pas comment éviter la poignée de main que lui offrait Davis. Cet homme qu'il n'avait pas vu depuis des années ne semblait pas avoir beaucoup changé. Il était toujours massif, bien qu'ayant à présent de la bedaine au-dessus de la ceinture. Il avait les cheveux courts et grisonnants, mais son regard était toujours acéré. Davis Walker n'était pas un homme à sous-estimer. Matt sentit son ventre se crisper. Il ne voulait pas qu'il s'approche de Molly.

— Ça va, répondit Matt de façon évasive.

Les autres hommes restèrent autour du feu, et Davis les désigna les uns après les autres.

— Là, c'est Hal Lewis, Charlie Brewster et George Sawyer. Tu te souviens peut-être de Georgie ? Il travaillait au ranch des Hart, à l'époque où vous y étiez, toi et tous les jeunes.

Matt n'eut pas besoin de se tourner vers Molly pour savoir qu'elle s'était raidie à l'évocation du ranch de ses parents. Il jeta un coup d'œil à Sawyer et hocha légèrement la tête.

Il se souvenait de lui, même si Sawyer n'était alors qu'un garçon d'écurie, pas beaucoup plus âgé que Cale et lui. Visiblement, il n'avait pas beaucoup changé. Ce type avait une certaine sauvagerie dans l'œil et son corps dégingandé semblait prêt à toute violence. Matt se souvint qu'il était un peu fou, à l'époque, et il eut l'intuition que c'était toujours le cas. Pourquoi Sawyer traînait-il avec Walker, maintenant ? Même si ça le turlupinait, il devait remettre cette réflexion à plus tard.

— Je n'avais pas vu que tu étais en charmante compagnie,

Matt, observa Davis en remarquant la présence de Molly. Tu t'es enfin marié ?

— Non.

Il aurait préféré mentir, mais Molly n'aurait probablement pas compris. Que les autres la prennent pour sa femme aurait mieux garanti sa sécurité, toutefois si elle avait pris la mouche, Matt et elle n'auraient pas été près de passer leur chemin.

— Vous voulez vous joindre à nous ? demanda Davis. On va rejoindre mon ranch, au matin ; on pourrait faire la route ensemble.

— Non merci, répondit Matt. On a prévu de s'arrêter un peu plus loin.

Davis lui fit un clin d'œil en riant.

— Bien sûr… je ne peux pas te reprocher de vouloir un peu d'intimité !

— Miss, je vous invite à rester, lança George Sawyer avec un regard de défi.

Matt ne l'en trouva qu'encore plus déplaisant.

— On doit vraiment poursuivre notre route.

— C'est comment, vot'e nom, miss ?

— Garde ton froc, va, Georgie ! dit Davis, se remettant à rire. À croire qu'il n'a jamais vu une femme !

— Pas une aussi jolie qu'vous, miss, commenta George.

— Elle est avec moi, objecta Matt d'une voix claire et nette.

Il ne voyait pas pourquoi Sawyer le défiait, mais il n'aimait pas qu'il reluque Molly.

— J'ai entendu dire que tu as été blessé récemment, dans le sud, intervint Davis, essayant visiblement de changer de sujet. Tu as l'air de t'être remis ! Tu prévois de retourner avec les Rangers ou de rester au ranch pour aider ton père ?

— Je ne me suis pas encore décidé.

— Je serais content, si Cale rentrait aider son vieux ! Ton père a de la chance de vous avoir près de lui, Logan et toi, même si c'est seulement provisoire.

— Où est Cale, ces temps-ci ?

— Comment le saurais-je ?! Aux dernières nouvelles, il était chasseur de primes dans le Colorado, putain ! Je ne doute pas qu'il gagne de belles sommes, mais je n'en vois pas la couleur. Ce garçon ne m'a jamais témoigné beaucoup de respect. Et puis, il n'a jamais tenu longtemps en place – sauf pour chier, peut-être ! Bon, heureusement, j'ai encore T.J. et Joey.

Davis jeta un coup d'œil à Molly, prenant conscience de son langage.

— Pardon, miss, je me suis laissé emporter ! C'est comment, votre nom, ma jolie ?

Matt envisagea rapidement de mentir, mais avant qu'il ait pu trouver un prénom, Molly répondit d'une voix pleine de défi :

— C'est Molly.

Matt jura intérieurement.

— Molly. Eh bien, c'est un joli nom. J'ai connu une Molly, une fois…

Davis resta songeur un moment, puis donna une claque sur l'épaule de Matt en concluant :

— J'imagine que, parfois, il vaut mieux laisser le passé là où il est, pas vrai ?!

Matt éprouva l'envie soudaine de frapper Davis. Cette réaction ne lui était pas naturelle ; d'habitude, il ne réagissait jamais de façon impulsive, à chaud. Il ne bougea pas et maîtrisa sa respiration, se rappelant qu'il y avait là d'autres hommes. S'ils parvenaient à le maîtriser, Molly se retrouverait seule. Il devait penser à elle avant tout.

— Eh ben, miss Molly, dit George d'une ignoble voix mielleuse, si vous en avez marre d'être avec m'sieur Matt et que vous préférez venir réchauffer mes draps, vous êtes la bienvenue ! Je m'occuperai bien de vous !

— Ne faites pas attention à Sawyer, intervint Davis d'une voix dégoûtée. Ce n'est qu'une grande gueule !

Un mouvement dans les feuillages secs, derrière le groupe des hommes, attira soudain l'attention de Matt, le mettant sur le qui-vive ; mais avant qu'il n'ait pu déterminer de quoi il s'agissait, quelque chose siffla à côté de sa tête et atterrit dans l'un des buissons. Molly glissa de son cheval et courut vers les arbustes. Matt aperçut le lance-pierre dans sa main et dégaina son revolver.

— Molly, non !

Mais il était trop tard. Les gars du campement entendirent la crécelle du serpent à sonnette en même temps que Matt.

Avançant dans une zone que le feu n'éclairait pas, Molly fit un étrange mouvement des mains et se saisit rapidement du serpent. Elle maintint la tête en forme de cœur de la bestiole d'un côté et, de l'autre, son long corps épais qui se tortillait dans tous les sens.

— Mon Dieu ! s'écria Matt, gagné par la panique et se précipitant vers elle. Repose-le !

Elle se tourna vers les autres hommes stupéfaits.

— Monsieur Sawyer, dit-elle d'une voix pleine de mépris, je n'ai pas besoin que quelqu'un s'occupe de moi.

Elle était plus forte que Matt ne l'aurait cru. Contrôlant le gros reptile remuant, elle le brandit devant elle ; les hommes firent un bond en arrière.

— J'aurais pu lui arracher la tête, mais tuer un serpent dans les limites d'un campement porte malheur. Vieille superstition indienne. Je ne voudrais surtout pas attirer le malheur sur vous tous…

Quand elle reposa avec précaution le serpent très venimeux qui ondula pour disparaître dans la nuit noire, les hommes trébuchèrent en essayant à la hâte de s'écarter de son passage.

Matt resta figé.

Satanée femme… elle voulait mourir ou quoi ?! Ce fut vraiment parce qu'il y avait du monde qu'il se retint de la sermonner.

Elle se pencha, ramassa sa fronde et s'éloigna de Davis et des autres hommes encore agités. Passant devant Matt sans même le regarder, elle lança :

— Allons-y !

Il resta immobile un instant, essayant de garder son sang-froid. Puis il dit :

— Messieurs…

Et se détourna pour la suivre.

CHAPITRE TREIZE

Molly chevauchait derrière Matt dans l'obscurité, laissant Pecos trouver son propre chemin. Elle était fatiguée, elle avait froid, mais elle tenait à s'éloigner autant que possible de Davis Walker et de ses acolytes avant de faire halte. Matt semblait dans le même état d'esprit, même s'ils n'en avaient pas parlé.

La montée d'adrénaline provoquée par la capture du serpent s'estompait, laissant ses jambes molles. La charge mentale d'avoir été confrontée à l'homme possiblement responsable du meurtre de ses parents l'oppressait. Elle se sentait anéantie. Elle essayait de faire taire ses pensées, mais, bizarrement, la nuit où Bull Runner et les guerriers comanches l'avaient emmenée dans le camp de Jose Torres ne cessait de lui revenir à l'esprit.

À un moment, elle avait cru Snake Eater sur le point de la kidnapper. Puis, dans un instant de lucidité, elle avait été convaincue qu'il comptait plutôt la tuer.

La transaction avec Torres avait eu lieu. Bull Runner avait troqué Molly contre des couvertures, des revolvers et des munitions. Dans l'oppressante obscurité, seule la lumière des torches illuminait les visages des Comanches à l'expression féroce, peints comme pour la guerre. Molly n'avait jamais vu les hommes kwahadis ressembler à ce point à des bêtes sauvages. Debout à côté de

Torres, elle sentait son estomac se retourner. Il avait bu et n'arrêtait pas de la regarder méchamment.

Elle croisa le regard de Snake Eater. Ses yeux pleins de fureur la transpercèrent. Il poussa des cris aigus. Tous les guerriers se mirent à tourner autour d'elle et de Torres ; leurs chevaux martelaient de leurs sabots le sol à ses pieds. Cette démonstration de force la déboussola, mais un coup d'œil à Torres, dont le visage était figé de terreur, ne laissa nulle place au doute : les Kawahadis se préparaient à l'attaque.

Elle se souviendrait plus tard avec une amère satisfaction de la peur dans les yeux du marchand. Sur le moment, cependant, elle se demandait avec angoisse après qui ils en avaient, elle ou Torres. Lorsqu'elle vit le regard calculateur de Snake Eater rivé sur elle, elle comprit qu'elle était la cible. Sa vie allait prendre fin d'une seconde à l'autre.

Les guerriers continuèrent à tourner en rond autour d'eux en poussant des cris perçants et leur mouvement continu lui donna la nausée. Puis Bull Runner intervint, guidant son cheval au centre de l'agitation frénétique. Il lui adressa un dernier regard, avec sur le visage une expression frôlant le regret, avant d'obliger les autres guerriers à s'éloigner dans la nuit noire et menaçante, chevauchant à leur suite. Le souffle saccadé de Molly résonna dans le silence tout à coup oppressant.

Ce soir-là, elle eut de la chance – et pas seulement avec Snake Eater. Torres tomba, ivre mort, peu de temps après la bruyante démonstration de force des Comanches.

Molly écoutait les bruits de la nuit – le gazouillis des grillons, le hululement d'une chouette et le hurlement lointain d'un coyote. Les créatures nocturnes ne lui faisaient pas peur. Elles étaient prévisibles à leur façon, une fois qu'on savait déchiffrer leur langage. Les hommes, par contre, étaient imprévisibles et certains d'entre eux avaient modifié le cours de sa vie de façon si drastique qu'elle se demandait à présent comment elle avait fait pour y survivre.

Lorsqu'un vieil homme débraillé lâcha un sac rempli d'or aux pieds de Torres, Molly eut du mal à croire qu'il venait de l'acheter. Qui pouvait croire qu'elle valait autant ? Surtout en la voyant assise à même le sol, le visage tuméfié par les coups de Torres !

Pourtant, après s'être emparé du sac, le marchand se débarrassa d'elle en la poussant brutalement entre les omoplates. Molly trébucha jusqu'au vieil homme. Elle n'aurait alors jamais cru que cet homme-là ne lui ferait aucun mal. Il avait des cheveux hirsutes et gris. Lorsqu'il l'inspecta, un éclair de bonté passa dans son regard.

— Vous avez un nom, miss ? demanda-t-il.

Elle avait sur le bout de la langue le sens de cette langue familière et son esprit s'efforça en vain de le percer.

Le vieil homme se pointa du doigt.

— Elijah Hardin.

Molly hocha la tête, puis se désigna à son tour.

— Canauocué Juhtzú.

Elijah se renfrogna.

— Je vois bien que tu es blanche, sous ces vêtements d'Indienne et cette épaisse couche de crasse qui te recouvre. Quel est ton nom de Blanche ?

Le sens caché de ces mots la titillait, faisant remonter en elle les souvenirs d'une époque où elle parlait cette langue. Des larmes lui montèrent aux yeux tandis qu'elle luttait pour faire ressurgir ce prénom qui n'existait plus que dans ses rêves, souvenir d'une époque très lointaine qui la hantait.

— Molleeharrt.

— Je préfère ça, dit Elijah en acquiesçant. Tu ne peux pas parler indien. Tu m'entends ? Ce n'est pas conv'nable.

Molly fouilla désespérément dans sa mémoire, mais elle ne se rappelait pas le moindre mot d'anglais qu'elle utilisait enfant. Elle entreprit de demander à Elijah de la ramener chez elle en langue comanche. Ça n'eut d'autre effet que d'aggraver son mécontentement.

— Ne tzaréja Komantcia ! Ne tza Komantcia !

Elle tentait de lui dire qu'elle avait vécu avec les Comanches, sans être une des leurs. Mais il comprit de travers.

— Tu ne peux pas retourner avec eux, dit-il en se mettant en route, traînant ses deux mules derrière lui. Tu es blanche, ce n'est pas conv'nable. Allez, viens ! Tu n'as plus qu'à venir avec moi. J'ai payé cher ta liberté, alors tu peux rester *avec moi pendant un moment. Tu peux cuisiner et faire un peu de ménage pour me rembourser. Ensuite, il faudra trouver quoi faire de toi.*

— Ne miar equihtzí neririeté… muyienaet. Taabetzaróehquit !

Elle pointa son doigt en direction de l'est pour lui faire comprendre. Sa maison se trouvait à l'est.

— Taabetzaróehquit !

Il fallait qu'elle aille dans la direction où le soleil se lève.

— *On s'en sortira, si seulement tu arrêtes de causer indien, marmonna Elijah en se dirigeant vers le sud.*

Molly resta plantée là, immobile, sa propre frustration menaçant de la submerger. Que devait-elle faire ? Des larmes ruisselèrent sur ses joues. Elle jeta un coup d'œil derrière elle et vit Torres qui comptait ses pièces d'or. Elle n'avait pas vraiment le choix. Elle ne pourrait jamais survivre toute seule ni retrouver le chemin de sa maison. Tout ce dont elle se souvenait était que ce « chez elle » était à l'est !

Impuissante une fois de plus à changer le cours de sa vie et trop faible encore pour surmonter un nouvel obstacle, elle suivit Elijah aussi vite que son corps meurtri le lui permit.

Elijah s'était avéré être un peu bizarre. Il l'abandonnait littéralement pendant des jours entiers pour aller fouiller des mines ; et le reste du temps, il l'entretenait de ses suspicions concernant les gens et les lieux. Molly avait rapidement compris pourquoi il vivait comme un ermite. En tout cas, il lui avait réappris l'anglais, nuit après nuit, à la lueur du feu, jusqu'à ce que sa langue maternelle remonte enfin à sa conscience. La mort soudaine d'Elijah avait été un réel choc pour elle.

Un matin d'été lumineux, quand elle s'éveilla, elle le vit qui dormait toujours sur ses couvertures. Bien qu'ils aient un léger abri, ils dormaient souvent dehors, par temps clair.

Ils avaient eu de la chance, ces dernières semaines. Elijah avait croisé la route d'un marchand et lui avait acheté une poule qui leur permettait de savourer un œuf frais de temps en temps.

— *Réveille-toi, Elijah ! ordonna Molly, tout en cherchant la poêle en fonte.*

Elle passa près de lui et le secoua doucement. Son absence totale de réaction la poussa à l'observer de plus près. Il ne respirait pas.

— Oh, non ! dit-elle en tombant à genoux à ses côtés.

Elle essaya de le secouer à nouveau.

— Elijah, réveille-toi !

Que pouvait-elle faire ? Comment pouvait-elle l'aider ?

— S'il te plaît, Elijah…, gémit-elle, les yeux remplis de larmes. S'il te plaît, ne me laisse pas !

Un sanglot lui échappa. Elle essaya de garder son calme, mais de toute évidence, le vieil homme était mort. Posant sa tête sur l'épaule raide d'Elijah, elle laissa libre cours à son chagrin. Tandis qu'elle pleurait sa mort, elle se sentit accablée par la peine accumulée ces dix dernières années.

Bien plus tard, pétrifiée d'angoisse, elle était assise près de la dépouille et plongée dans un état d'isolement total des plus effrayants, quand une conversation récente avec Elijah lui revint à l'esprit.

Reconnaissant tout à coup qu'il n'était pas correct de sa part d'avoir gardé Molly si longtemps avec lui, il avait décrété qu'il était temps de la ramener dans sa famille. Il avait promis qu'ils se mettraient bientôt en route pour le Texas.

Des larmes s'échappèrent de ses yeux bouffis et roulèrent sur ses joues.

Une nuée de troglodytes descendit du ciel en piqué pour se poser dans un buisson épineux. Tous les oiseaux rondouillets se perchèrent, leurs queues courtes dressées vers le ciel. Ils se mirent à chanter des séries de notes rythmées.

Chewee-chewee-chewee-chewee…

Elle observa les oiseaux à la tête brune et au long bec légèrement courbé qui avaient de fines rayures blanches à peine visibles sous les yeux. Le reste de leur corps était moucheté d'un mélange de brun, de noir et de blanc – excepté leur ventre qui était pâle et délicatement strié. Molly imagina ce que les oiseaux pouvaient ressentir en faisant partie d'un si grand groupe, au lieu d'être tout seuls.

Brusquement, les troglodytes s'envolèrent, battant des ailes en s'éloignant vers le nord. Molly prit ça pour un signe.

Il était temps qu'elle rentre chez elle.

Mais elle devait d'abord enterrer Elijah. Ses seules connaissances en la matière venaient des Kwahadis, alors elle prépara son repos éternel comme s'il avait été un guerrier comanche.

Après lui avoir passé ses plus beaux habits – une chemise pâle délavée et un pantalon taché –, elle lui ramena les genoux contre la poitrine et l'enveloppa dans une épaisse couverture, fixant cette position à l'aide d'une corde. Traîner son corps jusqu'au piton rocheux le plus proche lui prit une grande partie de l'après-midi ; l'effort la fit transpirer et lui donna des haut-le-cœur.

Elle positionna sa dépouille face à l'est et l'entoura de grosses pierres et de branches de buissons secs. Elle plaça près de lui ses affaires les plus précieuses : sa pioche de mineur, son tabac et un petit sac d'or. Elle garda le reste de l'or et de l'argent. C'était peut-être égoïste de sa part, mais elle en aurait besoin pour rentrer au Texas.

Elle ne put se résoudre à tuer les mules ; elle allait en avoir besoin aussi. Elijah devrait se rendre à pied dans l'au-delà. Elle espéra qu'il ne lui en voudrait pas trop.

Aujourd'hui encore, Molly espérait qu'Elijah lui avait pardonné. À Albuquerque, elle avait vendu les mules et en avait tiré un bon prix.

Matt arrêta son cheval et mit pied à terre.

En le regardant, Molly se sentit protégée. C'était un sentiment étrange, absent de sa vie depuis longtemps.

Matt n'était pas obligé de l'aider et pourtant, il l'avait fait jusqu'ici. Il semblait même enclin à le faire encore. Il n'était pas obligé de la défendre et pourtant, le léger mouvement de sa main au-dessus de son revolver, quand George Sawyer s'était mis à la baratiner, n'avait pas échappé à Molly. Elle était certaine que Matt se serait battu pour elle contre tous ces hommes, Davis Walker compris, si les choses en étaient arrivées là.

Avoir un tel allié à ses côtés était pour elle une toute nouvelle expérience – tout comme le fait d'avoir peur pour lui.

Il dessella les chevaux et les guida vers un ruisseau proche.

Pendant ce temps, elle ramassa du bois en songeant aux sentiments confus qu'elle éprouvait pour lui. Ensuite, il nourrit et brossa leurs montures. Elle prépara le feu. Après avoir obtenu une belle flambée, elle alla remplir une petite casserole en cuivre au ruisseau pour faire bouillir de l'eau. Sortant plusieurs sacs de ses affaires personnelles, elle entreprit de préparer un repas.

Matt attacha les chevaux dans une clairière à l'herbe grasse. S'approchant ensuite du feu, il fit tomber au sol sa sacoche de selle.

— J'ai de la nourriture, lança-t-il d'une voix dure et sèche.

— Non, pas besoin, répondit-elle, surprise par son ton cassant. Je voudrais te préparer quelque chose à manger.

— Du serpent bouilli ? demanda-t-il d'un ton littéralement méprisant.

— Pardon ?!

— Tu n'as pas changé, Molly, n'est-ce pas ? Tu cours toujours après des serpents et des idées stupides ! Tu vas finir par te faire tuer !

Sa déclaration claire et forte resta en suspens dans les airs, entre eux deux.

Molly fut choquée par son emportement. C'était comme s'il venait de lui jeter un seau d'eau à la figure.

— Tu penses que traquer Davis Walker est stupide ?

Il balança son chapeau au sol et se passa une main dans les cheveux.

— Je ne sais pas quoi penser de Walker. Crois-moi, j'adorerais traîner le coupable en justice, quel qu'il soit, mais à quel prix ? Tu es vivante, Molly, contre toute attente ! Tu devrais peut-être partir d'ici sans te retourner. Commencer une nouvelle vie quelque part, te marier, avoir des enfants, être heureuse. Rester en vie.

— Tu veux que je parte, c'est ça ?

Elle fixa le feu, tendue.

— Que je quitte le Texas…

Avant de pouvoir s'en empêcher, elle ajouta :

— Que je te quitte ?

Leurs regards se croisèrent et le désir qu'elle lut dans celui de Matt mit son corps en alerte. Il avait envie d'elle. Impossible de se méprendre. Elle se sentit apeurée et victorieuse à la fois. Il la voyait comme une femme et cette pensée déclencha dans son ventre de la chaleur et une certaine nervosité, mais qui fut instantanément suivie par une appréhension accablante de ce que ça pouvait impliquer entre eux.

Matt secoua la tête.

— Ne me regarde pas comme ça !

— Comment ?

— Je refuse qu'il se passe quoi que ce soit entre nous.

— Que veux-tu dire ?

— Ça ne mènerait à rien.

Molly se leva, le visage tout rouge d'humiliation.

— Et qu'est-ce qui t'a fait croire que *je* voulais qu'il se passe quelque chose ?!

Depuis l'autre côté du feu, Matt leva les yeux vers elle et une lueur apeurée passa dans son regard. Oui, il semblait avoir peur. Mais de quoi ?

— Ton amitié m'a été précieuse, dit Molly d'une petite voix. Et j'apprécie tout ce que tu as fait pour moi, depuis mon retour au Texas. Je n'attends… rien de plus.

Tout en entendant ces mots sortir de sa bouche, elle eut conscience de mentir.

— Je suis désolée que tu aies mal compris, ajouta-t-elle, de mauvaise foi.

Mais il avait très bien compris. Au cours de ces derniers jours, sans savoir comment, elle était tombée éperdument amoureuse de lui. Que Dieu lui vienne en aide !

Il baissa rapidement son regard voilé, fixa le feu, puis releva les yeux vers elle. Sa mâchoire se contracta comme s'il allait dire quelque chose, or il n'en fit rien.

Elle s'éloigna vers le ruisseau. Elle avait besoin de distance, de se cacher le temps de remettre ses idées en ordre. Elle envisagea de rapporter plus d'eau, mais au moment de le faire, elle s'aperçut qu'elle n'avait pris aucun récipient.

Elle tenta de maîtriser le sentiment de gêne qui la submergeait. Avait-elle été à ce point transparente, pour que Matt puisse lire dans ses pensées aussi facilement ? Il lui faudrait dorénavant enfouir ses émotions tout au fond d'elle-même ; ce qu'elle n'avait que trop appris à faire, ces dix dernières années. Elle se ressaisit et retourna à leur petit campement.

Matt était assis près du feu. Il la regarda s'approcher.

— Molly…

Sa voix brisa le silence dans lequel seules crépitaient les flammes qui les séparaient l'un de l'autre.

— Je n'ai pas si faim que ça, finalement, l'interrompit-elle. Je pense que je vais me coucher tout de suite.

Après lui avoir à peine jeté un coup d'œil, elle s'étendit sur son sac de couchage et serra une couverture autour de ses épaules, espérant trouver rapidement refuge dans l'inconscience du sommeil.

Matt regardait Molly. Elle lui avait tourné le dos, soulignant ainsi sa mise à l'écart. C'était mieux ainsi, il le savait. Elle était si jeune et tellement innocente ! Un instant, un si bref instant, il avait cru qu'elle lui proposait… quoi, au juste ? D'assouvir ses désirs les plus profonds ? Quel ramassis de bêtises ! Molly et les désirs de Matt n'avaient absolument rien à voir. Il se reprocha d'avoir osé y penser.

Molly s'était attachée à lui et qui aurait pu l'en blâmer ? Elle avait besoin de son amitié, pas de son désir ! Il était fâché qu'elle ait mis sa vie en danger, tout à l'heure, avec le serpent ; il était également en colère contre lui-même d'avoir osé suggérer ce qui pouvait se passer entre eux. En définitive, il l'avait carrément verbalisé et elle n'avait laissé aucun doute quant à la gêne qu'une telle perspective avait provoquée chez elle.

Nathan lui avait dit de tenter sa chance, mais il ne pouvait pas profiter du cœur ou de la confiance de Molly. Sa foi dans la vie avait été assez chamboulée comme ça, il n'allait pas en rajouter !

APRÈS UNE NUIT de sommeil agité, Molly se réveilla à l'aube. De la brume recouvrait la terre, lui rappelant ces jours sans fin passés chez les Comanches. Elle enfila un long manteau pour se protéger du froid matinal et se mit à ramasser du bois à brûler, jetant à peine un coup d'œil à Matt qui dormait non loin de là.

Elle fit du feu en un rien de temps, mit de l'eau à chauffer et y plongea des ingrédients piochés dans ses sacoches de selle : de la farine de haricots de mesquites, des graines de tournesol et plusieurs figues de barbarie épineuses.

Matt se réveilla.

— Salut, dit-il en s'asseyant et en se frottant le visage.

— Bonjour.

Elle resta concentrée sur la préparation qu'elle remuait.

— Je partage volontiers avec toi, proposa-t-elle en désignant la casserole d'un mouvement de tête. Mais c'est de la nourriture indienne.

Matt s'accroupit et tendit les mains vers le feu pour les réchauffer. Il avait dormi tout habillé ; sa chemise indigo était sortie de son pantalon et toute chiffonnée.

— Je n'ai rien contre la nourriture indienne. Merci d'en avoir préparé.

Elle soupira. Matt était son ami ; elle ne voulait pas être en conflit avec lui. Elle allait peut-être simplement devoir apprendre à vivre avec l'envie qu'il y ait quelque chose de plus entre eux.

— Je me disais…

Matt la regarda, attentif.

Il n'y avait peut-être pas plus qu'un amour fraternel entre eux, mais ça n'empêchait pas le cœur de Molly de battre plus vite dès qu'il lui donnait son entière attention. Tout chez lui faisait résonner en elle quelque chose de bien plus élémentaire et primitif qu'aurait dû le faire une amitié pure et simple.

— J'aimerais retourner sur les lieux où les Comanches ont attaqué les hommes qui m'ont enlevée, dit-elle.

Matt se rassit par terre, attrapa ses bottes et les secoua au cas où une bestiole se serait glissée dedans.

— Tu penses pouvoir retrouver l'endroit ?

— Je n'en suis pas sûre. Tu te souviens d'une zone approximative, toi ?

— Peut-être.

Il enfonça un pied après l'autre dans ses bottes de cuir souple.

— Que crois-tu trouver là-bas ?

Elle haussa les épaules.

— Je ne sais pas ; mais ça me semble être un bon point de départ.

— D'accord, dit-il. Il faut qu'on repasse d'abord au ranch S.R.

Elle acquiesça.

— Je demanderai à Claire si elle veut nous accompagner.

Mieux valait qu'ils ne se retrouvent plus seuls tous les deux, sinon elle se ridiculiserait à nouveau, sans aucun doute !

CHAPITRE QUATORZE

Un peu après midi, Molly et Matt arrivèrent l'un derrière l'autre devant la maison principale du ranch S.R. Ils n'avaient pratiquement échangé aucun mot de tout le trajet de retour.

Il remarqua immédiatement le cheval bai attaché devant la maison, sans le reconnaître. Il pensa tout d'abord que Logan avait trouvé un autre mari potentiel pour Molly et ça le mit dans une humeur massacrante – il ne se trouvait déjà pas dans les meilleures dispositions possibles.

Ils mirent tous les deux pied à terre et Matt confia leurs chevaux à Lionel, un garçon récemment engagé au ranch. Molly fila dans la maison avant qu'il ne puisse la rattraper. Arrivant peu après, il découvrit le visiteur qui serrait la main de Molly ; l'homme avait les cheveux blonds comme les blés, coupés court, et il ressemblait beaucoup à Davis Walker. C'était Cale.

Remarquant Matt, Cale lui lança :

— Matt, content de te voir !

Matt sourit et vint lui serrer la main.

— Ça fait un bail ! Tu vas bien ?

— Autant que possible.

Matt nota la présence de Logan, de Claire et de ses parents.

— J'ai vu ton vieux, hier soir.

— Je suis en route pour son ranch, l'informa Cale. Comme je ne passais pas loin d'ici, j'ai voulu m'arrêter dire bonjour.

— Matthew, dit sa mère, comment ça s'est passé, au ranch Bautista ? Vous avez trouvé l'homme que vous cherchiez ?

Matt acquiesça. Molly commença à enlever son manteau ; il s'approcha d'elle pour l'aider. À en croire son expression, il avait envahi son intimité. Il prit son manteau quand même.

— C'est Whitaker qui l'a enlevée, répondit-il en suspendant la longue veste dans le couloir, avant de reprendre la parole. À part ça, il ne nous a rien révélé de très concluant.

Il ne savait pas trop ce qu'il pouvait dire devant Cale.

— Je peux vous offrir mon aide ? demanda ce dernier.

— On ne lui a encore rien dit, précisa Susanna.

Cale plissa les yeux.

— Je débarque en plein milieu d'une affaire, on dirait…

— Tu as toujours eu le chic pour arriver au bon moment ! rétorqua Logan en s'installant dans le canapé, à côté de Claire.

— Cale, intervint Jonathan, on t'a présenté Molly, mais je doute qu'on t'ait permis de saisir de qui il s'agit.

Molly ôta son chapeau, debout près de la porte d'entrée. Matt la regarda repousser timidement ses cheveux en arrière. Il éprouva l'envie soudaine de la prendre dans ses bras.

Cale se tourna vers elle pour la regarder à nouveau.

— Nous sommes-nous déjà rencontrés ?

— Oui, avoua-t-elle.

Elle hésita, avant d'ajouter :

— Je suis Molly Hart.

L'expression de Cale se durcit et il se tourna vers Matt.

— Je n'apprécie pas ce genre d'humour.

— Ce n'est pas une plaisanterie, fils, dit Jonathan. Apparemment, ce qu'on a cru pendant toutes ces années était faux. Le corps que tu as trouvé n'était pas celui de Molly.

D'un mouvement rapide, le regard de Cale revint à elle.

— Comment est-ce possible ?

— Une autre fillette a été assassinée, répondit-elle. C'est son corps que tu as trouvé.

— Où étais-tu, tout ce temps ? demanda-t-il.

— J'ai vécu chez les Comanches pendant huit ans.

Cale la dévisageait d'un air ahuri.

— Elle vient tout juste de rentrer, dit Susanna. Ça a été un choc pour nous tous.

— Et pour moi, alors ! s'exclama Cale. J'étais persuadé d'avoir trouvé son corps ! C'était celui de qui ?

— Elle s'appelait Adelaïde, répondit Molly. Elle était hystérique, cette nuit-là ; elle ne pouvait pas s'arrêter de crier. Les Indiens ont été très cruels de la tuer.

— J'ai trouvé la croix ! renchérit-il d'une voix paniquée.

— Je l'ai lancée à ses pieds, pour faciliter son voyage.

Cale se tut. Il clignait des yeux comme un animal acculé dans un coin. Puis, alors qu'il tentait de digérer le retour de Molly d'entre les morts, ses traits anguleux formèrent sur son visage un masque de marbre. Matt avait ressenti la même défiance quelques jours plus tôt.

— Allez, viens ! lui dit-il. Donne-moi un coup de main dehors, tu veux ?

Il lui parlerait des suspicions à l'égard de son père en aparté.

Avant de quitter la pièce, il s'attarda sur le beau visage de Molly. Les taches de rousseur éparpillées autour de son petit nez avaient rougi au soleil. Elle posa sur lui un regard préoccupé et plein d'appréhension, sans doute troublée par les souvenirs de son passé.

Un passé non résolu, plein de douleur et de pertes qui lui avaient brisé le cœur.

Oui, Molly avait le cœur brisé, se dit Matt. Ce qu'il avait ressenti de son côté – et ce qu'il ressentait à présent – était secondaire, à côté du bien-être de la femme qui se tenait devant lui.

La femme.

Elle n'était plus la petite fille qui avait hanté sa mémoire pendant des années ; elle était une vraie femme, en chair et en os, qui le perturbait comme personne ne l'avait jamais fait. Mais une sorte de bon sens pessimiste l'empêchait malgré lui de s'attarder sur la merveilleuse signification du retour de Molly dans sa vie.

———

LES HOMMES décidèrent qu'il valait mieux attendre le lendemain pour retourner sur les lieux où les Comanches avaient enlevé Molly. Cale repartit vers le ranch des Walker, mais puisque c'était lui qui avait trouvé le corps de la petite Adelaïde à l'époque, il accepta de les retrouver à l'aube pour les aider à localiser l'endroit exact.

Matt ne vint pas à table pour le dîner. Depuis leur retour, dans l'après-midi, il s'était débrouillé pour totalement éviter Molly. Elle supposa qu'il avait des choses à faire ; elle ne devait pas se montrer si susceptible !

Plus tard dans la soirée, vêtue d'une chemise de nuit ivoire, elle quitta sa chambre sur la pointe des pieds – Claire et elle occupaient à présent les deux chambres d'appoint que Susanna avait rénovées à l'étage – et vint toquer à la porte de son amie.

— Un peu de compagnie me ferait du bien, dit Molly. Tu ne dormais pas, j'espère ? demanda-t-elle quand la porte s'ouvrit.

Claire secoua la tête. Elle portait une chemise de nuit semblable à celle de Molly ; ses cheveux blonds étaient rassemblés en une natte qui tombait devant son épaule.

— Entre ! dit-elle en lui cédant le passage. Je lisais un peu. Susanna m'a gentiment permis d'emprunter un des livres que monsieur Ryan collectionne dans son bureau.

Molly s'assit au bord du lit recouvert d'un linge en dentelle. La chambre de Claire était aussi jolie que la sienne, offrant un décor feutré et accueillant. Un grand lit à baldaquin occupait la moitié de la pièce, en face d'une cheminée de pierres. Les meubles comptaient également deux tables de chevet et un petit bureau. À l'autre bout, des rideaux de coton vert clair étaient accrochés au-dessus de la fenêtre.

Même si leurs chambres étaient jolies, Molly éprouvait une certaine nostalgie pour celle de Matt. Il avait sûrement regagné son lit… mais mieux valait ne pas trop y penser.

— Comment vas-tu ? demanda-t-elle.

Elles n'avaient pas eu souvent l'occasion de discuter, dernièrement.

— Bien.

— Sais-tu si tu vas retourner chez toi ?

Assise sur une chaise en face d'elle, Claire hocha la tête.

— Oui. Je pense partir très bientôt.

— Je m'en doutais.

Molly était même étonnée que Claire soit restée ici aussi longtemps.

— Veux-tu qu'on parle de ce qui t'était arrivé, quand je t'ai trouvée ?

Claire hésita.

— Tu as des choses plus importantes auxquelles penser. Crois-tu que Davis Walker soit vraiment responsable de l'attaque ?

Molly posa ses pieds nus sur le cadre du lit et appuya ses coudes sur ses genoux, le menton dans une main.

— Je ne sais pas. Ce type, Whitaker, c'est bien celui qui m'a enlevée, cette nuit-là. J'ai vraiment reconnu sa voix. Ensuite, quand j'étais sur le chemin du retour avec Matt, hier soir, on est tombé sur Walker.

— Que s'est-il passé ?

— C'était vraiment un hasard. Matt comptait carrément l'éviter, mais il nous a vus.

— Il a su qui tu étais ?

— Non. Je ne crois pas.

— Que comptes-tu faire ?

Elle se mordit la lèvre.

— Pour l'instant, rester ici. Je n'ai nulle part où aller ; du moins, pas avant que Mary ou Emma ne me fassent signe. Ensuite, je suppose que j'irai leur rendre visite.

Regardant Claire, elle ajouta :

— Si tu veux, je peux t'accompagner à Santa Fe. Tu es venue avec moi jusqu'ici, je te dois bien ça.

— En réalité, je viens de Las Vegas. C'est une ville sur la route de Santa Fe, à l'est.

— Alors on ira là-bas.

— Ce n'est pas nécessaire. Monsieur Ryan s'est arrangé pour qu'un de ses employés m'escorte. Mais c'est très agréable, ici. Tu devrais rester.

— Ouais… agréable, marmonna Molly.

— Il y a un problème ? Il s'est passé quelque chose ?

Molly coinça une mèche de cheveux derrière son oreille avant de répondre.

— Un malentendu.

— À quel sujet ? demanda Claire en venant s'asseoir à côté d'elle, au bord du lit.

— Matt et moi, eh bien, nous étions seuls tous les deux, la nuit dernière et…

La stupéfaction sur le visage de son amie coupa Molly dans son élan.

— Oh, non ! Ce n'est pas ce que tu crois. Je veux dire, poursuivit-elle, je crois que Matt a cru que je croyais que c'était ça, mais ce n'était pas ça !

— Je ne suis pas sûre de tout comprendre.

— Moi non plus. Tu trouves que Matt est beau ?

— Je suppose qu'il l'est… Qu'en penses-tu ?

— Je… trouve aussi.

— Je comprends.

— Vraiment ?

Molly n'avait pas l'habitude des confidences entre filles.

— As-tu déjà été avec un homme ? lui demanda Claire.

Molly secoua la tête.

— Et toi ?

— Non, mais disons que j'en connais probablement un peu plus que toi sur le sujet.

— Pourquoi ça ?

Claire percha à son tour ses pieds sur le cadre du lit.

— Je rêve d'une chose… C'est tiré par les cheveux, vraiment !

— Tu rêves de quoi ?

— De devenir docteur.

— Ce n'est pas tiré par les cheveux ! dit Molly.

Claire eut un sourire penaud. Elle secoua la tête.

— Je n'ai pas d'argent et je suis une femme. Pour ces deux raisons, je n'ai aucune chance d'intégrer l'école de médecine. Et puis, j'ai été élevée dans une maison close.

— Vraiment ?

Molly ignorait ce que faisaient les femmes dans ces maisons-là, mais elle était certaine que son amie, si calme et si discrète, ne leur ressemblait pas.

— S'il te plaît, n'en dis rien aux Ryan ! s'empressa de demander Claire.

— C'est pour ça qu'on t'a battue ?

— C'est une longue histoire. Ma mère tient un saloon et… il y a toujours des hommes qui vont et viennent. Certains sont de bons gars ; d'autres non. Promets-moi de ne pas le dire aux Ryan ! Ils ont été bons avec moi et je ne voudrais surtout pas qu'ils imaginent le pire.

Molly pressa la main de son amie dans la sienne.

— Je te le promets.

Claire sembla soulagée.

— Maintenant, revenons-en à ton dilemme. D'après ce que j'ai pu observer, la plupart des hommes – des hommes tels que Matt et Logan – préfèrent les femmes qui ne sont pas trop superficielles.

— Trop superficielles ?

— Eh bien, qui ne rembourrent pas leurs robes pour avoir l'air d'avoir un plus gros derrière et qui ne se mettent pas du rouge sur les joues jusqu'à ressembler à des cerises confites.

— En quoi est-ce censé m'aider ?

Claire se pencha en avant, posa son menton dans sa main et soupira.

— Aucune idée ! Les hommes vont au saloon et payent pour coucher avec des femmes. C'est une transaction assez simple. Est-ce que ce genre de choses existe, chez les Comanches ?

— Pas que je sache ; mais bon, la plupart des hommes prennent plusieurs épouses. Je suppose que si l'une d'elles ne satisfait pas un guerrier, il n'a qu'à se tourner vers une autre.

— C'est pratique ; pour les hommes, du moins. Qu'en est-il des femmes ?

— Ce n'était pas aux femmes d'en décider, répondit Molly.

— C'est toujours comme ça, n'est-ce pas ?

Claire ramena sa tresse devant son épaule et se mit à en tripoter l'extrémité.

— As-tu envie que Matt te remarque ?

— Je ne sais pas vraiment…

— Bon, il faut penser au risque de tomber enceinte…

— Pardon ? demanda Molly d'une petite voix.

— Tu comprends ce qu'il se passe entre une femme et un homme, n'est-ce pas ?

Molly repensa aux chiens qui s'accouplaient, dans le camp des Kwahadis. Évidemment, au cours des rudes hivers, la plupart d'entre eux étaient mangés.

— J'ai une petite idée.

— Si tu couches avec Matt, tu peux tomber enceinte. Crois-tu qu'il t'épouserait ?

Molly haussa les épaules. Elle n'y avait jamais songé.

— Il y a des façons d'éviter de tomber enceinte, poursuivit Claire, mais les hommes se conduisent différemment avec les femmes qu'ils comptent épouser. Si tu couchais avec Matt et que tu le quittais, les autres hommes rechigneraient peut-être plus à se marier avec toi. Même pire, tu pourrais te retrouver avec un enfant conçu hors mariage.

Molly trouva tout ça très compliqué, elle qui n'avait jamais envisagé ces choses-là. Matt y avait-il songé, lui ? Il en savait sûrement plus sur le sujet.

— Mais si tu penses que ça vaut le coup, alors rien ne t'empêche de l'appâter un peu !

— Que veux-tu dire ? demanda Molly, au comble de la curiosité.

— Te faire désirer, plus que de raison.

— Comment ?

Claire soupira.

— Eh bien, finir au lit est sûrement ce que la plupart des hommes désirent le plus, mais tu devrais garder ça pour plus tard. Dis-toi bien qu'il peut facilement trouver des femmes pour ça.

Cette pensée était déconcertante. En imaginant toutes ces femmes anonymes que Matt avait ou allait rencontrer, Molly fut prise d'un accès de jalousie.

— Et si tu le rendais jaloux ? demanda Claire, semblant avoir lu dans ses pensées.

Molly secoua la tête.

— Je ne sais pas comment attirer un homme et encore moins comment le rendre jaloux. Et franchement, crois-tu que ça serve à quelque chose ?

Claire secoua la tête, songeuse.

— Probablement pas. Et si tu jouais l'inaccessible ?

— Il s'applique à m'éviter, ces derniers temps. Si je joue l'inaccessible, je risque de ne plus le voir du tout !

Claire éclata de rire.

Molly sourit. Elle n'était pas plus avancée, mais en avoir parlé lui avait fait du bien.

— Tu devrais peut-être l'emmener, loin, jusqu'à vous perdre dans la nature, rien que tous les deux, suggéra Claire. S'il ne retrouve plus son chemin, il sera obligé de s'en remettre à toi. Peut-être que si tu ne le nourris pas, il s'affaiblira jusqu'à comprendre qu'il ne peut pas vivre sans toi.

Cette digression amusait visiblement beaucoup Claire.

Molly pouffa, chose qu'elle n'avait pas faite depuis très longtemps… depuis l'époque où elle vivait avec ses sœurs.

— C'est un Ranger, Claire ! Comment veux-tu que j'arrive à le perdre ?

— Peut-être que s'il se cognait la tête contre un rocher…

Les rires redoublèrent.

— Tu veux bien me promettre une chose ? demanda Claire.

Molly hocha la tête en s'essuyant les yeux.

— De me le dire, si tu trouves quelque chose qui fonctionne ?

Claire eut une expression presque mélancolique.

— J'aimerais tellement entendre une histoire qui se finisse bien…

Molly redevint sérieuse.

— Ouais, moi aussi.

Un dénouement heureux. Elles n'en avaient connu ni l'une ni l'autre.

CHAPITRE QUINZE

L e lendemain matin, tout le monde s'était mis en route après le petit déjeuner : Jonathan et Susanna, Logan et Claire, Cale et Matt. Quant à Molly, elle avait pris la tête de l'expédition. Cale était là pour l'aider quand elle doutait de la direction à suivre. Matt n'était jamais bien loin. Molly tentait d'ignorer sa présence, mais il était toujours sur ses talons.

Tout compte fait, il avait peut-être des sentiments pour elle. Cette pensée la réconforta. Les suggestions de Claire n'étaient probablement pas aussi bêtes qu'elles en avaient eu l'air, la veille. Et si Matt avait simplement besoin d'être poussé dans la bonne direction ? Molly rumina la question tout au long de cette chevauchée matinale vers l'ouest, sur les terres qui avaient longtemps été le bastion des Comanches.

Elle se rappelait ces paysages, et des souvenirs l'assaillaient. Susanna avait insisté pour qu'elle porte une robe longue bleu marine que Molly trouvait trop serrée. Elle éprouva le désir soudain de la retirer, de se retrouver en chemise et de monter à cru. Elle chevauchait ainsi, chez les Kwahadis. Elle fut très surprise de ressentir l'envie de retourner auprès d'eux ; l'émotion, bien que furtive, était réelle et la ramenait à un passé qu'elle avait si longtemps chassé de son esprit !

Pecos gravit une légère colline et Molly scruta l'horizon sous le rebord de son chapeau.

— Je crois que c'est là que les Comanches ont attaqué.

— J'ai trouvé le corps de la fillette à environ huit kilomètres au nord, dit Cale.

Molly lui jeta un coup d'œil. Il était grand, large d'épaules, aussi massif que Matt. Les traits de son visage étaient plus doux, mais elle pouvait lire la même inflexibilité dans son regard aux yeux bleu clair. Les deux hommes devaient avoir à peu près le même âge (vingt-sept, vingt-huit ?) mais, tout comme Matt, Cale semblait plus vieux, endurci par la souffrance et les épreuves de la vie. Elle se demanda quel triste fardeau il portait.

— Dispersons-nous et fouillons un peu les environs, suggéra Matt.

— Je vais peut-être pousser jusqu'à l'endroit où j'ai trouvé le corps, l'informa Cale. Je vous retrouve ici.

— D'accord, répondit Matt. Logan, tu pourrais chercher des indices sur le versant sud de la vallée. P'pa et m'man, vous pouvez vous charger de celui-là, à l'est. Je te suis, Molly.

Tout le monde acquiesça et s'éloigna dans leurs directions respectives.

Après avoir parcouru quelque distance, Matt et Molly pénétrèrent dans les bosquets de genévrier et d'acacias mexicains, au fond de la vallée. Matt rapprocha son cheval du sien. Elle ne put s'empêcher de lui faire remarquer :

— Si tu comptais m'éviter, tu t'y prends plutôt mal !

Matt lui lança un regard perçant.

— Je ne comptais pas t'éviter.

— Tu ne dois pas t'en faire. Quand tout sera terminé, je rejoindrai sûrement ma tante Catherine à San Francisco. Je suppose que je pourrai me trouver un bon mari, là-bas, et avoir toute une flopée d'enfants. Tu es rassuré ?

Elle n'en était pas certaine, mais il lui semblait avoir entendu Matt jurer dans sa barbe.

— C'est bien ça que tu veux pour moi, n'est-ce pas ? demanda-t-elle, insistante.

— Je veux simplement ton bonheur.

— Je pense que le bonheur n'est plus une option pour moi. Crois-tu pouvoir être heureux, toi ? Comment vois-tu ton avenir ?

Ils chevauchèrent en silence ; Matt réfléchissait à la question. Au bout d'un moment, il finit par répondre :

— Il faut croire que je n'ai jamais fait de plans sur l'avenir, maintenant que j'y pense.

— Tu t'étais engagé dans l'armée ; c'était un plan, lui fit-elle remarquer.

— Si on veut.

— Et avec les Rangers ?

— Ça servait une cause.

— Laquelle ?

— Aider les personnes sans défense.

— Quelle ambition admirable… ! dit-elle.

Il secoua la tête. Elle prit le temps de l'observer attentivement. Il dégageait une puissance inébranlable, une force avec laquelle il fallait compter, en plus d'être si beau que Molly en eut le cœur serré. Les lignes pures de son profil et la souple décontraction de son corps lorsqu'il montait à cheval fusionnaient dans une vision qui la chamboulait et lui faisait tourner la tête. Il représentait un rêve à ses yeux, un rêve de force et de beauté masculine ; un homme, la vision d'un homme, un fantasme. Il était si près d'elle et pourtant inaccessible.

— Pendant ces dix dernières années, Molly, dit-il en soutenant son regard, je pense que je t'ai fui.

Sa confession la déboussola.

— Je ne comprends pas.

— Quand je t'ai crue morte, continua-t-il lentement, en articulant bien, quelque chose *en moi* est mort. On était amis, à l'époque ; je pense que tu sais combien tu comptais pour moi. Tu ne peux pas imaginer à quel point j'ai été dévasté, lorsque Cale a rapporté ce corps… quand tout le monde t'a crue morte dans une agonie inhumaine. Ça a tué quelque chose, tout au fond de moi. Et pendant dix ans, j'ai tenté de fuir ce traumatisme, de le maintenir à distance, de l'empêcher de me tourmenter.

Il ajouta d'une voix irrégulière :

— J'étais déchiré par la culpabilité.

Molly l'écoutait et commençait à comprendre. Savoir combien elle avait compté à ses yeux lui faisait chaud au cœur ; mais elle se sentait refroidie à l'idée qu'après ça, de toute évidence, elle ne pourrait jamais le séduire.

— Je ne me servirai pas de toi pour guérir mes blessures – tu as assez souffert comme ça –, mais je ferai tout ce qui sera en mon pouvoir pour t'aider à trouver ton propre bonheur.

Son regard, au même titre que ses paroles, la blessa.

Que lui était-il arrivé ? Il semblait ne plus croire en rien.

— Tu te trompes, dit-elle avec colère, refusant de le laisser s'en tirer comme ça. J'ai souffert, c'est vrai, mais pas autant que toi. Malgré toutes les épreuves, j'ai gardé foi en l'humanité. Toi pas, visiblement. Et si tu l'as perdue, alors tu n'es plus le Matt dont je me souviens, parce que celui que j'ai connu n'aurait jamais abandonné. Il aurait vécu sa vie les bras ouverts. Le monde *est* cruel, je te soupçonne d'en avoir fait les frais encore plus que moi… Cependant, à quoi rime de vivre, si on se laisse écraser par cette cruauté ? Tu m'as demandé comment j'ai fait pour survivre, toutes ces années. Ça se résume à un mot : l'espoir. Sans espoir, je me serais couchée par terre, dès les premiers jours chez les Comanches, et je me serais laissée mourir. Mais j'ai refusé de me résigner. Je suis revenue.

— Et ce que tu avais imaginé retrouver n'existait plus, dit Matt, contrarié.

— Oui, reconnut-elle. C'est vrai. Les Kwahadis m'ont appris une chose : le monde est en perpétuel changement. La terre et les saisons apportent toujours quelque chose de nouveau. Si tu n'es pas capable de t'adapter, tu meurs. C'est aussi simple que ça. On ne peut pas avoir peur du changement.

Pourtant, ce qu'elle voyait dans les yeux de Matt était bien de la peur.

— Que t'est-il arrivé ? demanda-t-elle, surprise par la force du ressentiment qu'elle éprouvait envers lui. De quoi as-tu si peur ?

— Pour tout te dire, ce n'est pas de la peur ; c'est du regret. Tu reviens et tu chamboules ma vie. Et tu me regardes avec le désir innocent d'une enfant.

— Je ne suis plus une enfant ! répondit-elle brusquement.

— C'est bien ça le problème. Je fais de mon mieux pour bien me comporter envers toi, alors que tu n'arrêtes pas de me le reprocher !

— Donc, je ne suis rien de plus à tes yeux qu'une petite casse-pieds ?

— Ce n'est pas ce que j'ai voulu dire.

C'était peut-être puéril, mais Molly talonna Pecos pour la mettre au galop, plantant Matt sur place. Apparemment, ils ne pouvaient même plus avoir une conversation sans se disputer…

La jument coupait à travers les broussailles, lorsqu'elle se cabra brusquement. Molly évita la chute de justesse ; elle s'agrippa et eut le temps d'apercevoir l'agitation frénétique d'animaux courant partout, avant que Pecos ne s'enfuie à bride abattue.

Elle crut que sa jument avait vu un ours. Des jappements et des aboiements retentirent. Risquant un coup d'œil par-dessus son épaule, Molly ne vit pas un ours, mais une bande de coyotes ou de loups derrière elle. Pecos fonçait à droite et à gauche, évitant les cactus et les buissons. Le chapeau de Molly s'envola. Des tas d'animaux épouvantés poursuivaient leur course effrénée.

Des coups de feu retentirent. Molly ne put identifier leur provenance. Pecos filait à toute allure vers le sud. Sur une légère butte, plus loin devant elle, Molly vit Logan et Claire qui la regardaient, toujours sur leurs chevaux. Son amie, dont la robe marron se confondait avec celle de sa monture, essayait tant bien que mal de maîtriser sa monture agitée. Logan armait un fusil en direction de Molly.

— Baisse-toi ! criait-il. Ne reste pas là !

Molly aurait bien voulu, mais elle ne contrôlait pas les directions que prenait sa jument. La bête suivait son propre instinct. D'un seul coup, Pecos vira à gauche, envoyant Molly au sol. Malgré la violence de l'impact, Molly parvint à se relever, consciente du danger d'être à pied.

Des bovins, pas loin d'une quinzaine, fonçaient droit sur elle. Surgissant de nulle part, Matt apparut devant le troupeau. Le voyant baisser le bras, Molly comprit qu'il comptait l'aider à sauter sur son cheval. Elle se tint prête, mais lorsqu'elle voulut saisir son bras, son pied glissa et elle retomba violemment au sol. Matt cabra son cheval et sauta à terre en lui hurlant quelque chose qu'elle ne saisit pas ; elle ne pouvait quitter des yeux les animaux qui étaient presque sur elle.

Prise de panique, elle tenta de ramper à flanc de colline le plus vite possible, mais la terre était trop molle. Matt et les bovins aux longues cornes l'atteignirent en même temps. En quelques secondes, tout fut terminé, et elle prit conscience que Matt l'avait recouverte de son corps en lui enfonçant le visage dans la terre.

Les lourdes bêtes l'avaient piétiné, lui, pas elle.

Toujours sous lui, elle se retourna pour se mettre sur le dos.

— Matt ? Matt ?

Son visage était posé près de sa poitrine. Plaçant ses mains de part et d'autre de sa tête, elle essaya de la soulever.

— Tu vas bien ?

Il leva les yeux vers elle, tout étourdi, et tenta de reprendre son souffle.

— Jamais été mieux, lâcha-t-il.

La grimace qu'il fit en bougeant légèrement n'échappa pas à Molly. Logan et Claire apparurent, après avoir dévalé la colline en courant.

— Ne bouge pas, Matt ! lui ordonna son frère.

— Je n'en avais pas l'intention, répondit-il d'une voix cassée.

Il n'avait plus son chapeau ; Molly toucha son visage, enfonça ses doigts dans ses cheveux, posa une main sur son front... Elle essayait de le réconforter ; il avait l'air d'avoir si mal !

— Il y a des chances que ton pied soit cassé, constata Logan.

— Sans blague…, marmonna Matt.

— Au niveau des côtes, ça va ? demanda son frère.

— Ce sont mes jambes qui ont pris.

— Claire, aide-moi ! dit Logan en essayant de redresser la jambe de Matt.

Tandis qu'il s'efforçait d'encaisser la douleur que le mouvement provoquait, Molly vit de la sueur perler sur son front et les veines de son cou saillir. Instinctivement, elle passa ses bras autour de ses épaules et le serra contre elle, comme pour partager sa souffrance. Sans réfléchir, elle enfouit son visage dans ses cheveux, l'embrassa, lui murmura des paroles réconfortantes. Les bras de Matt se resserrèrent autour d'elle. Molly eut les larmes aux yeux.

— Je vais te faire rouler sur le dos, le prévint Logan.

Molly relâcha Matt à regret et le sentit s'écarter d'elle. Claire vint près d'elle.

— Tu es blessée ?

Molly s'assit, se sentant juste un peu contusionnée.

— Non, je vais bien.

Jonathan et Susanna s'approchèrent et descendirent de cheval précipitamment.

— Que s'est-il passé, par tous les diables ?! demanda Susanna en se penchant vers eux.

— Ces satanés coyotes ont effrayé une horde de bœufs, répondit Logan en scrutant le paysage autour d'eux, une fois de plus.

Des nuages s'accumulaient dans le ciel et le vent commençait à souffler.

— Je pense qu'il faut ramener Matt au ranch, dit Molly.

— Je peux monter, décréta Matt. Aidez-moi juste à marcher jusqu'à mon cheval.

Jonathan donna son revolver à Susanna, avant d'aider Logan à mettre Matt en selle. Claire tendit la main à Molly pour la relever.

Cale les rejoignit à ce moment-là.

— Que s'est-il passé ?

— Il y a eu une cavalcade, répondit Logan. Matt a peut-être le pied cassé.

— Tu veux que j'y jette un coup d'œil ? demanda Cale.

— Savais pas que tu étais un fichu docteur ! dit Matt, s'installant sur sa selle en grimaçant de douleur.

— J'ai passé du temps avec un guérisseur apache. Mais si tu préfères en baver…

Matt pesta dans sa barbe.

— Peut-être que Claire peut t'aider, proposa Molly en lançant à son amie un regard plein d'espoir.

Claire hésita, puis répondit :

— C'est vrai que j'ai un peu d'expérience en matière d'os cassés.

Cale hocha la tête.

— Une aide de plus est toujours bonne à prendre ! Avant tout, on ferait bien de rentrer au ranch S.R. Il faudra sûrement un bandage ; et puis, la tempête s'annonce, je pense qu'il vaut mieux ne pas s'attarder. En tout cas, j'ai trouvé quelque chose d'intéressant…

— Quoi donc ? demanda Jonathan en s'accrochant à son chapeau, qu'une bourrasque menaçait d'emporter.

— Un tas d'ossements, enterré sous une corniche. Ceux de plusieurs hommes, *a priori*. On ne peut pas en être certains, mais il pourrait s'agir de ceux que les Comanches ont tués – ceux qui ont enlevé Molly. Quelqu'un s'est donné beaucoup de mal pour cacher les corps !

Visiblement perturbé, Cale jeta un coup d'œil à l'orage qui se rapprochait.

— Ça explique pourquoi on ne les a jamais trouvés.

— Laisse-moi lui parler, fils, lui dit Jonathan. On ne peut pas être sûrs que ton père ait quelque chose à voir avec tout ça.

Il regarda Molly.

— Je n'écarte pas ton éventuelle version des faits, Molly, mais l'affaire est grave. Il ne faut pas porter d'accusations avant d'avoir des preuves.

Elle acquiesça ; il avait raison.

Le vent soufflait fort, à présent.

— Mettons-nous en route ! dit Susanna d'une voix puissante. Matthew a besoin de soins.

Logan alla récupérer Pecos et, au passage, les chapeaux de Matt et de Molly. Puis ils prirent lentement le chemin du retour.

Molly chevauchait tout près de Matt. Les autres pouvaient penser ce qu'ils voulaient, ça lui était bien égal. Elle se fichait même de ce que pouvait en penser Matt.

Des rideaux de pluie se mirent à tomber. Heureusement, sachant à quelle vitesse le temps pouvait changer, tout le monde avait emporté un manteau long. Trempés, de l'eau ruisselant de leurs chapeaux, ils avançaient lentement à travers les plaines immenses. Molly s'inquiétait pour Matt. Susanna prenait souvent de ses nouvelles, mais il lui répondait invariablement qu'il allait bien.

Jonathan et Susanna chevauchaient en tête, suivis par Matt et Molly, côte à côte ; Claire, Logan et Cale fermaient la route. Molly admirait la force de Matt, qui souffrait visiblement beaucoup. Son pied pendouillait sur le côté de son cheval.

— Veux-tu que je guide ton cheval, Matt ? cria Molly pour avoir une chance d'être entendue, malgré la pluie torrentielle. Tu pourrais te reposer !

Il se tourna vers elle.

— Ça va aller, répondit-il résolument.

— Ce n'est pas un crime d'accepter de l'aide !

— Tu peux parler !

— Qu'est-ce que tu sous-entends ?!

— Je n'ai jamais voulu faire autre chose que t'aider, dit-il. Tu n'aimes pas ça plus que moi !

Soudain, Molly se mit à rire. Que pouvait-elle faire d'autre ? Elle avait froid, elle était trempée et fatiguée. Ses parents étaient morts, elle n'avait pas de maison et elle exaspérait Matthew Ryan. Bon, il avait un pied blessé, d'accord ; ça pouvait justifier sa mauvaise humeur. Si seulement elle pouvait oublier le plaisir qu'elle avait ressenti en le tenant dans ses bras, quand elle avait osé le toucher. Elle voulait le faire encore. Elle voulait sentir sa chaleur, ce contact. Elle le voulait, lui et personne d'autre.

— Qu'y a-t-il de si drôle ? demanda-t-il en lui jetant un regard noir.

— Depuis quand as-tu un tel caractère de cochon ?

Il la regarda en fronçant les sourcils.

— Ne parle pas comme ça ! Tu es une dame, à présent ; plus une gamine.

— Eh bien, je suis ravie que tu l'aies enfin remarqué ! déclara-t-elle en le regardant, un grand sourire aux lèvres.

— Je l'ai remarqué. Je n'ai fait que ça, marmonna-t-il en se détournant.

Mais elle l'entendit ; et ça lui donna espoir.

CHAPITRE SEIZE

Ils atteignirent le ranch S.R. en fin de journée. Des nuages menaçants encombraient encore le ciel, mais la pluie avait enfin cessé de tomber. Molly se rendit à l'étage pour enlever ses vêtements mouillés et en mettre des secs. Susanna, Claire et Cale s'occupaient de Matt, que Logan et leur père avaient mis au lit.

Susanna avait eu l'amabilité de donner à Molly plusieurs robes et divers sous-vêtements, une chemise de nuit et deux paires de chaussures neuves. La jeune femme posa ses affaires trempées sur une chaise et enfila rapidement une robe jaune pâle qui se boutonnait sur le devant. Elle se précipita ensuite au rez-de-chaussée, tout à fait consciente de ce qui motivait sa hâte. Elle voulait savoir ce qu'il en était du pied de Matt.

Entendant Jonathan et Claire parler dans le petit salon, elle jeta un coup d'œil dans la pièce. Une femme d'âge mûr était confortablement installée dans l'un des fauteuils rembourrés, une couverture sur les genoux.

— Molly, dit Jonathan en l'invitant d'un geste, laisse-moi te présenter madame McAllister.

Molly s'approcha et la femme lui serra la main de ses doigts crochus aux jointures proéminentes. Soucieuse de ne pas lui faire mal, Molly desserra son emprise. Madame McAllister avait le visage creusé de rides profondes ; ses lèvres minces et maquillées s'étiraient en un sourire. Une imposante masse de cheveux gris était remontée sur sa tête en chignon. Elle avait beau paraître frêle et petite, l'intensité avec laquelle elle scrutait Molly de la tête aux pieds incitait à ne pas se fier aux apparences.

— Vous pouvez m'appeler Elisabeth, précisa-t-elle avec un accent du sud.

— C'est un plaisir de faire votre connaissance.

Quand la femme relâcha enfin sa main, Molly recula un peu.

— Madame McAllister a été surprise par l'orage, expliqua Jonathan. Elle passera la nuit ici.

— Merci beaucoup, Jonathan, dit Elizabeth d'un ton aimable. J'apprécie toujours votre hospitalité et je serai ravie de passer un moment avec Susanna. Ma grande maison est bien silencieuse, depuis la mort de Charles. Ceci dit, je ne m'attendais pas à un tel orage. Il a surgi de nulle part, vraiment !

— Je ferais bien d'aller voir comment va Matthew, décida Jonathan. Molly et Claire, auriez-vous la gentillesse de tenir compagnie à madame McAllister ?

— Bien sûr, répondit Molly.

— Claire, tout est organisé pour votre départ, demain matin, ajouta Jonathan avant de quitter la pièce.

Il disparut dans le couloir.

— Tu pars demain ? demanda Molly, étonnée.

— Je pense qu'il est temps. Monsieur Ryan s'est arrangé pour que Lester Williams m'accompagne.

Molly hocha la tête. Elle était à la fois contente que son amie retrouve sa maison et triste à l'idée de son départ. Les cheveux de Claire étaient encore mouillés et de nouveau attachés en natte. Elle s'était changée et portait une robe à rayures bleues et blanches.

Molly avait froid ; elle se rapprocha de la belle flambée qui rougissait le foyer de la cheminée en pierres.

— Une jeune femme ne devrait pas voyager toute seule dans la nature, à peine accompagnée d'un homme, déclara Elizabeth. Il y a bien trop d'Indiens !

— Mais… je croyais que la plupart des Indiens de la région avaient été déplacés dans des réserves, dit Molly.

— C'est ce qu'ils disent, mais n'allez pas les croire ! Je parie la plus belle porcelaine de ma mère qu'il y en a encore qui traînent dans les parages.

Molly ne savait pas vraiment quoi répondre et quelque chose dans le ton d'Elizabeth la retenait de s'attarder sur le sujet.

— Alors, mesdemoiselles, êtes-vous les fiancées des garçons Ryan ? demanda la dame.

Molly fronça les sourcils.

— Non, m'dame. Les Ryan ont simplement eu l'amabilité de nous offrir l'hospitalité.

Elizabeth hocha la tête.

— L'hospitalité des Ryan est bien connue, par ici. Ce sont de braves gens. D'où venez-vous, dites-moi ?

Molly ne sut que répondre, mais elle éprouva soudain le besoin de garder son passé sous silence. Claire lui épargna un mensonge en répondant :

— Du Nouveau-Mexique.

— Oh, ce territoire existe toujours, alors ? D'après ce qu'on m'a dit, c'est une terre sans foi ni loi, pleine de bandits, de hors-la-loi et de ces satanés Peaux-Rouges, cette vermine qui gangrène le pays. Je ne peux tout simplement pas supporter leur présence !

Claire regarda Molly en haussant un sourcil.

Son amie garda le silence.

— Ce n'est pas de chance, pour la blessure de Matthew, poursuivit Elisabeth. Est-il tombé de cheval ?

— Non, m'dame, la contredit Molly, avant de s'éclaircir la gorge. C'est à cause d'un troupeau de bovins.

Puis elle demanda à Claire :

— Comment va son pied ?

— Il n'est pas cassé, seulement gonflé et sévèrement contusionné. Cale lui fait un bandage. Ça va aller.

Elizabeth hocha la tête d'un air entendu.

— Personne ne veut me croire, mais les bœufs sont des animaux dangereux, sans aucun doute ! Ceci dit, Matthew est jeune et fort. Je suis sûre qu'il s'en remettra rapidement. J'ai toujours nourri l'espoir que ma Lizzie épouse un de ces garçons.

— Lizzie ? demanda Molly.

Un bref éclair de jalousie lui noua le ventre – ou bien était-ce la faim ?

— Ma chère et tendre fille, répondit Elisabeth, le sourire aux lèvres. Elle est en internat à Richmond. C'est ma fille unique et elle me manque tellement ! Mais elle doit revenir bientôt et je ne doute pas une seconde que de nombreux soupirants seront pressés de la courtiser. Elle est vraiment jolie. Quel dommage que Matthew ait dû quitter les Rangers… Dieu a sûrement d'autres projets pour lui.

Elle poursuivit en chuchotant, comme si elle leur confiait un précieux secret :

— Je suis sûre que Lizzie attirera l'attention de Matthew et je ne verrais aucun inconvénient à ce qu'elle devienne une Ryan.

Molly en eut assez. S'efforçant de sourire, elle dit :

— Je ferais bien d'aller voir si Susanna a besoin d'aide. Vous devez avoir faim, madame McAllister.

Elle refusait d'écouter cette femme parler de sa fille et de Matt une minute de plus.

— Je vais voir si Rosita prépare le repas.

Elle tourna rapidement les talons et quitta la pièce.

Elle s'échappa en direction de la cuisine, s'excusant intérieurement auprès de Claire.

MATT ÉTAIT ÉTENDU sur son lit, la tête relevée par des oreillers. Cale avait bandé son pied, mais la tuméfaction lui faisait mal et il s'appliquait à respirer calmement. Au moins, ce n'était pas la jambe que Cerillo avait mutilée ; maintenant, il en avait deux esquintées. Pourtant, il n'éprouvait pas le moindre regret. Il n'osait même pas imaginer ce qui serait arrivé à Molly, s'il n'avait pas réussi à la protéger de ces animaux devenus fous.

Logan entra dans la chambre, apportant du bois de chauffage. Il alluma un feu dans la cheminée, à l'autre bout de la pièce. Peu de temps après, des flammes s'élevèrent dans l'âtre.

— M'man ne veut pas que tu attrapes froid, dit-il en se relevant.

Matt remarqua qu'il n'avait même pas pris le temps de retirer ses vêtements trempés.

— C'est toi qui vas attraper froid. Va te changer !

— Tu n'as pas encore pigé, hein ? dit Logan, arborant un grand sourire. C'est toi, le chouchou de m'man. Je pourrais crever de pneumonie dans le débarras, elle insisterait quand même pour que j'aille te cueillir des pêches !

Matt réprima un gémissement en essayant de changer de position.

— Alors où sont mes pêches, bon sang ?!

Logan rit.

— Va te chercher à manger tout seul ! P'pa a demandé à Dawson de te fabriquer une béquille. Tu devrais l'avoir demain.

Puis il ajouta de but en blanc :

— Claire s'en va demain matin.

Saisi par une anxiété soudaine, Matt demanda :

— Est-ce que Molly part avec elle ?

Logan secoua lentement la tête.

— P'pa a chargé Lester de l'accompagner.

Il se tut. L'affolement de Matt disparut progressivement, laissant place au soulagement. Il aurait eu du mal à lui courir après, dans son état actuel ! Bon sang, qu'allait-il faire, la concernant ?!

— Je l'aurais bien raccompagnée moi-même, ajouta Logan,

mais p'pa compte sur moi pour le rassemblement du bétail, surtout maintenant que tu n'es plus bon à rien.

— Lester est un bon gars. Je suis sûr que Claire ira bien.

Égoïstement, Matt était simplement soulagé que Molly reste là.

— Ouais.

Logan se retourna vers le feu. Il titilla le bois avec une tige en fer.

— Madame McAllister est ici.

— Comme quoi, ne pas pouvoir se lever a du bon, après tout !

Matt modifia encore sa position. Sa jambe lésée était posée en hauteur sur un oreiller, mais la douleur fusait toujours dans tout son corps dès qu'il bougeait les fesses.

Logan se releva et posa les mains sur ses hanches.

— Ouais. Tu es gagnant sur toute la ligne ! Tu as faim ?

— Je ne sais pas.

Il reposa sa tête en arrière et ferma les yeux. Il détestait être cloué au lit. Il venait à peine de pouvoir se lever, après être resté longtemps alité à cause des blessures de son *autre* jambe. Il n'avait franchement pas envie de remettre ça !

— Je vais t'envoyer Molly pour qu'elle te tienne compagnie.

Matt entrouvrit les yeux, curieux de savoir ce que son frère mijotait — même s'il ne voyait pas d'inconvénient à voir Molly. Pourtant, il aurait dû… oh, et puis, il était trop fatigué et il souffrait trop pour s'en soucier ! La voir serait très agréable, point.

— Ça fait deux heures qu'elle demande après toi toutes les cinq minutes, ajouta Logan en se dirigeant vers la porte. Je pense que m'man serait ravie de vous savoir enfermés là tous les deux, mais je n'en dirai rien à madame McAllister. Elle a des vues sur toi, concernant Lizzie.

Matt lâcha un grognement. Il se frotta le visage.

— Je n'ai pas l'étoffe d'un bon mari.

— Comme si je ne le savais pas… ! Tu es bien trop fils à maman !

Matt jeta un oreiller en direction de son frère, qui s'écrasa contre la porte que ce dernier venait de fermer derrière lui.

AVANT D'ENTRER, Molly frappa d'une main à la porte, tenant le plateau en équilibre sur l'autre. Elle prit la réponse étouffée – ou était-ce le râle d'un chien ? – pour une invitation à entrer. Quand elle repoussa la porte derrière elle avec son pied, un oreiller au sol attira son attention. Puis elle releva les yeux et faillit lâcher son plateau.

Redressé dans son lit, le pied posé sur un coussin, Matt était torse nu et sûrement sans pantalon, recouvert de couvertures lui arrivant à la taille. Le voir ainsi éveilla chez Molly comme un instinct de survie, le genre de force qui devient difficilement maîtrisable lorsque des proies potentielles entrent sur le territoire d'un prédateur. Le torse de Matt était large et musclé, couvert de poils bouclés qui disparaissaient sous les couvertures. Il la regardait avec des yeux brillants. Il la scrutait avec une sorte d'intensité primitive.

— Tu es encore de mauvaise humeur ? lui demanda-t-elle, sur la défensive.

Elle regretta aussitôt ses mauvaises manières.

— Je te demande pardon ; je suis sûre que ton pied te fait mal.

Elle fit le tour du lit et lui tendit le plateau.

— Je t'ai apporté à manger.

Malgré sa position, il lui prit le plateau des mains sans effort. Ses abdominaux se contractèrent, faisant remarquer à Molly la puissance et la grâce de son corps. Elle s'efforça de faire taire ses pensées scabreuses.

— Merci.

Il posa le plateau au centre du lit.

— Logan m'a dit qu'un peu de compagnie te ferait du bien, mais si tu préfères que je te laisse…

Rester seule avec lui n'était peut-être pas une si bonne idée… Si madame McAllister savait dans quelle tenue était Matt, elle s'évanouirait sûrement sur-le-champ ! Cette pensée la fit sourire.

— Qu'y a-t-il de si amusant ? demanda-t-il.

— Je ne devrais probablement pas le dire, répondit Molly en jetant un coup d'œil derrière elle, vers la porte fermée. Mais madame McAllister trouverait certainement indécent que je sois seule ici avec toi. Sachant que tu es torse nu, et tout…, ajouta-t-elle pour éviter tout malentendu.

Matt se mit à rire.

Molly en fut ravie ; ça s'était rarement produit, depuis qu'ils s'étaient retrouvés.

— Alors tu ferais mieux de rester, c'est certain ! dit Matt. Cette femme fourre son nez trop facilement dans les affaires des autres.

— C'est bien ce qui me semblait.

Elle se tourna, saisit une lourde chaise en bois qu'elle traîna près du lit et s'assit.

— Que dit Cale, pour ton pied ?

— Il pense que ce n'est pas grand-chose, répondit Matt, avant de manger un morceau de pain et de boire un demi-verre de lait. Il se peut qu'il mette une semaine à dégonfler.

— Je dois te remercier d'avoir voulu me protéger. Ces bœufs sont sortis de nulle part !

— Ouais. Il en faut peu pour les affoler. L'orage et les coyotes n'ont pas fait une bonne combinaison.

— Crois-tu que Cale ait trouvé les os des hommes qui ont attaqué le ranch ?

— Je ne sais pas.

Ignorant sa fourchette, Matt mangea les pommes de terre et les carottes avec ses doigts. Il vida rapidement son assiette.

— Il n'a pas trouvé d'indice permettant d'identifier les ossements. Mais s'il s'agit de ces hommes, quelqu'un s'est donné du mal pour dissimuler leurs corps – quelqu'un qui serait tombé sur eux au début des recherches et s'en serait occupé avant qu'on arrive sur les lieux.

— Tu te souviens d'un suspect potentiel ?

Matt secoua la tête.

— Non. Franchement, ça aurait pu être n'importe qui.

Molly resta silencieuse.

— Logan dit que Claire part demain matin, annonça Matt en détachant des morceaux de poulet pour les enfourner ensuite dans sa bouche.

— Apparemment.

— Tu comptes l'accompagner ?

— Non, je pense qu'il faut que je reste encore un peu. J'ai toujours espoir de découvrir ce qui est arrivé à mes parents.

— On ne le saura peut-être jamais.

Matt essuya ses doigts gras sur une serviette en tissu, avant de repousser le plateau. Il avait englouti ce repas copieux en un rien de temps !

— Je sais, dit Molly.

Regardant l'assiette vide en fronçant les sourcils, elle demanda :

— Tu as encore faim ?

— Non.

Son regard implacable était focalisé sur elle, la mettant mal à l'aise.

— Dans ce cas, je devrais peut-être te laisser.

Elle se leva.

— Tu n'es pas obligée de partir, dit-il à mi-voix. À moins que tu en aies envie.

Elle hésita, puis répondit en toute franchise :

— Je ne suis pas sûre de savoir ce dont j'ai envie.

Elle s'approcha du lit, puis secoua la tête et fit demi-tour pour se retirer, mais Matt lui saisit le bras. Retenue par ce geste, elle tituba, étourdie. Son cœur se mit à battre à tout rompre. L'immense main de Matt aux doigts rugueux était bouillante autour de son poignet.

— Molly…

Sa voix grave lui fit l'effet d'une caresse. L'entendre simplement prononcer son prénom déclencha en elle un désir si violent qu'elle fut au bord de suffoquer.

— Je n'ai pas la bonne réponse à ça, dit-il.

— Je ne me souviens pas t'avoir posé une question, souffla-t-elle d'une voix qu'elle ne reconnut pas, rauque et pleine de désir.

— Tu es très jeune et j'ai trop d'expérience pour pouvoir me mettre à ta place, pour comprendre ce que tu ressens.

Elle n'arrivait toujours pas à le regarder.

— Tu préfères les femmes expérimentées, c'est ça ?

Claire avait parlé des hommes qui allaient au bordel pour coucher avec des femmes contre de l'argent, de préférence avec celles qui savaient comment leur procurer du plaisir. Est-ce que Matt fréquentait de tels établissements ? Et si c'était le cas, comment pourrait-elle espérer être un jour à la hauteur de ses attentes ?

— Molly, dit-il d'une voix plus pressante, en l'attirant vers lui pour la regarder en face. Ce que je préfère n'a rien à voir là-dedans. Tu es une jolie jeune femme qui a vécu en enfer pendant dix ans et qui en est revenue. Il est de mon devoir de veiller sur toi.

— Depuis quand ?

Grand Dieu, elle employait un ton presque acerbe !

— Depuis dix ans ! rétorqua-t-il, perdant patience.

Sa main large et bronzée la tenait toujours. Elle hésita à retirer son bras, mais il se mit à effleurer les jointures de ses doigts avec son pouce, en un va-et-vient qui dépassait de loin un simple geste amical. Il lui vint alors à l'esprit que Matt ignorait peut-être ce qui devait ou ne devait pas se passer entre eux ; il était possible qu'il ressente à la fois la même attirance et la même confusion. Cette pensée lui donna de l'audace, elle se sentit presque téméraire, au point de profiter de cet instant avant même que le bon sens ne puisse l'en empêcher. Elle se pencha vers lui et l'embrassa.

Elle déposa un baiser sur ses lèvres, puis se figea à quelques centimètres de sa bouche. Matt ne bougea pas. Un sentiment de déception submergea Molly. Trop tard, elle s'était ridiculisée ! Ne sachant que faire, elle resta pétrifiée.

— Je suis désolée…

Matt l'attira contre lui et l'embrassa avec fougue et détermination. Il enfouit ses doigts dans ses cheveux, l'empêchant de bouger. Elle se laissa tomber sur lui et s'agrippa à ses épaules tandis qu'il couvrait sa bouche de baisers. Elle ne pouvait plus respirer, plus penser à rien ; elle ne pouvait qu'attendre que les étincelles qui venaient de jaillir entre eux retombent.

Elle se mit à trembler, submergée par la force du désir de Matt. Son cœur battait à tout rompre ; elle se sentit devenir toute rouge. Ses seins réagissaient aux légers mouvements du corps de Matt. Il se formait tout au fond de son ventre un désir, un besoin qui anéantissait toute pensée rationnelle.

Tout à coup, Matt s'arrêta.

Molly ouvrit les yeux, totalement désorientée.

— C'est un terrain glissant, dit-il, le souffle aussi court que le sien. Je ne suis pas un saint, Molly. Tu me fais perdre toute conscience morale !

Molly s'écarta de lui à contrecœur. Elle se sentait grisée par ce qui venait de se passer, mais aussi inquiète. Sa fâcheuse ingénuité lui sautait aux yeux. Le désir de Matt était celui d'un homme, quand elle l'avait embrassé avec la candeur d'une jeune fille naïve – qu'elle était. Matt avait peut-être raison de vouloir nier ce qu'il y avait entre eux. Son baiser à lui comportait des attentes qui la remplissaient à la fois de désir et d'incertitudes.

Elle n'était apparemment pas prête à satisfaire les demandes de la chair entre un homme et une femme.

Elle se releva, étonnée que ses jambes parviennent encore à la porter. Elle fit le tour du lit, prit le plateau couvert de vaisselle éparpillée, puis quitta la pièce à la hâte.

CHAPITRE DIX-SEPT

M att ne pouvait s'en prendre qu'à lui-même, s'il avait passé une nuit affreusement agitée. Il ignorait ce qui était le plus douloureux... son pied ou ses pulsions incessantes ? Il n'aurait jamais dû embrasser Molly, mais maintenant qu'il l'avait fait, il ne pouvait penser à rien d'autre.

Elle l'avait enflammé avec un baiser chaste, réduisant à néant tous ses efforts de retenue, lui faisant oublier les raisons qu'il avait de ne pas la toucher. Il était frustré, car cet écart n'était pas une fin en soi ; ce n'était que le début d'une plus longue lutte pour garder ses distances. Mais, si ça pouvait le consoler, il n'allait certainement pas avoir beaucoup de mal à les garder... Il y était allé trop fort avec elle, c'était malheureusement évident ; elle ne voudrait sûrement plus avoir affaire à lui durant son séjour au ranch.

Bon sang, il s'était pourtant retenu de l'approcher, dès le début ! Toutefois, en un rien de temps, son désir lui avait fait oublier les bonnes manières et toute notion de délicatesse. Il aurait volontiers déshabillé ce corps pour en explorer toute l'innocence. *L'innocence* qui lui interdisait de la toucher. Elle méritait mieux qu'une liaison avec un homme incapable de maîtriser ses pulsions !

Il pourrait l'épouser.

Cette pensée le pétrifia.

Il n'avait jamais voulu se marier. Pouvait-il en avoir vraiment envie, à présent ? Ou bien les rêves récents qu'il avait nourris d'avoir une vie de famille n'étaient que des désirs passagers ? Des racines, il en avait déjà. Le ranch S.R. lui en offrait.

Matt n'aimait pas agir sur des coups de tête, ce n'était pas dans sa nature. Attendre, observer, écouter ; voilà ce qu'il avait toujours appris à ses hommes, que ce soit dans ou en dehors des combats. Et patienter. Savoir patienter pouvait sauver des vies.

Molly avait quitté sa chambre totalement chamboulée, la veille. Elle avait clairement ressenti l'attraction qui existait entre eux, mais à l'évidence, elle n'était pas du tout prête à en assumer les conséquences. Comment lui en vouloir ?!

Il avait peut-être justement besoin de pratiquer un peu de cette patience qu'il avait si souvent prêchée. Molly avait besoin de temps pour s'habituer à lui et il avait besoin de temps pour décider s'il pouvait ou non s'engager envers elle – parce que dans sa situation, tout autre rapprochement serait inacceptable. Ils avaient besoin d'apprendre à se connaître à nouveau.

Se réveillant à l'aube, il décida cependant que garder ses distances n'était pas une si bonne idée.

CLAIRE ÉTAIT sur le départ et Molly la tenait dans ses bras. Elles attendaient dehors, dans la lumière du petit matin, que Jonathan et Lester Williams, un homme d'un âge mûr au visage déterminé, finissent de préparer les chevaux. Logan et Susanna patientaient également, non loin d'eux.

— Préviens-moi quand tu seras bien arrivée, dit Molly, et dis-moi comment te retrouver.

Claire hocha la tête.

— On se reverra, assura Molly.

— Je l'espère, répondit Claire avec sincérité.

Souriant malgré la gêne provoquée par les adieux, elle ajouta à voix basse :

— Matt ne s'est pas cogné la tête contre un rocher, mais son pied blessé te donne un avantage. J'espère que tout se passera comme tu le souhaites.

Molly secoua la tête.

— Je ne suis plus sûre que ce soit une bonne idée.

Imaginer où leur baiser aurait pu les mener avait hanté son sommeil toute la nuit.

Claire la regarda, étonnée.

— Alors tu comptes l'éviter sans qu'il soit en mesure de te courir après ? demanda-t-elle de façon hésitante.

— C'est tout à fait envisageable !

Molly se mit à rire, même si des larmes lui montaient aux yeux tout à coup.

— Tu vas me manquer, dit-elle.

Claire resta là encore un instant, la main de Molly dans la sienne. Puis elle se mit en selle. Logan s'approcha pour l'aider. Susanna vint aux côtés de Molly.

— Fais un bon voyage, Claire.

— Merci, madame Ryan. Vous avez été très gentille avec moi. Monsieur Ryan, merci pour tout ; vraiment.

— Eh bien, tu reviendras nous rendre visite, d'accord ? répondit Jonathan.

Logan recula pour les laisser partir, elle et Lester.

Il tapota la croupe de son cheval et lui emboîta le pas, s'éloignant un peu de la maison principale pour les regarder s'en aller vers l'ouest.

Bientôt, ce serait au tour de Molly de partir ainsi. À cette idée, elle éprouva des sentiments confus. Matt et elle n'étaient apparemment pas faits l'un pour l'autre. Pourquoi la perspective de quitter le ranch la contrariait-elle ?

Ce devait être à cause de son futur incertain. Quoi d'autre ? La seconde raison potentielle la remplissait d'appréhension… et de désir. Elle impliquait de se donner physiquement à Matt, de partager avec lui ce qu'elle n'avait jamais fait qu'imaginer. Si ça arrivait, que se passerait-il ensuite ?

Partir lui briserait le cœur.

Alors, n'avait-elle d'autre choix que d'éviter Matt jusqu'à son départ ?

Debout aux côtés de Susanna, elle fut tentée de se tourner vers elle pour lui demander conseil. Elle en aurait vraiment eu besoin, mais les mots restèrent bloqués dans sa gorge.

— Molly, ma chère…, dit Susanna. Ne te fais pas de souci pour Claire. Lester travaille avec nous depuis des années. C'est un brave homme, honnête et digne de confiance. Il veillera à ce qu'elle arrive chez elle en toute sécurité.

— Je n'en doute pas.

La mère de Matt la regarda attentivement.

— Quelque chose d'autre te tracasse ?

Molly se jeta à l'eau et demanda précipitamment :

— Madame Ryan, que doit faire une femme lorsqu'un homme s'intéresse à elle ?

Susanna sembla surprise.

— Est-ce que l'un de nos employés t'importune ?

Molly secoua la tête.

— Non. Pas exactement.

— Eh bien, un homme digne de ce nom te ferait la cour, puis te demanderait en mariage.

Susanna se tut un instant, avant de reprendre.

— Dans la région, cependant, certaines exceptions contredisent cette règle, mais une femme doit être sûre de sa situation avant de… prendre certaines libertés.

— Des libertés ?

— Hum…

Susanna fronça les sourcils.

— Qui est-ce, Molly ? Howie, ce garçon du ranch des

Callahan ? Je pourrais demander à Jonathan de lui toucher deux mots.

— Oh, non ! Ce n'est pas la peine.

Susanna prit la main de Molly dans la sienne.

— Tu n'as plus été confrontée à ce style de vie depuis longtemps. T'y adapter te prendra du temps ; mais il est vrai que tu es une très jolie jeune femme. Je ne doute pas que tu recevras beaucoup d'attention. De la part des hommes, j'entends.

Molly hocha la tête.

— Souviens-toi simplement, poursuivit Susanna, que tu peux prendre le temps de choisir. Les hommes n'ont pas tous la même nature.

Logan les rejoignit.

— Qu'est-ce qui te fait dire ça, m'man ?

— Les choix d'une femme peuvent ensuite la tourmenter toute la vie.

Logan sourit.

— Exact. N'en est-il pas de même pour les choix d'un homme ?

— Si, bien sûr, répondit Susanna. Prends ton temps, Molly. Il n'y a pas d'urgence. Tu es invitée à rester ici aussi longtemps que tu voudras. Et si tu souhaites que j'invite Howie à souper avec nous, je le ferai avec plaisir.

Logan haussa un sourcil.

— Non, dit Molly. Ce ne sera pas nécessaire.

— Si tu changes d'avis, dis-le-moi.

Susanna relâcha sa main et s'en retourna vers la maison.

— Veux-tu entendre le conseil d'un homme mal avisé ? demanda Logan.

— Je ne sais pas, répondit Molly en riant.

— Quoi que tu fasses, ne laisse pas Matt croire que c'était son idée.

— Pourquoi ?

— Je ne devrais sûrement pas dire ça…

Logan ressemblait tellement à son frère, avec ses cheveux bruns coupés en brosse et ses yeux bleu-vert ; côté personnalité, il était bien plus détendu et ouvert.

— Il croit apparemment devoir organiser ta vie à ta place, histoire de rattraper les dix dernières années où il n'a rien pu faire pour toi.

— J'imagine qu'il essaye simplement de m'aider.

Logan passa un bras autour de ses épaules et l'entraîna vers la maison.

— Matt ne l'avouera jamais, mais il est plus heureux qu'un coq en pâte de te revoir.

— Matt ? Heureux ? Ce n'est pas l'impression qu'il me donne.

— Ouais, c'est bien le problème.

— Merci pour le conseil, mais je ne suis pas sûre de comprendre.

— Fais-le courir un peu, histoire de le faire mériter ce qu'il y gagnera.

Elle secoua la tête, confuse.

Logan se tourna pour la regarder en face.

— Il veut absolument te voir mariée et installée pour apaiser la culpabilité qu'il éprouve, pour avoir la conviction d'être un type bien qui fait ce qu'il faut pour toi, pour que tu vives heureuse et en sécurité. Pourtant, je crois que ce n'est pas vraiment ce que tu veux – ni ce qu'*il* veut.

Il lui donna un petit coup amical dans l'épaule qui la déséquilibra légèrement.

— J'aimais bien te bousculer un peu, quand tu étais petite !

Logan s'éloigna en direction du corral, la laissant devant le porche de la maison.

Elle ne voyait toujours pas où Logan avait voulu en venir, mais elle était sûre d'une chose : elle ne pourrait pas éviter Matt. À vrai dire, elle n'en avait pas du tout envie. Elle entra dans la maison d'un pas décidé et se dirigea tout droit vers sa chambre.

Matt terminait le petit déjeuner copieux que lui avait apporté Rosita – des œufs au bacon, avec des pommes de terre et des biscuits –, quand on frappa à la porte. Croyant qu'il s'agissait de la vieille Mexicaine revenue chercher le plateau, il lui cria d'entrer. Quelle ne fut pas sa surprise en voyant débarquer Molly !

Il ne sut quoi dire. Après son comportement de la veille, il était persuadé qu'elle chercherait à l'éviter – ce qui n'aurait pas été difficile, vu qu'il était cloué au lit.

Elle était… eh bien, jolie, pour commencer. Il ne put s'empêcher de la regarder fixement. La robe imprimée qu'elle portait soulignait ses courbes à la perfection. Ses cheveux châtains encadraient son visage aux yeux bleus brillant de détermination.

— Claire et monsieur Williams viennent de partir, déclara-t-elle d'un ton précipité. J'ai dit à Rosita que je viendrais débarrasser ton plateau.

Elle fit le tour du lit et s'approcha de lui, sur le côté. Lorsqu'elle se pencha, il sentit son parfum, délicat mélange de rose et de fraîcheur. L'esprit embué, il lui tendit la vaisselle de son petit déjeuner.

— Je rapporte ça en cuisine et je reviens.

Elle quitta la pièce précipitamment.

Matt n'eut pas le temps de retrouver ses esprits qu'elle était déjà de retour. Elle apportait une béquille en bois.

— Dawson vient de la terminer. Lève-toi et habille-toi ! ordonna-t-elle. Il faut que tu sortes un peu.

Elle se dirigea vers sa commode et en sortit une chemise bleu foncé et un pantalon marron.

— Je peux m'habiller tout seul, dit-il d'une voix rauque, étonné de l'attention qu'elle lui portait soudain.

Elle avança vers lui en fronçant les sourcils, toute rouge et débordant d'une énergie très féminine.

— Je ne pense pas. Crois-tu que je puisse entailler ce pantalon pour faire passer ton pied dedans ?

— Je suppose, oui…

Il essayait de suivre son rythme effréné, or voilà qu'elle était à nouveau partie, à la recherche d'une paire de ciseaux. À son retour, elle posa une main sur sa cuisse pour l'aider à faire pendre sa jambe sur le côté du lit.

Il tressaillit.

— Molly…

Il tenta de l'arrêter dans son élan, faisant de son mieux pour ignorer la chaleur de ses paumes.

— Tu as besoin d'aide, dit-elle en repoussant ses mains.

Il gémit involontairement lorsque sa jambe quitta l'appui confortable du coussin.

Dès qu'il se redressa, Molly s'activa pour l'aider à enfiler sa chemise, faisant glisser les manches autour de ses bras avant de les retrousser jusqu'aux coudes. Puis elle entreprit de la boutonner, mais il l'arrêta.

— Ça, je peux le faire tout seul !

Sinon, il craignait de la retenir et de ne pas faire que l'embrasser, ce coup-ci. Se concentrer sur la douleur dans son pied l'aida à calmer son désir.

Elle saisit le pantalon et se pencha pour faire passer ses pieds dans les trous.

— Molly, dit-il en lui prenant le pantalon des mains, et si tu me laissais un peu d'intimité ?

— Je ne veux pas que tu te fasses mal, répondit-elle calmement.

— Je pense pouvoir me débrouiller.

— Si ça peut te rassurer, je ne vais rien voir que je n'aie pas déjà vu ! Les hommes comanches sont très peu vêtus, surtout quand ils partent en guerre.

Matt la fixa et elle soutint son regard. Qu'avait-elle derrière la tête ? Elle ne le laissait pas respirer ! En plus, l'imaginer entourée d'hommes chichement vêtus lui tapait sur les nerfs.

— Je me demande comment ils ont fait pour te supporter, marmonna-t-il en se penchant pour glisser sa jambe valide dans le pantalon.

Elle gloussa.

— Je pense que les Kwahadis se sont parfois posé la même question ! Mais ils n'aimaient pas que des serpents traînent dans le camp et j'avais le chic pour les attraper.

Il eut des difficultés à faire passer sa jambe blessée dans le pantalon et Molly s'accroupit pour l'aider. Il la laissa faire, à contrecœur. Leurs mains se touchèrent.

— Tu vas finir par y passer, si tu continues à toucher aux serpents !

— La plupart du temps, il s'agit d'espèces inoffensives. Crois-le ou non, je sais faire la différence, précisa-t-elle en se relevant. Tu peux l'enfiler complètement, maintenant ?

Il lui jeta un regard noir. Elle leva les mains en l'air.

— Je ne regarderai pas !

Elle se tourna et attendit, les mains sur les hanches.

Il regarda sa silhouette de dos et la courbe gracieuse de sa taille. En équilibre sur sa bonne jambe, il enfila son pantalon.

— En fait, j'ai été mordue par un serpent à sonnette, quand j'avais douze ou treize ans, révéla-t-elle de façon anodine.

Finalement habillé, Matt se rassit sur son lit.

— Quoi ?!

— Il y avait une grotte. Je jouais avec Running Water et elle s'est précipitée à l'intérieur. Quand je suis entrée derrière elle, il y avait là le plus gros crotale que je n'avais jamais vu, dressé et prêt à frapper. Il était vraiment effrayant.

Matt frissonna.

— Tu peux te retourner.

— Oh…, dit-elle avant de faire volte-face. Tout est en place et boutonné ?

— Ouais.

Il demanda d'une voix sombre :

— Qu'est-ce qui s'est passé, ensuite, avec le serpent ?

— J'ai voulu sauver Running Water. Quand je me suis retournée pour la pousser hors de la grotte, le serpent m'a mordue au talon. J'ai toujours une cicatrice. Tu veux la voir ?

Elle souleva son pied droit.

— Pas la peine. Visiblement, tu n'en es pas morte.

— Visiblement.

Elle lui adressa un grand sourire lumineux.

— Mais j'ai été gravement malade. Esa-tai, le shaman, a fait du bon boulot pour me sauver ! Honnêtement, je pense que je n'avais pas reçu beaucoup de poison. Le serpent m'avait mordue à travers d'épais mocassins. Quand j'ai été guérie, il y a eu un grand débat pour savoir si je devais ou non m'appeler Snake Charmer, au lieu de Cactus Bird.

— Je crois que je vais vomir…

Matt n'aimait pas entendre ces histoires où elle avait frôlé la mort.

— Vraiment ? demanda-t-elle, inquiète.

Elle lui tendit précipitamment la béquille.

— Viens ! Filons dehors, avant que tu n'en mettes partout dans la maison ! Ta mère a déjà assez de travail comme ça !

Une étincelle dans les yeux, elle ajouta :

— Quand tu seras remis, je pourrai peut-être effrayer quelques serpents pour te divertir…

Molly passa toute la matinée avec Matt, l'accompagnant tandis qu'il claudiquait à travers le ranch pour aller voir les chevaux, surveiller l'avancement des tâches à accomplir, s'entretenir avec Dawson à propos de l'imminent rassemblement du printemps. Elle apprit que plusieurs ranchs allaient mettre leurs efforts en commun pour regrouper les Longhorn dans un même espace, avant que chaque propriétaire ne reprenne ses bêtes pour les marquer ou en emmener dans le Kansas pour les vendre.

— Tu as l'air déçu de rater le rassemblement, remarqua Molly alors qu'ils retournaient vers la maison pour le déjeuner.

— Je n'y ai jamais vraiment réfléchi, mais ouais, j'imagine que je dois l'être un peu.

— Ça a l'air de t'étonner…

Elle esquiva avec agilité un tas de crottin de cheval. Sa robe imprimée se balança autour de ses jambes.

— Je ne me vois pas être éleveur.

Il se déplaçait facilement avec la béquille, mais la pâleur de son visage démentait sa force apparente et Molly voyait bien qu'il était épuisé. Elle insisterait pour qu'il se repose, après le repas.

— Pourquoi ? C'est un sacré ranch, que ton père a là !

— C'est sûr, reconnut Matt. Mais ces dix dernières années, je ne suis jamais resté au même endroit. Je ne suis pas certain d'en être capable.

— J'ai vécu la même chose.

Le désir soudain d'avoir une maison la frappa, la prenant à la gorge. Elle laissa glisser son regard sur les plaines qui s'étendaient au-delà du ranch ; les longues herbes jaunes et les fleurs multicolores ondulaient dans le vent. Elle inspira profondément – elle pourrait toujours compter sur la terre pour l'apaiser.

Ils gravirent les marches du perron en silence. Matt les montait une à une en sautant. Puis ils entrèrent dans la maison.

Il y avait pour le déjeuner du rôti froid, du pain frais et une salade de pommes de terre, accompagnés de piments marinés dont Matt se goinfra. Molly le regarda faire, inquiète.

— Tu es sûr que tu devrais en manger autant ? demanda-t-elle, assise à ses côtés.

Susanna était installée en bout de table, madame McAllister en face d'elle. Logan et Jonathan étaient par monts et par vaux et ne reviendraient pas avant la tombée de la nuit.

— Ce n'est pas comme si j'allais embrasser quelqu'un après !

dit-il, l'air de rien, en lui adressant un grand sourire et un clin d'œil.

Gênée, Molly sentit la chaleur lui monter au visage et elle eut peur de devenir aussi rouge que lesdits piments.

— Il a toujours aimé la nourriture épicée, observa Susanna. Je plains la femme qui t'épousera, Matthew. Tu risques de ne pas avoir droit à beaucoup de baisers avant de t'endormir !

— Ce ne sont pas des baisers, dont un homme a envie avant de dormir, répondit-il.

Molly écarquilla les yeux sans pouvoir se retenir. Pourquoi parlait-il ainsi, devant sa propre mère... et devant madame McAllister, en plus ? Elle rougit de plus belle.

— Matthew Ryan, le gronda Susanna, un peu de tenue devant nos invitées !

Il se contenta de sourire, piqua un morceau de rôti avec sa fourchette et l'enfourna dans sa bouche.

— Oh, Susanna, dit madame McAllister, laissez-le ! Les hommes sont plus crus pour ces affaires-là, voilà tout. Ils voient les choses plus simplement. Je crains que Lizzie n'ait besoin de s'adapter en la matière, mais je suis certaine qu'elle y parviendra. Elle fera une très bonne épouse d'éleveur !

Lorsque Molly la regarda, elle fut contrariée de la voir s'adresser directement à Matt.

— Pensez-vous vous installer dans les environs, Matthew ? demanda la femme.

Comme il attendait d'avoir avalé la bouchée qu'il mastiquait avant de parler, Molly ne put s'empêcher de répondre à sa place :

— Matt n'est pas le genre d'homme à s'installer, n'est-ce pas, Matt ?

Elle lui jeta un coup d'œil. Il répondit par un haussement de sourcil.

— La plupart des Texas Rangers sont en quête de liberté, c'est pourquoi ils ne s'attachent pas à un lieu, poursuivit elle. C'est logique, franchement ! Les criminels ne restent pas en place ; donc, les hommes qui les traquent non plus.

— Oh, je ne sais pas… ! répondit Matt. Je suppose que je pourrais poser mes valises, si je rencontrais une femme qui en valait le coup.

Il la regarda bien en face.

— C'est exactement ce que je pensais ! dit madame McAllister d'une voix douce. Lizzie rentre à la maison dans trois jours. Je sais qu'elle serait ravie de te voir, Matthew. Tu pourrais peut-être venir dîner, un de ces soirs ? Quand ton pied sera guéri, bien sûr.

Matt but une grande gorgée de limonade.

— Croyez-vous que Lizzie se souvienne de moi ?

Madame McAllister émit un petit rire délicat et féminin qui sonna aux oreilles de Molly comme le chant d'un oiseau trompeur.

— Évidemment ! Vous avez une belle réputation, dans la région. Dans tout le Texas, même, si j'ose me permettre. Celle d'un excellent officier de l'armée américaine et d'un honorable Texas Ranger. Susanna, vous devez être extrêmement fière de lui !

— Je le suis, répondit la mère de Matt avec émotion. Mais j'aimerais vraiment que tu envisages de faire quelque chose de moins dangereux, ajouta-t-elle en se tournant vers son fils.

— Bien sûr, en convint madame McAllister. Et quand vous serez marié, vous aurez envie d'offrir à votre épouse une belle maison et suffisamment de terres pour lui faire honneur.

— Il faut croire que dans le nord du Texas, les femmes ne s'intéressent qu'à la surface de terres que leur mari peut acquérir, s'agaça Matt.

— Eh bien, Elizabeth a raison, Matthew, dit Susanna. Il est important de constituer un patrimoine pour les générations futures. Ton père a travaillé dur pour faire du ranch S.R. ce qu'il est aujourd'hui. Je sais qu'il aimerait vous voir prendre la suite un jour, Logan et toi.

Matt sembla perdu dans ses pensées.

— Tout père souhaite voir ses fils prendre la relève, ajouta madame McAllister. Le plus grand regret de mon mari fut de n'avoir qu'un enfant − une fille, de surcroît. Mais nous avons un domaine non négligeable ; Lizzie apportera beaucoup à son futur époux.

— Si elle est si bien lotie, intervint Molly, qui enrageait de voir que les flagrantes tentatives d'entremise de madame McAllister lui faisaient un tel effet, pourquoi a-t-elle besoin d'un mari ? Elle pourrait s'occuper de son ranch elle-même !

— S'en occuper elle-même ? demanda madame McAllister d'une voix étranglée. Ce serait tout simplement inacceptable. Gérer ces choses-là est le travail d'un homme. Une femme n'a que le rôle que son mari lui donne.

Molly fut sur le point de dire qu'avoir un rôle n'avait aucune importance, dans ces contrées désolées du fin fond du Texas, mais le bon sens lui conseilla de tenir sa langue.

— Je suis certaine que Lizzie sera sollicitée par de nombreux prétendants, Elisabeth, déclara Susanna en souriant, essayant manifestement de détendre l'atmosphère. Ils seront probablement si nombreux que vous ne saurez plus où donner de la tête.

Madame McAllister acquiesça avec sérénité.

— Molly, ma chère, d'où venez-vous, exactement ? Je pense ne pas l'avoir bien saisi.

— Molly est une amie de la famille depuis longtemps, répondit Susanna. Elle a été absente pendant un moment, mais on est enchantés de la revoir.

— Donc, vous êtes originaire du Texas ? demanda madame McAllister.

— Non, répondit Molly. Je suis née en Virginie. Ma famille est venue s'installer ici quand j'avais sept ans.

— La plupart d'entre nous ont déménagé ici après la guerre, déclara la femme d'une voix autoritaire. C'était la destination rêvée pour tout nouveau départ, même si ce n'était pas aussi bien que ça l'est maintenant, quand ces terres n'étaient pas encore débarrassées des Indiens. Vous avez fait un excellent travail, avec l'armée, Matthew !

Molly se figea. L'armée américaine, Matt compris, était responsable d'avoir déraciné le peuple comanche en le forçant indirectement à intégrer les réserves. Elle ne pouvait plus nier l'affection qu'elle éprouvait pour les Kwahadis. La vie avec eux avait été rude et certaines personnes n'avaient pas été gentilles, mais Bull Runner l'avait traitée avec bienveillance et impartialité. Sits On Ground avait nourri envers elle une rivalité assez banale entre sœurs, alors que Running Water lui avait témoigné de l'attachement. Est-ce que la jeune fille se souvenait encore d'elle ? Est-ce que Molly lui manquait ?

— J'étais réticent à faire ce travail, dit Matt en regardant Molly à la dérobée. Les deux camps avaient de bonnes raisons d'agir à leur façon. Rien n'a jamais été clair et net.

— Bien au contraire, le contredit madame McAllister. Les Indiens sont des barbares qui vivent comme des animaux. Ils se reproduisaient avec des Blanches pour nous contaminer de l'intérieur !

— Elisabeth, je pense que ça suffit ! intervint Susanna d'un ton sec.

Molly n'avait plus faim.

— Si vous voulez bien m'excuser, j'aimerais apporter quelques pommes à Pecos.

Elle se leva et quitta la pièce, se hâtant vers la cuisine. Elle oublia de prendre les fruits pour sa jument, mais ne s'en aperçut qu'une fois arrivée aux écuries.

CHAPITRE DIX-HUIT

U ne fois de plus, Matt trouva Molly dans le box de Pecos. Ce coup-ci, heureusement, elle était réveillée. Elle se tenait debout, la tête posée contre l'encolure de sa chère jument, et lui fredonnait une chanson. Matt s'arrêta à leur niveau.

L'épiant du coin de l'œil, Molly dit :

— Tu as l'air épuisé. Il faudrait vraiment que tu te reposes, cet après-midi.

— Ça m'embête de l'admettre, mais je pense que tu as raison. Écoute, Molly, à propos de madame McAllister…

— Ça va. Vraiment.

— Cette femme pète toujours plus haut que son cul et juge à tort et à travers. N'aborde surtout pas avec elle le problème de l'esclavage !

Il tendit sa main vers Pecos, qui posa son nez mouillé dans sa paume.

— Ne la laisse pas t'atteindre.

— Elle n'a pas complètement tort. Je n'y avais jamais vraiment pensé, avant, mais je crois que je serai toujours en partie comanche. Une part de moi n'oubliera jamais.

— Personne ne te demande d'oublier.

— Pourtant, les gens comme madame McAllister ne m'accepteront jamais, n'est-ce pas ? Est-ce que tout le monde pense comme elle, dans la région ?

Matt se tut un instant.

— Je ne peux rien affirmer, mais les souvenirs sont encore bien prégnants et les Comanches ont terrorisé les habitants des environs pendant assez longtemps. Les gens ne sont pas près de l'oublier.

Il repoussa son chapeau en arrière.

— Molly, je ne t'en ai rien dit jusqu'à présent, mais il est peut-être temps pour moi de le faire. Voilà, mieux vaut probablement que tu ne racontes pas trop où tu as passé les dix dernières années. Certaines personnes ne comprendraient pas.

Molly parut affectée par ses paroles et il se sentit plus bas que terre.

Cependant, elle se reprit rapidement et hocha la tête.

— Tu peux rentrer à la maison, maintenant, dit-elle d'une voix enrouée. Ça va aller. Je vais peut-être monter un peu Pecos. Elle a besoin de se dégourdir les jambes.

— Un des employés du ranch peut la sortir.

Il avait envie de rester avec elle.

Molly secoua la tête.

— Je pense que j'ai besoin de me dégourdir les jambes aussi.

— Tu voudrais faire une partie d'échecs avec moi, ce soir ? demanda-t-il dans le faible espoir de repasser un moment avec elle, plus tard.

Molly ouvrit la porte du box, obligeant Matt à se pousser sur le côté pour la laisser sortir avec Pecos.

— J'ai vécu avec des barbares. Comment aurais-je pu apprendre à jouer aux échecs ? demanda-t-elle avec amertume.

— Je t'apprendrai, dit-il dans son dos.

— On verra…

Elle sella son cheval en un rien de temps et disparut avant que Matt n'ait eu une chance de la rattraper.

Fichu pied blessé !

MOLLY CHEVAUCHA PLUSIEURS HEURES. La solitude et la liberté apaisèrent son esprit. Le murmure du vent, le ciel bleu à perte de vue et les plaines infinies la ramenèrent à la vie chez les Kwahadis, avec qui elle avait vécu de son enfance aux prémices de l'âge adulte.

Cette vie avait été éprouvante, avec des hivers glacials, des nuits tourmentées par la faim lorsque la nourriture se faisait rare, une promiscuité constante avec les autres dans le tipi surpeuplé de Bull Runner et de sa famille. Mais il y avait eu également des jours d'été agréables, les chasses aux bisons auxquelles les femmes accompagnaient souvent les guerriers, des jeux, de joyeuses pagailles, des histoires drôles et les commérages des femmes plus mûres qui broyaient, coupaient et séchaient la nourriture qu'elles récoltaient et chassaient quasiment tous les jours de leur vie. Il y avait eu d'heureuses naissances et de tristes décès. Il avait été question de vivre et les Kwahadis n'avaient pas été meilleurs ou pires que tout autre peuple. Ils aimaient, riaient et avaient peur, comme tout le monde. C'étaient des êtres humains et Molly ne pourrait jamais les voir autrement.

Le soleil cognait. Molly chevauchait toujours. Au bout d'un certain temps, elle ne résista plus à l'envie qui la titillait depuis qu'elle était partie prendre l'air avec Pecos : elle enleva la robe trop ajustée à son goût et noua la chemise autour de sa taille. Elle avait toujours le buste couvert par un justaucorps. Puis elle retira la selle qu'elle laissa tomber par terre pour ne laisser que le tapis sur le dos de sa jument.

Après s'être entièrement débarrassée de la robe, elle sauta sur Pecos. Ce mouvement la ravit ; elle se souvint des innombrables fois où elle l'avait fait, et prit conscience que son passé lui appartenait. Il ne pouvait pas être effacé. Elle était Molly, mais elle était également Cactus Bird. Deux existences différentes cohabitaient dans la même personne.

Ensemble, la jeune femme et la jument foulèrent la terre, filant comme un oiseau plane au-dessus du sol. Ensemble, elles fendirent les airs, tel un troglodyte cherchant sa maison.

À LA TOMBÉE de la nuit, Molly retourna enfin au ranch S.R. À nouveau vêtue de sa robe, elle se dirigea avec une certaine appréhension vers la salle à manger où le dîner était servi : elle n'avait vraiment pas envie de se retrouver à table avec madame McAllister. À son grand soulagement, la femme était repartie chez elle dans l'après-midi.

— Je pense qu'il était temps qu'elle retourne sur ses terres, dit Susanna. Il te faut l'excuser, Molly ; j'ai bien peur que certaines personnes soient incapables de changer.

Molly s'assit une fois de plus à côté de Matt ; Logan et Dawson étaient en face d'eux et Jonathan à l'autre bout de la table, à l'opposé de sa femme.

— Comment s'est passée ta promenade ? lui demanda Matt en se penchant vers elle.

Molly sourit, remarquant les éclats argentés dans ses yeux bleu-vert.

— J'en avais vraiment besoin !

Une fois prononcés, ses mots semblèrent porteurs d'un tout autre sens.

À en croire le regard intense de Matt, il n'en pensait pas moins.

Rosita entra dans la pièce et se mit à servir le repas, un appétissant ragoût de bœuf avec des pommes de terre, des carottes, des oignons et des poivrons, accompagné de petits soufflés au maïs bleu, avec une tarte aux pommes pour le dessert. La conversation tourna autour du rassemblement imminent du bétail. Les hommes parlaient du nombre de bêtes qu'ils vendraient, des articles dont ils auraient besoin et des affaires du ranch en général.

Molly écoutait en silence, consciente de la présence de Matt à ses côtés. Il était détendu. Ses gestes, sa voix, tout chez lui trouvait un écho en elle et l'attirait. Il lui était remarquablement familier et pourtant totalement étranger à la fois. L'homme qu'il était devenu était une nouvelle créature dangereuse et diablement captivante. Et diablement terrifiante ? Pas Matt lui-même… mais ce qui pouvait se passer entre eux mettait Molly très mal à l'aise, elle ne pouvait le nier. Il s'agissait pour elle d'un tout nouveau domaine.

À la fin du dîner, Matt la conduisit en silence jusqu'au salon. Dans un coin, un échiquier était posé sur une petite table. Tandis qu'un vent violent soufflait dehors, du feu crépitait dans la cheminée. Susanna avait rejoint Rosita dans la cuisine ; Jonathan, Logan et Dawson s'étaient éclipsés dans le bureau, à l'autre bout du couloir.

— Tu n'es pas obligé de me tenir compagnie, dit Molly. Si tu as envie de rejoindre ton père et les autres, ça ne me dérange pas.

Matt s'installa sur un fauteuil en bois richement sculpté. Molly remarqua des vaches Longhorn parmi les motifs. Il soupira.

— Ils vont juste fumer des cigares et boire un ou deux doigts de whisky. Ensuite, ils parleront encore du ranch. Je ne rate rien.

Molly regarda l'échiquier et s'assit sur le bord du coussin qui couvrait sa chaise. Quand elle était petite, son papa jouait aux échecs, alors le jeu lui était familier ; mais elle n'en avait jamais appris les règles.

— La vie au ranch te déplaît vraiment, n'est-ce pas ? demanda-t-elle.

— Non, ce n'est pas ça. Elle me semble simplement répétitive… et tellement de gens dépendent de mon père !

— En quoi est-ce un problème ? Dans l'armée et chez les Rangers, tes hommes ne comptaient pas sur toi, eux aussi ?

Matt en convint d'un hochement de tête.

— Si, bien sûr.

— Mais la routine te fait peur, c'est ça ? J'aimerais bien en avoir une, moi, pour changer…

Une lueur amusée brilla dans les yeux de Matt.

— Prête à apprendre les bases des échecs ?

Molly acquiesça, soulagée par la diversion – même si elle n'était pas sûre de savoir ce qui était le plus divertissant… le jeu d'échecs ou Matt ?

MATT ET MOLLY jouèrent pendant plus de deux heures. Elle était perspicace et apprenait vite – ce qui la caractérisait déjà, enfant – et il eut bien du mal à gagner la troisième partie. Il prenait plaisir à l'observer, à la faible lueur du feu de cheminée ; elle était concentrée sur le jeu, les sourcils froncés, ses yeux bleus analysant minutieusement l'échiquier. Ses cheveux étaient détachés et brillaient dans la douce lumière de la pièce ; lorsqu'elle préméditait son prochain coup, elle mordillait sa lèvre inférieure, le menton gracieusement posé dans sa main.

Matt n'avait pas souvenir d'avoir ainsi apprécié la simple compagnie d'une femme. Il la contemplait, et la vivacité de son intelligence, à mesure qu'elle se familiarisait avec le jeu, le ravissait.

— Je pense que tu devrais aller te reposer, lui dit-elle à la fin de la troisième partie.

Il s'appuya au dossier de sa chaise. Il était épuisé, ça ne faisait aucun doute ; pourtant, il n'avait pas envie de partir.

— As-tu besoin d'aide pour regagner ta chambre ? demanda-t-elle.

— Je crois pouvoir y arriver. Molly, que vas-tu faire, après ? Où comptes-tu aller ?

— Chez Marie, je suppose ; ou chez ma tante Catherine, avec Emma, si elles veulent bien m'accueillir.

Il s'attendait à cette réponse. Pourtant, ça l'ennuyait. L'idée de son départ le contrariait, tout comme le fait de devoir partir aussi, à un moment ou un autre.

— Qu'en est-il des terres de ta famille ?

Des voix d'hommes les interrompirent. Son père et son frère entrèrent dans la pièce, sa mère derrière eux.

— Que disais-tu, Matt ? demanda son père. Tu lui parlais du domaine des Hart ?

Il hocha la tête. Pendant que Logan s'occupait de raviver le feu, leur père s'assit dans le canapé et leur mère vint se blottir contre lui. Molly se tourna sur sa chaise pour écouter.

— Mince, alors ! J'aurais dû t'en parler plus tôt, Molly, s'excusa Jonathan. Après la mort de tes parents, les terres sont devenues l'héritage de leurs filles. Quand Mary a épousé ce gars, Simms, je lui ai écrit pour savoir si elle les voulait, mais son mari s'est montré ferme, quant aux territoires ; c'était l'Arizona et rien d'autre. Donc, j'attendais qu'Emma grandisse. Maintenant que tu es là, cependant, j'imagine que la question se pose : les voudrais-tu ? Je me ferais un plaisir de faire une offre décente, si ta sœur et toi vouliez reprendre le ranch.

— Vous voulez dire que les terres me reviennent, à présent ? demanda Molly.

— Eh bien, pas tout à fait, répondit le père. Elles ne peuvent appartenir qu'à ton époux. Même chose pour Mary et Emma. Elles ne vous reviendront qu'une fois mariées.

— Oh…

— Y a-t-il un moyen de contourner ça ? demanda Matt, plein d'espoir à l'idée qu'elle puisse rester dans les environs.

— Grand Dieu ! dit sa mère. Pourquoi donc ? Molly ne va pas vivre là-bas toute seule ! Ma chère enfant, si ça devait en arriver là, mieux vaudrait que tu restes avec nous, tout simplement.

— Merci, madame Ryan, c'est vraiment gentil.

— C'est bien normal, voyons.

— Combien d'hectares ont Molly et ses sœurs ? demanda Logan, toujours agenouillé devant la cheminée.

— Hum… laisse-moi réfléchir, répondit Jonathan. Il faudrait que je fouille dans les papiers, mais je dirais environ huit mille hectares.

Logan siffla.

— Tu feras un heureux parmi ces jeunes garçons de ranch, un jour, Molly !

— C'est vraiment tout ce qui compte pour les gens d'ici ? demanda Matt, agacé. Savoir sur combien de terres ils pourront mettre la main ?

— Les temps changent, Matthew, renchérit son père. Des rumeurs courent parmi les propriétaires de ranch à propos de ces clôtures en fer barbelé. Ça pourrait modifier bien des choses. Certains voient ça d'un mauvais œil ; moi, je pense que ce pourrait être un progrès. La terre, c'est important. Ça l'a toujours été et ça le sera toujours. Je serais ravi que tu restes près de nous, Molly, mais rien ne t'oblige à prendre une décision tout de suite.

— Matthew, dit sa mère, il faut vraiment que tu ailles te reposer.

— Je pense que je vais aller me coucher, moi aussi, décida Molly en se levant. Bonne nuit, dit-elle à l'assemblée, avant de se retourner vers Matthew. Bonne nuit, Matt.

Il chercha quelque chose à dire pour la retenir, mais elle se retira rapidement.

— Ne t'inquiète pas, lui lança Logan avec un grand sourire. Je t'aiderai à regagner ta chambre… et même à mettre une chemise de nuit !

— Cours toujours ! marmonna Matt.

Logan éclata de rire et sa mère les réprimanda d'un simple regard, avant de quitter la pièce avec son mari. Voir ses parents partir se coucher, bras dessus bras dessous, fit un drôle d'effet à Matt. Ils étaient heureux.

— Bon Dieu, Logan, dit-il, regarde-nous !

— Qu'est-ce que ça veut dire ?

Son frère prit place sur le canapé que venaient de quitter leurs parents.

— On est adultes et on vit encore avec p'pa et m'man. Tu as déjà pensé à te marier, toi ?

— Ouais, bien sûr ! J'ai même failli le faire.

— Quoi ?! Elle le sait, m'man ? demanda Matt, surpris.

Logan secoua la tête.

— Nan… Ça n'a pas marché. Et c'est mieux comme ça.

— Que s'est-il passé ?

— Elle a quitté la ville avec un autre gars.

— Alors c'est qu'elle n'en valait pas la peine.

Logan souffla.

— Ouaip. Je l'ai échappé belle !

— As-tu déjà songé à te caser avec une autre femme ?

— Si tu penses à Lizzie McAllister, tu n'as rien à craindre. Je te la laisse !

— Je ne compte pas m'enticher d'une femme du monde, tout apprêtée et aussi maline qu'un homme, déclara-t-il, étonné de s'entendre répéter les paroles de Molly, la première nuit de leurs retrouvailles.

— Alors, rends-nous un service à tous, dit Logan en se levant pour quitter la pièce. Commence à courtiser Molly, et vite ! Je sais de source sûre que m'man compte inviter Howie à dîner.

— Howie ? demanda Matt, confus.

— Ce poupon de cow-boy à qui Molly apprenait à monter à cru.

Matt se souvint de lui. Il arrivait difficilement à voir Howie comme un adversaire. L'était-il ? La vérité, c'était que Matt n'avait jamais courtisé de femme. Celles avec qui il avait fricoté n'avaient pas particulièrement besoin qu'on leur fasse la cour ; et il n'était jamais resté assez longtemps quelque part pour avoir une relation durable.

— La courtiser, hein ? demanda-t-il à son frère. Des suggestions ?

— Fais en sorte que m'man ne s'en rende pas compte.

La menace dans la voix de Logan retint son attention.

— Pourquoi ?

— Elle a parlé à Molly, il n'y a pas longtemps. Elle lui a

conseillé d'attendre et de prendre son temps pour choisir un type avec qui se caser.

— M'man lui a dit de se caser avec quelqu'un ?! demanda Matt, incrédule.

— Bon Dieu, aidez-moi ! répondit Logan, exaspéré. M'man ne l'a pas dit comme ça, bien sûr. Mais réfléchis deux secondes… Molly a vécu avec les Indiens pendant des années. Tu sais qu'ils se marient assez librement et que les hommes prennent souvent plus d'une épouse. Molly est une cible facile et m'man le sait. Elle tombera sous le charme du premier mec gentil avec elle. Avec un peu de chance, tu pourrais lui voler un baiser, ou même lui retrousser la jupe !

Matt secoua la tête. Voilà comment son frère voyait l'intérêt qu'il portait à Molly ! Même si c'était vrai, ça semblait vulgaire et déplacé. Si c'était tout ce qu'il voulait d'elle, alors il était exactement le type d'homme dont il essayait de la protéger. Ne lui avait-il pas déjà volé un baiser ?

— Tu m'as vraiment beaucoup éclairé, je te remercie ! railla-t-il.

— Quand tu veux ! Je pourrai être ton témoin ?

Matt jura à haute voix, mais Logan avait déjà quitté la pièce.

CHAPITRE DIX-NEUF

Le lendemain matin, Susanna réveilla Molly à l'aube.

— Que se passe-t-il ? demanda-t-elle, s'inquiétant tout de suite pour Matt.

— Je suis désolée de te déranger, mais je viens de me souvenir d'une chose et j'ai voulu t'en parler tout de suite.

Susanna s'assit à côté d'elle sur le lit. Elle était toujours en chemise de nuit ; ses cheveux poivre et sel étaient ramassés en natte devant son épaule.

— Te souviens-tu de Sarah Pickett ?

— Oui.

— À cheval, il faut moins d'une journée pour se rendre chez elle. Je n'en reviens pas de ne pas y avoir pensé plus tôt ! Elle sait peut-être quelque chose à propos de tes parents qui pourrait nous être utile et je suis sûre qu'elle serait enchantée de te savoir en vie !

— Pourrait-on aller la voir aujourd'hui ? demanda Molly, pleine d'espoir.

— Je vais en parler à Jonathan. Je pense qu'on pourrait partir juste après le petit déjeuner. On se retrouve en bas !

Susanna partie, Molly réfléchit à l'éventualité de revoir

madame Pickett. Elle serait ravie de discuter avec quelqu'un qu'elle avait connu à l'époque. Cette femme avait été l'amie de sa mère ; elle saurait peut-être quelque chose à propos de Davis Walker… La perspective d'en découvrir davantage motiva Molly à quitter son lit.

EN MILIEU D'APRÈS-MIDI, Susanna arrêta son cheval devant une petite maison modeste en bois. Molly jeta un coup d'œil aux peupliers des environs qui se balançaient dans le vent. La légère brise ressentie plus tôt se changeait rapidement en rafales. Avec un peu de chance, elles seraient rentrées avant l'orage.

Une petite femme plutôt âgée ouvrit la porte et sortit sur le palier. Elle essuya ses mains sur son tablier blanc, le sourire aux lèvres et le regard interrogateur.

Susanna mit pied à terre, enroula les rênes de son cheval autour d'un poteau en bois et ôta son chapeau.

— Madame Pickett ? Je ne sais pas si vous vous souvenez de moi ; je m'appelle Susanna Ryan. J'étais une amie de Rosemary Hart.

— Mais oui, bien sûr ; quelle joie de vous revoir !

Elle prit la main de Susanna dans les siennes.

— Comme c'est gentil à vous de passer me voir ! Les visiteurs ne se bousculent pas à ma porte, ces derniers temps.

Après avoir attaché sa jument, Molly vint se poster légèrement en retrait, derrière la mère de Matt.

— Madame Pickett, laissez-moi vous présenter Molly, dit Susanna en se tournant vers elle pour l'inclure.

— Je vous en prie, appelez-moi Sarah. Enchantée, mademoiselle !

Molly remarqua les rides délicates que la dame avait autour des yeux et de la bouche. Ses cheveux blancs étaient remontés en chignon. Cependant, son teint lumineux avait toujours l'éclat de la jeunesse.

Des souvenirs ressurgirent dans la tête de Molly, des souvenirs agréables de l'époque où cette dame aidait sa mère à s'adapter à sa nouvelle vie au Texas. Madame Pickett passait des heures à lui faire des coiffures ; elle apprenait même à Emma comment écrire les lettres de l'alphabet et avait tenté d'enseigner la couture à Molly.

— Peut-on discuter avec vous un moment ? demanda Susanna.

— Ma foi, avec joie ! Je vous en prie, entrez…

La maison de Sarah Pickett était meublée avec simplicité. La propreté des lieux sauta aux yeux de Molly. Il n'y avait dans le salon que deux chaises à bascule placées devant une cheminée en pierres et une table en bois flanquée de chaises assorties, près de la cuisinière. Par l'embrasure d'une porte, on apercevait un lit recouvert d'une couverture colorée.

Sarah positionna les deux chaises à bascule face à face et Susanna rapprocha un tabouret.

— Je ne m'attendais pas à avoir de la visite, dit Sarah. Laissez-moi au moins mettre de l'eau à bouillir pour un thé.

— C'est vraiment gentil de votre part, répondit Susanna, ne vous sentez pas obligée.

— Allons, allons ! Asseyez-vous, je vous en prie.

Sarah se dirigea vers la cuisine d'un pas décidé. Elle ajouta du bois dans la cuisinière, puis remplit la théière à l'aide d'un pichet d'eau. Elle revint et s'installa dans le fauteuil libre.

— Je me demandais si nous pouvions parler de Rosemary Hart, commença Susanna.

Le visage de Sarah se masqua de tristesse.

— Je pense encore très souvent à elle. Cette jeune femme l'a-t-elle connue ?

— En effet, répondit Molly. C'était ma mère.

Sarah se figea.

— Vous êtes *Molly Hart* ?

— Oui, m'dame.

Sarah sembla confuse.

— Mais… Molly est morte !

— Il y a eu un terrible malentendu, intervint Susanna avec douceur. Mais elle nous est revenue et c'est là tout ce qui compte.

— Ma parole… ! répondit Sarah, toute raide, avant de s'appuyer au dossier de sa chaise, les yeux rivés sur Molly.

Molly toucha la main de la dame.

— Je suis heureuse de vous revoir, madame Pickett.

— Tu étais vivante, tout ce temps-là ? Je n'arrive pas à y croire !

La vieille femme serra les doigts de Molly.

— Oh, mon enfant, quel miracle ! Ta maman serait morte de chagrin, si elle avait vécu en t'ayant crue perdue tout ce temps !

— C'est la raison de notre visite, dit Molly. Pourriez-vous nous parler d'elle ?

Sarah relâcha sa main pour essuyer ses larmes en tamponnant ses yeux.

— Mon Dieu, lorsque tes parents ont été tués, ça m'a brisé le cœur. Ils étaient si braves et avaient été si gentils avec moi ! Le travail que ta maman me donnait nous aidait à survivre, mon Lou qui ne pouvait plus travailler et moi. Il était malade, vous savez.

— Votre mari est-il…

Molly ne sut comment formuler sa question.

— Il est au ciel, paix à son âme. Il est mort de la tuberculose, il y a des années.

Sarah inspira profondément.

— Qu'aimeriez-vous savoir, ma chère enfant ?

— Tout, je suppose. Mais en priorité, je suis curieuse de savoir si elle vous a confié quelque chose à propos de Davis Walker, en particulier pendant l'été qui a précédé le meurtre.

Sarah se tut, hésitant.

— Que savez-vous, concernant Davis Walker ? demanda-t-elle.

— Je ne suis au courant que de… suspicions, principalement. Est-ce que m'man s'était confiée à vous ?

La vieille femme resta si longtemps indécise que Molly faillit lui reposer la question.

— Je suppose que vous avez le droit de connaître la vérité ; et maintenant que Rosemary nous a quittés, qui d'autre pourrait vous la dire ? Mais je dois avouer que je ne me sens pas à l'aise à l'idée d'en parler. Ce n'est pas vraiment mon rôle, vous voyez. Votre maman portait un lourd fardeau et je suis persuadée que ça altérait sa santé. À force, ça l'empêchait même de profiter du soleil. On ne peut pas vivre avec autant de culpabilité. Ça pourrit à l'intérieur.

Sarah jeta un regard à Susanna.

— Je devrais peut-être parler à Molly en tête à tête.

— Non, répondit Molly. Madame Ryan a toute ma confiance.

Sarah acquiesça en laissant échapper un profond soupir.

— Très bien. Votre mère ne s'est pas confiée à moi tout de suite ; mais au bout d'un certain temps, il devint évident que quelque chose la bouleversait. Je le remarquais surtout après les visites de Davis. Un soir, elle s'est effondrée et m'a tout raconté. Ton papa, eh bien, il était absent cette nuit-là. Je n'ai jamais dit un mot de tout ça à quiconque, même après la mort de tes parents. Je me suis sentie vraiment tiraillée ; je me suis demandé si je n'aurais pas mieux fait d'en parler. J'ai fini par me dire que mes questions étaient vaines, puisqu'il était trop tard. Et puis, je voulais qu'Emma et Mary se souviennent de leur mère comme d'une femme respectable.

— Qu'a-t-elle fait ? demanda Molly, pleine d'appréhension.

— Eh bien, vous voyez, Davis et elle s'étaient connus en Virginie. Ils avaient même été fiancés.

— Oui, je suis au courant. Je l'ai appris récemment.

— Vraiment ? demanda Sarah. Bon, alors vous ne serez peut-être pas aussi choquée que je le craignais.

Elle inspira un bon coup et poursuivit.

— Molly, votre mère était dans la fâcheuse position d'aimer deux hommes. J'espère que vous vous en souviendrez et ne la jugerez pas trop sévèrement. D'après ce qu'elle m'a raconté, lorsqu'elle a rencontré Robert, il l'a tout de suite attirée. Alors elle a fini par rompre son engagement avec Davis pour l'épouser. Peu de temps après, elle a donné naissance à votre sœur aînée. À la même époque, Davis s'est marié avec une autre femme qui lui a donné trois fils. D'après ce que j'ai compris, elle est décédée en mettant le troisième au monde.

— Nous avons tous été très affectés, quand Loretta est morte en couches, à la naissance de T.J., intervint Susanna.

— Y compris Rosemary, poursuivit Sarah. Elle a tenté d'alléger la peine de Davis en s'occupant du bébé, en plus de Davis lui-même et des deux autres petits garçons.

— Je m'en souviens, dit Susanna. Elle s'est surmenée. J'ai toujours cru que c'était pour compenser l'absence de Loretta, mais j'imagine à présent qu'il pouvait y avoir d'autres raisons.

— Elle m'a dit qu'elle n'avait jamais eu l'intention de faire autre chose que lui de venir en aide de son mieux. Elle s'était longtemps sentie mal vis-à-vis de Davis, après leur rupture. Ses intentions étaient nobles, mais finalement, il s'est avéré qu'être si près de lui n'était pas une bonne chose. Il y avait toujours, eh bien, des sentiments entre eux.

— Êtes-vous en train de dire que m'man a continué à fréquenter Davis ? demanda Molly, incrédule.

— J'ai bien peur que oui, répondit Sarah d'une petite voix.

Molly sentit la colère monter en elle.

— Pendant combien de temps ?

— Plus d'un an, je crois.

Se rasseyant au fond de sa chaise, Molly tenta de comprendre ce qui avait bien pu passer par la tête de sa mère pour qu'elle entretienne une relation avec un autre homme, quand son mari et ses enfants l'attendaient chez eux.

— Ce n'est pas tout, n'est-ce pas ? demanda Molly, un sentiment de malaise au creux de l'estomac.

— Non, ma pauvre enfant, répondit Sarah d'une voix

compatissante. Mais à votre expression, vous semblez avoir déjà compris.

— Quoi donc ? demanda Susanna.

Alors c'était la vérité… le dernier acte de trahison de sa mère. Molly répondit, la gorge nouée :

— Davis Walker est mon père.

CHAPITRE VINGT

Matt attendait sur le perron en scrutant l'horizon, appuyé sur sa béquille. Un gros orage s'annonçait. La journée touchait à sa fin, et sa mère et Molly n'étaient toujours pas rentrées.

Logan passa l'angle de la maison ; une bourrasque aplatit sa chemise contre lui. Au même instant, leur père arriva à cheval.

Il mit pied à terre et Logan se chargea d'amener sa monture à l'écurie.

— As-tu vu m'man et Molly ? demanda Matt.

— Non, répondit son père, semblant tout de suite inquiet. Elles ne sont pas encore rentrées ?

Matt secoua la tête.

— Mince ! dit Jonathan en jetant un coup d'œil au ciel. Ta mère n'est pas sotte. Elle sera sûrement restée chez madame Pickett. Il n'y a pas de raison de s'inquiéter outre mesure.

Son père avait raison, mais Matt ne se sentait pas rassuré pour autant.

— Qu'en est-il de ton pied, mon fils ?

— Il m'exaspère.

Son père rit, puis se reprit.

— Je suis allé voir Davis.

Matt le regarda, interloqué.

— Que s'est-il passé ? demanda Logan en les rejoignant.

— Je comptais seulement lui demander ce dont il se souvenait de la situation à la mort de Robert Hart.

Comme son père s'était tu, Matt demanda :

— Et… ?

— Il n'a pas arrêté de jacasser à propos de cette histoire absurde, selon laquelle Robert volait du bétail sur les terres des Walker, ce que je trouve difficile à croire. Davis est vraiment rancunier. Je n'en avais pas pris la mesure, avant.

— A-t-il reconnu avoir souhaité la mort de Hart ? demanda Logan.

— Non, et je ne lui ai pas posé la question, bien sûr. Mais une bouteille de tord-boyaux plus tard, il a déblatéré sur Loretta d'une façon qui m'a rendu malade.

— Qu'a-t-il dit ? demanda Matt d'une voix monocorde.

— Loretta était une gentille femme, répondit son père d'une voix rauque. Une chose est sûre : elle ne méritait pas d'avoir à supporter Davis. À croire qu'il ne l'a jamais aimée ! Il parle d'elle comme d'un pot de colle pathétique et la tient responsable de tous les défauts de ses fils.

Il secoua la tête, écœuré.

— Il y avait d'autres histoires, entre Davis et Robert, poursuivit-il. J'avais entendu parler de certaines d'entre elles. Lorsque j'ai évoqué ce qui s'est passé il y a dix ans, l'air de rien, tu vois, il s'est tout de suite lancé dans une tirade pour me convaincre que je n'avais jamais vraiment su quel homme était Robert. Il a ressorti cette affaire de vol de bétail, soutenant que Robert changeait le marquage de Walker pour s'approprier les bêtes.

— Mais tu penses que c'est faux ? demanda Logan.

— Oui. Il n'y avait pas d'homme meilleur et plus honnête que Robert. Pourquoi aurait-il commis ces vols ? Il n'avait pas besoin d'argent. C'est trop facile, pour Davis, d'accuser un mort pour couvrir ses propres conneries.

— Alors, qu'est-ce qu'on fait, maintenant ? demanda Matt.

— On veille à la sécurité de Molly et on la tient à l'écart de Davis, dit Jonathan en se levant. Il s'apitoie sur l'amertume de son sort – et c'est peut-être la seule justice qu'on puisse souhaiter. Je ne veux plus jamais qu'il s'approche des filles Hart. Je me dois de veiller sur les enfants de Robert et de Rosemary, en leur mémoire. Je sais qu'ils en auraient fait autant pour moi. Que de sales histoires ! Je remercie Dieu tous les jours d'avoir votre mère à mes côtés…

Matt fut surpris de voir son père se montrer si sentimental ; ce n'était pas dans ses habitudes.

— Il faut vraiment que vous posiez vos valises, les garçons, poursuivit-il, et que vous fondiez une famille. Votre mère veut des petits-enfants et je dois avouer que ça ne me déplairait pas non plus. Ces choses-là sont importantes. Nul homme ne devrait passer sa vie tout seul.

— C'est la version courte de la morale ou la longue ? demanda sèchement Logan.

— Commencez par ramener des femmes à la maison, sans quoi je vais devoir m'y coller moi-même, déclara Jonathan d'une voix sévère. Vous ne rajeunissez pas !

— Que Dieu nous vienne en aide ! grogna Logan. Elles seront banales, robustes et dépourvues de charme.

— Ma parole, vous faites trop les fines bouches !

Matt épia deux cavaliers au loin.

— Privilégier la prudence, c'est trop demander à m'man… !

Il fit un signe de tête vers les femmes, rassuré qu'elles soient saines et sauves.

— Fichue bonne femme ! grommela Jonathan dans sa barbe. Que fait-elle dehors par un temps pareil ?!

Un éclair déchira le ciel sous la masse sombre des nuages.

Jonathan et Logan allèrent rapidement à la rencontre des

cavalières et Matt tenta de les rattraper en boitillant. Dès que Susanna et Molly mirent pied à terre, Logan se chargea de leurs montures, puis tous hâtèrent le pas vers la maison.

Alors qu'ils atteignaient le salon, Molly fila à l'étage et disparut.

— Qu'est-ce qui ne va pas ? s'inquiéta Matt.

Sa mère ôta son manteau.

— Oh…, dit-elle en se passant une main sur le front. Je ne sais même pas par où commencer ! Molly a besoin de temps, je pense.

— De temps pour quoi ? demanda Jonathan.

— Où est Rosita ? s'enquit Susanna. Il faut que je mange quelque chose, avant tout. On parlera après.

Quand ses parents quittèrent la pièce, Matt se sentit incapable d'attendre. Il se rendit à l'étage et s'arrêta devant la chambre de Molly. Il frappa à la porte.

— Molly ? C'est Matt. Je peux entrer ?

Elle ouvrit, mais son visage lugubre affola Matt.

— Que se passe-t-il ? demanda-t-il précipitamment. Que s'est-il passé ?

Molly fit un pas en arrière pour le laisser entrer. Il regarda, perplexe, les couvertures jetées par terre. Suivant son regard, Molly expliqua :

— Parfois, je n'arrive pas à dormir sur le lit. Il est trop mou.

— Alors tu dors par terre ?

— Pas toutes les nuits ; seulement quand je suis très fatiguée.

Elle se tourna vers la fenêtre pour contempler l'orage qui inondait la nuit de pluie et de vent.

— Sarah Pickett t'a appris quelque chose ? demanda Matt.

Elle acquiesça, le corps tendu, tout raide. Elle avait croisé les bras sur sa poitrine et ça faisait bâiller le tissu de la robe noire qu'elle portait, entre les épaules.

— En de pareilles nuits, dit-elle, Bull Runner nous rassemblait dans le tipi. Pendant qu'il s'acharnait à entretenir le feu, chacune des femmes s'asseyait à un bord pour tenter d'empêcher les parois en peaux de buffle de se soulever, mais le vent entrait malgré tout.

Parfois, c'était tellement effroyable que je regrettais de ne pas être morte.

— Je suis ravi que tu ne le sois pas, lui assura-t-il, souhaitant qu'elle le croie sur parole.

Elle se tourna vers lui.

— Tu t'es déjà questionné sur le sens de la vie, Matt ?

— Molly…

— Elijah me parlait souvent de Dieu. Il citait même la Bible, du moins les versets dont il se souvenait parmi ceux que sa mère lui récitait, quand il était enfant. Il y en avait un qui me restait toujours à l'esprit, qui disait quelque chose comme : « ne mettez aucun obstacle sur mon chemin vers Lui ». Je commence à croire que c'est Dieu lui-même qui pose autant d'obstacles qu'Il peut dans ma vie.

— Dis-moi ce qu'a dit madame Pickett…, exigea Matt.

— Apparemment, Davis Walker est mon père, lâcha-t-elle de façon précipitée, dans un sanglot.

Matt traversa la pièce en abandonnant sa béquille pour prendre Molly dans ses bras. Elle fondit en larmes et il la serra contre lui.

— Tu en es sûre ?

Elle hocha la tête contre sa poitrine.

— Ma mère le lui a dit ! s'écria-t-elle.

La tenant contre lui, il avait du mal à comprendre cette histoire. L'indécence d'une telle révélation renfermait une sinistre logique. Cependant, en cet instant, il ne se souciait que de la femme qu'il tenait dans ses bras. Il murmurait son prénom tout en lui offrant la protection de son étreinte, essayant ainsi de lui insuffler un peu de la force qu'il regrettait de n'avoir pu lui donner au cours de ces dix dernières années.

Abandonnant toute retenue, il laissa libre cours à ses gestes : il lui caressa le dos, puis glissa ses mains dans la douce épaisseur de ses boucles brunes. Il sentit le parfum de ses cheveux, un mélange de fleurs sauvages, de soleil et de pluie. Leurs silhouettes s'assemblaient si bien ! Rien d'étonnant à ce qu'il la désire, mais il s'appliqua à le lui cacher. Il ne voulait surtout pas la faire fuir.

Sans un mot, il se déplaça avec elle jusqu'au lit et l'allongea contre lui. Il lui caressa les cheveux jusqu'à ce qu'elle tombe de fatigue. Lorsque le rythme de sa respiration devint lent et régulier, il sentit des tensions profondes s'apaiser en lui ; il se pencha avec précaution pour éteindre la lampe à pétrole sur la table de nuit.

Puis il s'endormit à son tour.

MOLLY SE RÉVEILLA EN SURSAUT, seule dans les draps froissés de son lit. Un soleil lumineux se déversait dans la chambre par la fenêtre. Elle portait toujours la même robe que la veille.

Matt était avec moi.

Il l'avait tenue contre lui et ils avaient dormi, ensemble, dans les bras l'un de l'autre. Malgré les révélations douloureuses de madame Pickett, Molly se sentait bien reposée. Elle supporterait peut-être mieux de dormir sur le lit plus souvent, si Matt était contre elle. À cette idée, son cœur s'emballa.

La solitude permanente lui pesait.

Rien dans sa vie n'avait jamais été constant. À présent, il s'avérait que l'homme qu'elle avait toujours pris pour son père, Robert Hart, ne l'était pas. Elle était la fille de Davis Walker, un type qu'elle connaissait à peine. Un type qu'elle soupçonnait d'avoir assassiné ses parents.

Qu'allait-elle faire, maintenant ? Susanna lui avait dit que les Ryan la garderaient sous leur protection aussi longtemps qu'il le faudrait. Les larmes lui montèrent aux yeux. Elle se sentait perdue, voguant à la dérive dans le monde. Emma, Mary, tante Catherine… aucune d'elles ne saurait la reconnaître, à présent. Elles étaient des étrangères à ses yeux. Elijah était mort, sa mère et l'homme qu'elle avait cru être son père étaient morts. Quant aux

Kwahadis ? Dès l'instant où Bull Runner l'avait vendue, cette famille de substitution lui avait été retirée.

Que Dieu lui pardonne, une part d'elle n'avait pas voulu qu'il l'abandonne. Mais au fil du temps, elle avait enfoui ce regret tout au fond d'elle, aux côtés de milliers d'autres.

Elle laissa libre cours à ses pleurs qui, brouillant sa vue, la coupèrent efficacement du monde qui l'entourait.

———

— Matthew ?

Matt s'arrêta sur le palier de la salle à manger et se tourna vers sa mère. Elle prenait son petit déjeuner, seule à table.

—Je peux te parler une minute ? demanda-t-elle.

Il acquiesça.

Elle eut l'air mal à l'aise.

— Hier soir, j'ai apporté à manger à Molly, dans sa chambre. Et je… t'ai trouvé avec elle.

Matt changea de figure. Ça faisait longtemps qu'il ne s'était pas fait surprendre en flagrant délit par sa mère. Il se sentit comme un petit garçon pris la main dans le sac.

—Je ne vais pas m'en mêler, poursuivit sa mère. Je te demande seulement de faire attention à elle.

— Tu n'as pas à t'inquiéter, m'man. Son bien-être a toujours été précieux pour moi.

— Oui, je sais. Lorsqu'on l'a tous crue morte, je me souviens de l'état dans lequel tu étais. À présent, c'est une femme ; et je sais que les femmes se font rares, sur ces terres isolées.

Matt haussa un sourcil.

—Je pense être capable de me contrôler.

— Eh bien, je n'en doute pas. C'est juste que je ne peux m'empêcher de considérer Molly comme ma fille et je ne veux pas la voir souffrir inutilement.

— Et moi, alors ? demanda Matt, taquin. Et si je souffrais, moi ?

— Tu es mon fils et je t'aime de tout mon cœur ; évidemment, je te souhaite tout le bonheur du monde. Si Molly peut y contribuer, alors vous avez ma bénédiction. Toutefois, tu es fermé comme une huître, depuis que tu as quitté cette maison à l'âge de dix-huit ans. Tu es un brave homme, responsable et fiable ; ton père et moi, on est très fiers de ta carrière dans l'armée, puis avec les Rangers. Au fil du temps, tu as muselé ton cœur. Crois-moi, j'espère que tu le laisseras s'ouvrir à nouveau ; mais je t'en prie, sois très prudent avec Molly, en attendant. S'il te plaît, attends d'être absolument sûr de tes intentions avant d'entamer une relation avec elle.

Matt regarda sa mère, les yeux ronds. On pouvait compter sur elle pour mettre les pieds dans le plat sans tourner autour du pot ! Et, comme d'habitude, elle avait raison.

— Tu n'utilises pas ta béquille, fit-elle remarquer. Comment va ton pied ?

— De mieux en mieux, répondit-il, encore secoué par sa perspicacité à son égard. Je peux commencer à m'appuyer dessus.

Susanna se leva et vint se planter devant lui. Elle lui fit baisser le visage vers elle et déposa un baiser sur sa joue.

— Je t'aime.

Il lui sourit.

— Tu comprends maintenant pourquoi j'ai gardé mes distances toutes ces années, dit-il. J'essayais d'éviter l'ingérence de ma mère !

Elle le repoussa en riant.

— Va-t'en ! Ou je risque de vouloir m'immiscer davantage.

Il l'embrassa sur la joue, puis se dirigea vers la cuisine.

CHAPITRE VINGT ET UN

En milieu de matinée, Matt finit par convaincre Molly d'aller faire un tour à cheval. Il savait parfaitement où il souhaitait l'emmener. En arrivant devant la bâtisse abandonnée, abritée dans l'ombre de plusieurs peupliers d'Amérique, il réfléchissait au passé ainsi qu'à l'avenir. La femme qui le précédait à cheval incarnait les deux.

— C'est là qu'a vécu ta famille, avant la construction du ranch ?

Elle lui jeta un coup d'œil par-dessus l'épaule. Son chapeau faisait de l'ombre à ses yeux, mais Matt lut dans leur profondeur bleutée une sorte de tendresse.

Il acquiesça, ravi de voir qu'elle était toujours égale à elle-même, malgré les événements de la veille. Elle portait une robe bleu foncé et un simple jupon qu'elle avait coincé sous ses genoux pour monter à cheval. On pouvait quand même voir une partie de ses jambes nues ; aujourd'hui, ça ne le dérangeait pas. Comme il n'y avait personne à des kilomètres à la ronde, il était seul spectateur de cette involontaire exhibition. Il se jurait de se comporter comme un gentleman, conformément au sermon de sa mère, mais il pouvait profiter du plaisir des yeux. Il se sentait capable de rester des heures à la regarder.

Elle sauta à terre et attacha les rênes de Pecos à la branche d'un arbre.

— Tu as besoin d'aide ? demanda-t-elle en plissant les yeux vers lui.

La tempête de la veille avait chassé les nuages, ne laissant plus dans son sillage qu'un soleil radieux.

— Ça va aller.

Il descendit de cheval sur son pied valide ; il ressentit malgré tout dans cette autre jambe une décharge de douleur, vestige du temps passé avec Cerillo. Il chassa ces mauvais souvenirs. Il s'agissait à présent d'aller de l'avant.

— Tu vas participer au rassemblement, demain ?

Elle lui prit des mains le sac rempli de nourriture qu'il avait apporté. Leurs bras se frôlèrent et Matt savoura ce contact.

—J'y songeais, répondit-il en détachant une couverture de sa selle.

Maintenant qu'il pouvait remonter à cheval sans problème, il comptait faire sa part du boulot. Il devait bien ça à ses parents, mais il ne pourrait plus passer du temps avec Molly.

— Tu vas t'absenter quelques semaines ?

Avant qu'il puisse protester, elle lui prit la couverture des mains et s'éloigna.

— Ça prend plutôt quelques jours.

Elle étala la couverture au sol, à l'ombre d'un arbre, et plaça le panier-repas en son centre. Puis elle s'assit dessus et ôta son chapeau. Il prit place en face d'elle.

— Tu devrais veiller à ne pas trop en faire, mais j'imagine que ta mère te l'a déjà dit.

Elle plia les jambes sous sa jupe.

— Ouais, répondit Matt en souriant. Elle m'a déjà fait la morale à ce propos et à bien d'autres sujets.

Il avait décidé de cacher à sa mère son projet d'emmener Molly en balade en tête à tête. Sinon, elle aurait sûrement voulu les chaperonner.

— Tu as de la chance. Tes parents sont merveilleux.

— Tu t'en sortiras, Molly.

Il tendit un bras vers elle et lui coinça une mèche de cheveux derrière l'oreille. Le regard de Molly s'adoucit. Il laissa retomber sa main à contrecœur.

— Merci d'être resté avec moi, hier soir, dit-elle.

— Tu n'es plus seule, à présent. J'espère que tu le sais.

Elle ne répondit rien ; elle laissa son regard dériver à l'horizon.

— J'ai bien peur qu'on ne nous ait découverts, ajouta-t-il.

Molly le regarda d'un air interrogateur.

— Ma mère m'a trouvé dans ta chambre, hier soir.

— Vraiment ? demanda Molly, prise de panique. Mais tu lui as dit qu'il ne s'est rien passé, n'est-ce pas ?

Matt fronça les sourcils, réalisant qu'il n'en avait rien fait. Pour être honnête, il aurait aimé que quelque chose se passe ; et ce désir le rendait aussi coupable que s'ils avaient vraiment fait l'amour.

— Ne t'en fais pas. Ma mère veille de près à tes intérêts.

— Oh !

Le rouge monta aux joues de Molly.

Sa gêne plut à Matt, qui se délectait du comportement qu'elle avait en sa compagnie. Il aimait vraiment tout, chez elle.

Pour éviter de s'égarer sur ce sujet, il s'empara du panier-repas et en sortit du poulet frit, du pain, du fromage et deux pommes rouges. Il en retira également une bouteille remplie d'un liquide sombre et deux minuscules gobelets.

— Qu'est-ce que c'est ? demanda Molly.

— Du vin. Même ici, au milieu de nulle part, on n'est pas si arriérés que certains voudraient le faire croire !

Molly eut un sourire en coin.

— Je ne suis pas en mesure d'en juger. Comment pourrais-je savoir ce qui est arriéré ou pas ?

Il déboucha la bouteille et fit couler le liquide ambré dans un gobelet qu'il lui tendit. Il en remplit un second pour trinquer avec elle.

— À l'avenir ! Et au fait de regarder seulement devant nous, à partir de maintenant !

Molly but une gorgée.

— C'est bon…

Elle se lécha les lèvres.

— Essaye de manger quelque chose avec.

Il ne voulait pas que sa mère l'accuse de saouler Molly dans le seul but de lui voler un baiser, même si l'idée n'était pas déplaisante.

Dans un silence agréable, ils mangèrent, burent plus de vin et contemplèrent les nuages qui se déplaçaient sur fond de ciel bleu. Au bout d'un moment, Molly s'allongea sur la couverture.

— Le vin me donne sommeil, dit-elle en se frottant le front.

Matt rangea les restes de nourriture, poussa le panier, puis s'étendit à côté d'elle.

— Une sieste me semble être une bonne idée !

Il couvrit son visage avec son chapeau et prit la main de Molly dans la sienne. Elle entrelaça leurs doigts et ils somnolèrent tous les deux, bercés par le doux murmure du vent, jusqu'à s'endormir.

MOLLY SE RÉVEILLA EN SURSAUT. S'asseyant, elle remarqua qu'il était tard dans l'après-midi et que Matt dormait toujours – à en croire les ronflements réguliers qu'il émettait. Elle souleva son chapeau et le posa près de lui, puis observa cet homme qui était resté auprès d'elle en ces temps étranges et confus, depuis son retour au Texas. Si elle ne se méfiait pas, elle finirait par trop compter sur sa présence.

Mais il lui était difficile de ne pas vouloir plus ; de ne pas le désirer *tout entier*. Elle regarda la ligne déterminée de sa mâchoire et ses joues mal rasées, détendues dans son sommeil et pourtant d'une virilité qui lui était naturelle. Son large torse se soulevait et s'abaissait à chacune de ses respirations. Une main aux doigts effilés était posée sur son ventre, et sa peau bronzée contrastait avec la chemise ivoire qu'il portait. Ses longues jambes étaient étendues et croisées au niveau des chevilles, ses bottes éraflées posées l'une sur l'autre.

Molly ne put résister. Elle se pencha au-dessus de lui et déposa doucement un baiser sur sa bouche. Ses lèvres chaudes avaient un goût de vin et de poulet, et sa barbe naissante lui piqua le menton. Il se réveilla. Il souleva une de ses grandes mains et la passa derrière la tête de Molly ; alors, elle l'embrassa à nouveau.

Cette fois, il répondit à son baiser, enfouissant ses deux mains dans ses cheveux pour l'attirer vers lui. Leurs lèvres s'unirent comme s'ils étaient faits l'un pour l'autre depuis toujours et Molly plongea contre lui. La bouche de Matt s'ouvrit sous la sienne et elle suivit ses mouvements, répondant à ses avances de plein gré, bien décidée à ne pas laisser passer l'opportunité qui s'offrait à elle. Elle déplaça son bras et glissa une main dans ses cheveux, savourant le contact de ses boucles épaisses. Elle avait envie de gestes plus intimes qu'elle n'avait qu'imaginés. S'abandonnant aux sensations naissant de cette proximité, elle laissa ses lèvres s'érafler sur ses joues sans se soucier du contact piquant de sa barbe, lui prouvant ainsi combien elle le désirait.

D'un mouvement rapide, il la fit basculer sur le dos et roula sur elle. Il lécha ses lèvres avec passion. Molly fut incapable de rassembler ses esprits. S'accrochant à ses épaules, elle resta cramponnée à lui tandis que toute l'alchimie qu'il y avait entre eux créait une explosion de sensations. Elle sentit la fermeté de Matt s'appuyer contre elle et n'eut pas peur. Elle voulait plus… plus de ça, de lui, de Matt.

Brusquement, il s'arrêta et posa son front sur son épaule, respirant avec force.

— Molly, murmura-t-il. On ne peut pas.

— Pourquoi ?

Elle tenta de ramener sa bouche contre la sienne.

— Pas ici. Pas comme ça.

Il souleva la tête et la regarda. Puis il se mit à rire.

— Si j'avais su que le vin te ferait cet effet-là, je n'en aurais pas apporté ! D'un autre côté, être tiré du sommeil avec ton corps sur le mien est le plus beau réveil dont j'aurais pu rêver !

Il l'embrassa à nouveau, doucement, s'attardant au-dessus d'elle.

— Je ne comprends pas, dit-elle contre sa bouche, avant de lever la tête vers lui en espérant un baiser plus profond. Tu n'as pas envie de moi ?

Il appuya son front contre le sien, l'obligeant à renoncer.

— Si, depuis le moment où j'ai reposé les yeux sur toi.

Leurs souffles se mélangèrent.

Il se détacha d'elle et se leva ; puis il lui tendit la main. Lorsqu'il l'aida à se mettre debout, elle se sentit envahie de déception et de frustration.

— C'est mieux pour toi, Molly.

Il lâcha sa main et elle regretta aussitôt la chaleur de son corps et le feu que lui seul pouvait provoquer en elle.

— Comment peux-tu savoir ce qui est mieux pour moi ?

Elle fut incapable de réfréner l'agacement qui perça dans sa voix.

— Une jeune femme doit penser à l'avenir. Se rouler par terre ne devrait pas vraiment en faire partie.

— Tu trouves ça amusant, n'est-ce pas ?! demanda-t-elle d'un ton accusateur, les mains plantées sur les hanches.

Elle détourna le regard vers les plaines à perte de vue.

Il sourit, puis ramassa un caillou qu'il jeta au loin.

— Je trouve ça mignon, que tu n'aies pas beaucoup changé. Toujours à te rouler par terre et tout…

Était-il sérieux ? Il venait de dire qu'il la désirait, pour ensuite la comparer à la petite fille qu'elle avait été. Une enfant qui avait disparu depuis si longtemps que Molly parvenait difficilement à se souvenir de cette époque où elle se faisait une joie à l'idée de chaque nouvelle journée. Mais aujourd'hui, il était là ; et il lui donnait une soif de vivre inespérée.

Découragée par la tournure que prenait la journée, elle s'éloigna vers la bâtisse que la famille Ryan avait habitée, il y avait si longtemps de ça. Elle entra et cligna des yeux plusieurs fois pour adapter sa vue à la faible luminosité de la pièce. Quatre fenêtres, sans vitres ni volets, laissaient entrer de la lumière dans l'unique espace de cette demeure. En dehors d'un poêle en fonte qui trônait dans un coin, d'une couche de poussière sur le parquet et des toiles d'araignée en abondance, l'endroit était vide.

Molly fit lentement le tour de la pièce. Elle laissa glisser ses doigts le long du poêle dont la froideur l'étonna. Une ombre passa devant l'entrée, puis la grande silhouette de Matt, son chapeau enfoncé sur sa tête, apparut dans l'encadrement de la porte. Il enjamba le seuil.

— Ils ont quasiment tout pris, quand ils ont construit la maison du ranch, dit-il.

Elle ne voyait pas son visage. Elle entendait seulement sa voix grave prendre possession d'elle, comme il avait pris le contrôle de son cœur, uniquement pour ensuite se détourner d'elle.

— Mon père a toujours imaginé qu'il nettoierait cet endroit pour en faire un petit nid d'amour où s'échapper de temps en temps avec ma mère.

— Pourquoi ne l'a-t-il pas fait ?

Sa voix résonna entre les murs.

Matt haussa les épaules.

— Il n'a jamais eu le temps, j'imagine.

— Le temps est une chose précieuse, dit-elle à voix basse. On ne devrait jamais le gâcher.

Elle le savait mieux que la plupart des gens.

Matt l'observa, mais il garda ses éventuelles réflexions pour lui-même.

— En parlant de temps, finit-il par dire, je ferais mieux de te ramener au ranch. Sinon, ma mère va croire qu'on a fait bien plus que s'embrasser, sur cette couverture !

Sa voix lui faisait l'effet d'une caresse sur la peau ; comment était-ce possible ? Le cœur de Molly s'emballa et elle ressentit une bouffée de chaleur dans tout son corps − et particulièrement dans son ventre, réveillant son désir pour lui.

Elle aurait tant aimé se trouver à nouveau par terre à côté de lui et regarder les nuages passer en sachant qu'il était à elle !

CHAPITRE VINGT-DEUX

Matt et quasiment tous les hommes qui vivaient et travaillaient au ranch S.R. partirent le lendemain matin. Susanna dit qu'ils seraient de retour d'ici dix jours au plus. Tous les gars des ranchs du coin allaient unir leurs efforts pour rassembler le bétail qui broutait sur les milliers d'hectares alentour.

Incapable de dormir, Molly vint se poster sur le perron pour les regarder partir dans la brume qui précédait le lever du jour. Avant de se joindre à l'exode des hommes, Matt lui adressa un clin d'œil qui lui donna des papillons dans le ventre. Son comportement la faisait vibrer et l'agaçait à la fois. S'il ne voulait pas d'elle, pourquoi la provoquait-il ?

Tout en ruminant la question, elle se dit que rester dix jours sans lui dépassait ce qu'elle pouvait endurer. Ainsi, elle vint à bout de la première journée dans une humeur maussade et dépressive.

La seconde fut tout aussi morose.

Ses sentiments pour Matt étaient plus intenses qu'elle ne le pensait. Que lui avait-il dit ? Qu'elle avait toujours beaucoup compté pour lui. N'était-ce pas romantique… ?!

Mais à quel moment avait-elle décrété vouloir du romantisme ?

Le troisième jour, après avoir aidé Susanna à faire du ménage dans la maison et Rosita dans la cuisine, elle se rendit aux écuries pour passer du temps avec Pecos. En tout cas, son humeur ne pouvait pas empirer, songea-t-elle. Pourtant, il lui suffit d'apercevoir le cavalier qui approchait pour savoir qu'elle se trompait.

Sur fond rougeoyant de coucher de soleil et dans l'air froid de la nuit qui tombait, le cheval ralentit. Molly sut instantanément qui le montait : Davis Walker. Elle resta plantée là, envahie par la curiosité morbide de voir son géniteur.

Davis mit pied à terre et devança son cheval en se dirigeant vers elle. Lorsqu'il fut à sa hauteur, il ôta son chapeau. Il avait les yeux bleus, un visage anguleux et buriné ; une barbe grise de trois jours lui couvrait les joues et le menton. Molly se demanda si elle lui ressemblait.

— Molly, n'est-ce pas ? demanda-t-il, hésitant, après l'avoir observée.

Elle hocha la tête, ne sachant pas vraiment quoi dire. Elle n'était même pas sûre de vouloir lui parler.

— J'ai réfléchi, après la visite de Jonathan, l'autre jour. J'ai repensé à cette nuit où je vous ai vus, Matthew et vous. J'espérais vous trouver ici.

Molly garda le silence.

— Vous me connaissez, n'est-ce pas ? demanda Davis, de façon hypothétique.

Elle finit par réussir à articuler :

— Qu'est-ce qui vous fait croire ça ?

— Vous êtes une Hart, n'est-ce pas ?

Le regard de Davis était intense, attentif et presque inquiet.

— Vous êtes la cadette, Molly Hart…

Il était inutile de nier, mais elle n'allait pas le confirmer pour autant. Elle le fixa d'un regard impassible qui cachait une peine menaçant de faire surface.

— Doux Jésus… ! murmura Davis pour lui-même. C'est toi ! Je n'osais pas y croire ; mais ensuite, Jonathan est venu me voir et a remis sur le tapis toute cette histoire du soir où le ranch des Hart a été attaqué. Et je me suis souvenu de t'avoir vue avec Matthew. Quelque chose chez toi m'avait troublé ; maintenant, je sais pourquoi. Mais où étais-tu, toutes ces années ?!

— Je ne vois pas en quoi ça vous regarde, déclara Molly d'une voix monocorde qui cachait prudemment ses émotions.

— Je pense que ça me regarde.

Il semblait découragé, presque triste. Molly n'était pas dupe. Cet homme était responsable de l'attaque lancée contre sa famille. C'était un homme sans cœur, méchant et immoral. En même temps, c'était son père. Bon Dieu, elle avait envie de vomir !

— Ta mère m'était très précieuse − et toi aussi. Je suis bouleversé que tu sois vivante.

Il semblait presque sincère.

— Tu ne peux pas imaginer combien la mort de Rosemary m'a dévasté ; et aussi de t'avoir crue morte. J'ai pensé être puni pour mes péchés, et c'était probablement le cas. Mais je suis un vieil homme, à présent ; le moment est peut-être venu de me repentir.

— Je n'ai pas envie d'entendre votre confession.

— Je pense qu'il le faut.

Il tanguait d'un pied sur l'autre en tripotant le chapeau qu'il tenait dans ses mains. Il était mal à l'aise. Voir Davis comme un homme potentiellement vulnérable déplut à Molly. Ça le rendait plus difficile à détester.

— J'ai aimé ta mère, dit-il d'une voix rauque. On s'est fréquentés, quand on était jeunes, avant qu'elle n'épouse Robert Hart. C'est une longue histoire.

Il s'éclaircit la gorge, avant de poursuivre.

— Elle m'a brisé le cœur à répétition ; et pourtant, je n'ai jamais pu cesser de l'aimer. Elle m'est revenue, à une époque − plus par pitié, j'en ai bien peur, or je n'ai pas fait la différence.

— Vous n'avez pas à me raconter ça.

Pourquoi venait-il se confesser à elle maintenant ?! À quoi bon vouloir qu'elle connaisse sa version de l'histoire ?

— Pourtant, il le faut, répondit-il. Tu es en vie ; tu es ici pour une raison précise. Pas un seul jour ne passe sans que je pense à Rosemary. Sans que je pense à toi.

Molly finit par comprendre. Davis savait qu'il était son père.

— Qu'attendez-vous de moi, au juste ?

Elle fut incapable de refouler sa colère plus longtemps.

— Vous voulez peut-être que je vous appelle papa et que je vous accueille les bras ouverts ?

— Tu es au courant ? demanda-t-il, interloqué.

— Croyez-moi, j'aurais préféré l'ignorer.

— Rosemary te l'a dit ? Elle a juré que tu étais la fille de Robert, mais je savais que c'était faux. Elle refusait de me laisser t'approcher.

— C'est pour ça que vous l'avez tuée ? demanda-t-elle en laissant exploser sa fureur. C'est pour ça que vous avez assassiné Robert Hart et ma maman ? Vous pensez pouvoir vous en sortir comme ça, même après tout ce temps ?

Davis resta pantois ; il semblait abasourdi.

— Je n'ai pas tué Robert ; et je n'ai certainement pas tué Rosemary. C'est ce que tu crois ?

Ses mains tremblaient. Encore une fois, Molly aurait préféré ne pas le remarquer.

— Ce que je crois n'a pas d'importance. Seule compte la vérité. Vous serez tenu responsable de tout ce que vous avez fait. D'ici là, je ne veux pas vous voir, ni me trouver près de vous, ni m'entendre rappeler les liens qui existent entre nous !

— Molly, je n'ai pas tué ta mère ; et même si je reconnais avoir eu des différends avec ton père, je n'ai jamais souhaité sa mort. Bien sûr, j'ai parfois rêvé qu'il parte, mais pas de cette façon. Je n'ai jamais été l'homme honorable que j'aurais aimé être, je sais que j'ai blessé des gens, mais je ne suis pas un assassin.

— Si vous cherchez à vous faire pardonner, vous n'avez aucune chance auprès de moi.

Molly refoula les larmes qui mouillaient ses yeux.

— J'ai honte de vous être liée !

— Eh bien, dit-il d'une voix moins faible, moi, je n'en ai pas honte. Tu es le mélange de Rosemary et moi. Je ne le verrai jamais comme une erreur.

Il remonta en selle et s'immobilisa pour la regarder. Puis il fit pivoter son cheval et disparut dans la nuit. Lorsqu'elle fut certaine qu'il était loin, elle rassembla toutes ses forces pour tenir sur ses jambes tremblantes jusqu'au box de Pecos. Elle attendit longtemps avant de retourner dans la maison.

Le matin suivant, Nathan Blackmore arriva au ranch et rejoignit Susanna et Molly qui prenaient leur petit déjeuner.

— Matthew sera déçu d'apprendre qu'il t'a raté, dit Susanna en beurrant un toast. Si tu veux rester ici pour attendre le retour des hommes, tu es le bienvenu.

Le sourire de Nathan pinça la cicatrice qu'il avait sur la joue. Assise en face de lui, Molly l'observait. Elle le trouvait bel homme, malgré sa vieille blessure ; il avait belle allure, des cheveux noirs et un regard brun sombre. Cependant, bel homme ou pas, elle avait ressenti une violente déception, tout à l'heure, en le voyant entrer dans la maison. L'espace d'un instant, elle avait cru que Matt revenait.

— Je vais rester dans le coin quelques jours, pour voir s'ils reviennent, répondit-il. Ensuite, il faudra probablement que je reprenne la route.

— Tu vas en Californie ? demanda Susanna.

Il acquiesça en finissant sa tasse de café. Molly regarda l'assiette de Nathan, les sourcils froncés. Remplie de nourriture quelques instants plus tôt, elle était à présent complètement vide. Les hommes mangeaient si vite, dans cette région ! Elle remua ses œufs brouillés du bout de sa fourchette.

— Ma sœur a eu un bébé récemment, dit Nathan. Il est temps pour moi d'aller les voir, elle et son mari.

— Ma sœur Emma vit à San Francisco, déclara Molly. Je devrais peut-être vous accompagner.

Nathan sembla surpris par cette suggestion.

— Oh, Molly…, l'interrompit Susanna. Je crois vraiment qu'il vaut mieux attendre des nouvelles de ta tante Catherine, avant d'entreprendre un si long voyage.

— Et je doute que Matt apprécie de me voir partir en Californie avec toi, ajouta Nathan.

— Qu'est-ce que ça peut lui faire ?! demanda Molly en grimaçant.

Elle ferait bien d'être plus prudente, lorsqu'elle parlait en présence de la mère de Matt.

— Oui, on se le demande…, murmura Susanna.

Nathan se leva.

— Je préfère ne rien dire dans son dos. Mesdames, si vous voulez bien m'excuser… Je vais voir si je peux me rendre utile dans les parages pour vous soulager de quelques corvées.

— C'est vraiment gentil de ta part, Nathan, répondit Susanna, mais ne te sens vraiment pas obligé de le faire.

— Aucun problème. Je vais tenir ma langue et trouver de quoi m'occuper.

Il quitta la pièce, qui fut plongée dans le silence. Quelques secondes plus tard, on entendit la porte d'entrée s'ouvrir et se refermer.

Susanna s'adossa à sa chaise.

— Nathan est un brave type. Je comprends pourquoi Matthew et lui s'entendent si bien.

— Excusez-moi…, souffla Molly, s'apprêtant à se lever.

— Attends ! dit Susanna en posant une main sur son bras. Tu es pressée de partir, tout à coup ?

Molly se rassit.

— Je me sens pressée, sans savoir pourquoi…

— Davis est venu, hier soir. Qu'a-t-il dit ?

Elle haussa les épaules.

— Je ne sais pas quoi penser de tout ça. Il sait qui je suis, qu'il est mon père, et il prétend ne pas être impliqué dans le meurtre de mes parents.

— Je vois. C'est pour ça que tu souhaites quitter le Texas ?

— Je ne sais pas où est ma place, Susanna.

Sa voix plaintive l'étonna.

— Je ne peux pas rester ici éternellement, malgré votre bonté et votre hospitalité.

— Ma foi, bien sûr que tu le peux ! Rien ne saurait me faire plus plaisir.

Susanna hésita.

— C'est à cause de Matthew ?

Ne sachant trop jusqu'où pousser la confidence, Molly reconnut prudemment :

— J'avoue qu'il me perturbe.

Susanna rit.

— Oh, ma chère ! Je me trouve ici dans une position inconfortable. S'il s'agissait de n'importe quel autre homme, je te demanderais de me raconter ce qui s'est passé dans les détails et te donnerais le plus de conseils possible ; mais comme il est question de mon fils, j'ai bien peur que ça tourne à l'ingérence. Alors je me contenterai de ce tout petit conseil : sois patiente. Un homme met du temps à faire parler son cœur ; bien plus que… certaines autres inclinations. Le plus important, c'est que tu suives ton cœur, Molly. Et s'il te guide vers la Californie, nous te soutiendrons de notre mieux.

— Merci.

Susanna se pencha et l'embrassa sur la joue.

— On ferait mieux de rejoindre Nathan pour l'aider aux écuries. Il n'est jamais bon de laisser un homme croire qu'il peut s'en tirer si facilement, avec les femmes !

Pour la première fois depuis le départ de Matt, Molly rit.

———

PLUS TARD, cette nuit-là, un orage éclata. Ses grondements réveillèrent Molly, qui dormait sur le sol. Incapable de se rendormir, elle écouta le vacarme des forces de la nature qui se déchaînaient dehors, inquiète de savoir Matt quelque part dans cette tempête. Tous les travailleurs l'étaient, songea-t-elle, mais Matt occupait ses pensées plus que n'importe qui.

La lumière des éclairs et les coups de tonnerre lui rappelèrent la première nuit qu'ils avaient passée ensemble, dans la maison abandonnée de sa famille – cet endroit dans lequel elle n'avait vécu que quelques années, mais qui, pour une raison ou une autre, était la maison de son cœur, celle qui prévalait dans sa mémoire. Sa référence.

Repoussant les couvertures, elle quitta son lit de fortune et vint se poster devant la fenêtre. L'air froid la fit frissonner et elle regretta de ne pas porter la longue chemise de nuit que Susanna lui avait donnée. Ces derniers temps, elle avait préféré dormir dans une chemise empruntée à Matt – uniquement pour des raisons de confort, bien sûr. Ça n'avait à voir avec l'homme aux larges épaules qui la portait habituellement.

Elle entendit de très légers coups auxquels elle n'accorda aucune attention. Elle croisa puis serra les bras sur sa poitrine.

Le bruit recommença.

Elle se retourna vers la porte en fronçant les sourcils. On aurait dit que quelqu'un avait toqué. Ce devait être Susanna, supposa-t-elle en traversant la chambre pour aller ouvrir.

Elle eut le souffle coupé en tombant nez à nez avec l'homme trempé qui se dressait devant elle.

Matt !

Son cœur bondit dans sa poitrine. Abasourdie, elle ne sut quoi faire. Elle hésitait entre lui demander simplement ce qu'il faisait là et se jeter dans ses bras.

— Je suis au courant, pour Davis. Je m'inquiétais pour toi. Je suis venu aussi vite que j'ai pu.

Molly le dévisageait, incapable de dire un mot. Ils étaient seuls, au beau milieu de la nuit, sur le seuil de sa chambre. Il était difficile de mal interpréter ces signes.

— Je ne peux plus rester loin de toi, dit-il d'une voix grave, déterminée. Je n'en ai plus envie.

Il était là ! Elle n'en revenait pas. Il lui avait tellement manqué, ces derniers jours !

— Alors arrête d'essayer !

Dans l'intimité de la pénombre, elle fut envahie par une sensation de soulagement. Attrapant Matt par la boucle de sa ceinture, elle l'attira dans la chambre et referma la porte.

CHAPITRE VINGT-TROIS

M att attira contre lui le corps à peine vêtu de Molly et l'embrassa avec toute la passion et la frustration qu'il avait contenues ces dernières semaines. Il lui était devenu impossible de refouler son envie, son besoin d'elle.

Elle lui répondit avec tout autant de fougue. Sachant qu'elle n'avait aucune expérience, sa réaction le toucha et l'excita à la fois. Il rejeta impitoyablement toutes les raisons qu'il avait de ne pas agir de la sorte, se demandant même comment il avait fait pour garder ses distances aussi longtemps. Il l'avait à peine touchée et il était déjà sur le point d'exploser.

Elle serait à lui, ce soir, entièrement, sans plus aucune retenue. Cette pensée le fit frissonner, mais il s'exhorta à ne pas aller trop vite.

Il prit son visage entre ses mains et murmura contre sa bouche :

— S'il te plaît, dis-moi que tu en as envie…

— Oui !

Il n'y eut pas la moindre hésitation dans sa réponse, aucune peur dans sa voix. Sa franchise et sa confiance le stupéfièrent.

— On a toute la nuit. Rien ne presse.

Mais il essayait de s'en convaincre autant qu'elle.

— J'ai mis dix ans à te retrouver, dit-elle d'une voix insistante. Je ne veux plus attendre une minute de plus !

Elle plaqua sa bouche contre la sienne et il l'embrassa avec fougue, goûtant et mémorisant la sensation de ses lèvres, la douceur de son visage et la courbe gracieuse de sa nuque. Elle était un rêve incarné, si belle, parfaite !

Elle déboutonna la chemise qu'il portait. Il la retira, puis laissa courir ses mains sous le bord du tissu qui couvrait le buste de Molly. Il empoigna ses fesses, avant de faire glisser sa culotte bouffante le long de ses jambes. Il remonta ensuite ses paumes vers ses seins, l'entendit aspirer une rapide bouffée d'air et sourit. D'un mouvement fluide, il enleva le dernier vêtement qu'elle portait. Elle se retrouva toute nue contre lui.

Un éclair illumina sa peau nacrée et la rondeur de ses seins tendus sous ses caresses. Il se mit à genoux et déposa un baiser sous l'un d'entre eux, s'accrochant à ses hanches. Puis il fit glisser sa bouche vers la courbe délicate de son ventre. Posant son front contre elle, il admira le triangle sombre entre ses jambes.

— Tu es magnifique, murmura-t-il.

Il prit une profonde inspiration en se relevant et fondit sur sa bouche. Les seins de Molly effleuraient son torse. Devant ce corps offert dans toute sa simplicité, il craignait de ne plus tenir encore longtemps. Il la souleva dans ses bras pour la porter jusqu'au lit, fasciné par l'intensité du désir qu'il lisait sur son visage. Elle n'avait pas peur de lui ni de s'offrir à lui, ce qui lui inspirait un profond sentiment de reconnaissance.

Il retira ses bottes en prenant soin de ne pas malmener son pied bientôt guéri, puis détacha sa ceinture de revolver et ôta son pantalon. Faisant à nouveau face à Molly, il attendit de voir si sa nudité la gênait. Elle tendit simplement sa main pour toucher la masse poilue de son torse, tout en faisant traîner l'autre sur sa cuisse d'un geste hésitant. Il n'en fallut pas plus à Matt. Il passa une main derrière sa tête et plongea sa langue dans sa bouche. Il repoussa ses jambes sur les côtés pour s'avancer entre elles.

Il était dur et prêt, mais il rassembla toutes ses forces pour patienter encore un peu. Il l'allongea sur le dos ; elle avait les pieds posés sur le cadre du lit. Prenant appui d'une main sur le matelas, il glissa un doigt en elle. Molly écarquilla les yeux de surprise et releva les hanches. Elle était douce et mouillée ; plus que prête à l'accueillir. Il ajouta un deuxième doigt.

— Je veux être sûr de ne pas te faire mal, dit-il en l'étirant doucement.

Il retira ensuite ses doigts, ne pouvant attendre plus longtemps. Il entra en elle d'un seul mouvement. Elle ravala un cri. Il attira ses hanches vers le bord du lit pour modifier l'angle de pénétration et poussa jusqu'au fond. En bougeant le moins possible, il se pencha pour l'embrasser dans le cou et le long de la clavicule. Elle se cramponna à son dos, tremblant sous lui.

Il l'embrassa profondément, leurs langues s'unirent ; il ne bougeait toujours pas. Le plaisir était insoutenable et il serait bien resté comme ça, mais Molly ne tarda pas à s'impatienter.

— Matt, haleta-t-elle, je t'en prie !

Il saisit ses jambes et les enroula autour de lui, puis glissa ses mains sous ses fesses pour les soutenir. Ensuite seulement, il se mit à bouger, allant et venant en elle. Il jouit quelques secondes plus tard, atteignant un orgasme intense, ravageur, qui lui fit perdre toute notion de temps et d'espace, et toute notion de lui-même.

Tandis qu'il finissait de se libérer en elle, il la sentit prise de convulsions profondes et internes. Comme elle s'accrochait à lui, il enroula ses bras autour d'elle pour l'envelopper pendant qu'elle s'abandonnait à toute l'intimité de leur passion. Lentement, il revint au moment présent.

— Bon sang ! murmura-t-il, le visage enfoui dans son cou. Je ne vais plus jamais pouvoir m'éloigner de toi, à présent.

— Je pense que je ne peux plus bouger, dit-elle à voix basse.

— Donne-moi cinq minutes et on pourra remettre ça !

— Vraiment ? demanda-t-elle, le souffle court.

Il rit doucement.

— En fait, je pense être déjà prêt.

Il le vérifia en faisant quelques brèves allées et venues. Ouaip, il était prêt ! Il prit appui sur ses avant-bras pour la regarder.

— Il y a d'autres moyens de faire ça. Si tu as mal, je veux dire.

— C'est toi qui as les cartes en main, puisque je ne vois pas du tout de quoi tu parles.

Il eut envie de lui dire que c'était elle qui avait les cartes en mains, et depuis toujours, mais être là, comme ça, à ses côtés, lui ôtait les mots de la bouche. Il se pencha vers elle et mordilla sa lèvre.

— On va y aller doucement.

Ce fut la dernière pensée cohérente qu'il eut cette nuit-là.

———

Juste avant l'aube, Molly se réveilla en sentant les doigts de Matt effleurer son dos. Elle était couchée sur le ventre. Bientôt, ce furent ses lèvres qui descendirent le long de ses jambes. Une nouvelle vague de désir se forma tout au fond d'elle, dont l'intensité la stupéfia. Elle ne s'était pas attendue à aimer faire l'amour à ce point, à pouvoir s'offrir autant et avec une telle liberté. Matt paraissait l'adorer plus que n'importe quelle femme ; elle se soucierait plus tard de savoir si c'était vrai ou non.

Elle roula sur le dos en grognant de plaisir, et les lèvres de Matt se mirent à explorer la face avant de son corps. Qui eût cru que ses seins étaient aussi sensibles, que les doigts qu'il glissait entre ses jambes pouvaient provoquer un désir si violent qu'elle finissait par en trembler en le griffant pour qu'il l'assouvisse ?

Ils jouirent ensemble, à nouveau, avec autant d'intensité que quelques heures plus tôt, jusqu'à finir en sueur et haletants.

Matt resta étendu entre ses jambes. Sa joue posée juste au-dessus de son sein gauche lui piquait la peau, mais Molly l'ignorait en caressant ses cheveux.

— C'est presque l'aube, dit-il.

Sa voix se détacha dans le silence de la pièce et son souffle réchauffa la peau nue de Molly. L'orage avait enfin cessé.

— Je dois partir.

Elle le savait, pourtant une partie d'elle refusait que cette nuit s'achève.

— Pourquoi es-tu revenu ? demanda-t-elle en passant sa main sur les muscles saillants de son épaule.

Elle baissa les yeux sur leurs corps et contempla la différence entre la peau tendue et ferme de Matt et les courbes gracieuses de son corps à elle. Elle ne s'était jamais vue sous cet angle-là. Elle se sentait tout à coup féminine, presque délicate. Cette révélation était si soudaine que Molly eut l'impression de se voir pour la première fois.

— J'ai entendu dire que Davis était venu. Je ne voulais pas que tu sois toute seule à gérer ce qui avait bien pu se passer.

Il tourna la tête pour embrasser le sein sous sa joue.

— Il sait tout, dit Molly. Mais il nie être responsable de l'attaque.

— Tu n'es pas obligée d'avoir affaire à lui toute seule. Je serai à tes côtés, si tu préfères.

— Ce que je veux, répondit-elle dans un souffle, c'est que cette nuit ne finisse jamais.

Il mordilla légèrement son téton.

— Je pense que j'ai fait bon usage du temps qu'on avait devant nous.

Il remonta vers son visage pour la regarder en face.

— Il y a autre chose qui m'a poussé à revenir. J'ai entendu dire que Nathan était là ; et j'étais jaloux.

— C'est vrai ? demanda-t-elle, étonnée. C'est un homme très agréable, malgré son côté un peu rude, mais il ne m'a jamais intéressée. Personne ne m'a jamais intéressée, d'ailleurs. Après ce qui s'est passé cette nuit, tu ne peux pas en douter.

— Après cette nuit, tout est différent.

Molly sut qu'il disait vrai et l'idée l'attrista légèrement. Quand

Matt quitterait la chambre, elle craignait qu'ils ne retrouvent jamais plus l'intimité de cette nuit.

— Il faut que j'y aille.

Le baiser qu'il lui donna dépassa rapidement le stade de la douceur et de la tendresse. Avant de perdre le contrôle de la situation, il s'écarta d'elle.

— Je n'aurais jamais imaginé que te quitter serait si difficile !

Il se déplaça vers le bord du lit et chercha ses vêtements.

Lorsqu'il eut enfilé son pantalon et sa chemise encore ouverte sur son torse, il se pencha pour déposer un baiser entre ses seins.

— Rejoins-moi en bas un peu plus tard, pour le petit déjeuner.

— Si je peux marcher, répondit-elle, taquine, en lui touchant le visage une dernière fois.

Il prit ses bottes à la main et la quitta sans rien dire, le sourire aux lèvres, ne boitant plus que très légèrement.

Au moment où Matt quittait la chambre de Molly, la lumière du soleil levant commençait à filtrer à travers le rideau de dentelle qui couvrait la fenêtre, en haut des escaliers. La porte mitoyenne s'ouvrit et Nathan apparut, tout habillé, frais et dispo. Il rit en voyant Matt.

— Nathan, dit Matt en lui serrant la main. Content de te voir !

Il savait que la pointe de jalousie qui l'avait titillé concernant Nathan et Molly était déplacée, mais il l'avait ressentie malgré tout.

Quand sa mère avait envoyé dire à son père que Davis était venu et que Nathan était soudainement réapparu, l'irrépressible envie de voir Molly avait fini par avoir raison de lui. Même la perspective d'une interminable chevauchée sous le déluge n'avait pu le retenir.

— Tu as toujours eu le chic pour débarquer au bon moment ! lança Matt.

— Tu ne t'en étais jamais plaint, jusqu'ici.

Nathan appuya son épaule contre le chambranle de la porte avec nonchalance, croisant les bras sur sa poitrine.

— Ceci dit, je doute que ton retour inattendu, en pleine nuit, ait quelque chose à voir avec moi.

Matt jeta un coup d'œil vers la porte fermée de la chambre de Molly.

— Ne dis rien, pour l'instant ! s'empressa-t-il de préciser. J'ai certaines choses à régler, d'abord.

— Incroyable…, murmura Nathan. Tu vas rendre les choses officielles !

— N'aie pas l'air si surpris !

Mais Matt lui-même était sidéré. Il était impressionné par la nuit qu'il avait passée, et bien qu'il ait décidé d'assumer dignement ses sentiments avant de rejoindre Molly, vivre sans elle n'était à présent plus du tout envisageable.

— Tout homme doit se caser, un jour ou l'autre ; même toi !

Nathan secoua la tête en souriant.

— Je n'ai encore jamais rencontré une femme qui m'en ait donné envie. Est-ce que Molly a une sœur ?

Sans répondre, Matt se dirigea vers les escaliers.

— Je dois me changer. On se retrouve au petit déjeuner !

— Si tu ne t'endors pas d'ici là !

CHAPITRE VINGT-QUATRE

Molly entra dans la salle à manger. Elle se figea quand Matt et Nathan arrêtèrent net leur conversation pour se tourner vers elle.

— Bonjour, dit Matt en souriant.

Elle trouva injuste qu'il ait l'air si fringant, après la nuit presque blanche qu'ils avaient passée. Et, bien sûr, il était excessivement beau. Elle tenta de feindre l'indifférence, ce qui s'avéra absolument impossible. Déjà, son cœur battait à tout rompre.

Elle prit place à l'extrémité de la table et répondit timidement :

— Bonjour. Où est Susanna ?

— Elle prend les rênes du ranch, quand le vieux est absent, répondit Matt. Alors elle est déjà venue manger et elle est repartie aussitôt.

— Oh.

Molly resta immobile, les mains posées sur les genoux. Son regard allait de la nappe au plafond. Lorsqu'elle osa jeter un coup d'œil vers Nathan et qu'il lui adressa un clin d'œil, elle en eut assez.

— Bon, je vais passer vite fait prendre quelque chose à manger dans la cuisine. Je déteste donner du travail supplémentaire à Rosita.

Elle quitta la pièce de façon précipitée.

Déboulant dans la cuisine comme une tornade, elle faillit faire tomber la veille Mexicaine à la renverse.

— Oh, Rosita ! Je suis vraiment désolée !

Elle aida la femme à retrouver l'équilibre.

— Pourquoi vous si pressée ? demanda Rosita en reprenant son souffle.

— Je venais juste chercher quelque chose à manger.

La Mexicaine lui tendit une assiette.

— Eh bien, voilà ! Moi venir justement vous l'apporter.

Molly prit l'assiette et resta plantée là.

— Merci.

Elle réfléchit en regardant la longue table en bois sur laquelle mangeaient souvent les employés du ranch.

— Je vais peut-être manger ici.

Elle s'assit et se mit à enfourner des bouchées d'œufs brouillés à la petite cuillère.

— Je vous chercher café.

Rosita revint avec la cafetière et versa le liquide fumant dans une tasse en céramique ornée de fleurs et d'arabesques. Molly fixa les dessins pendant un moment.

— Pourquoi vous là ? finit par demander la veille dame.

— J'ai toujours apprécié votre compagnie, Rosita.

La femme sourit en balayant sa réponse d'un geste de la main.

— Vous très mauvaise menteuse.

— Je ne mens pas ! rétorqua Molly, légèrement indignée.

— *Señor* Matt rentrer cette nuit.

Rosita l'observa, puis hocha la tête.

— C'est ça. *Sí*, c'est ça !

— C'est quoi ?

— Il dire son pied le problème, mais il revenir voir *vous*.

Molly croqua dans un biscuit.

— Possible, marmonna-t-elle, la bouche pleine.

Rosita retourna à sa vaisselle en riant.

— Je bien aimer vous.

Elle secoua un doigt plein de mousse dans sa direction.

— Vous bien pour lui !

Molly repoussa son petit déjeuner en soupirant. Elle n'avait plus faim, de toute façon. Est-ce que tout le monde, dans cette maison, était au courant pour elle et Matt ? Bon Dieu… ces choses qu'il lui avait faites ! Réaction inévitable à cette pensée, elle rougit et frissonna. Elle ne pourrait peut-être plus jamais se retrouver dans la même pièce que lui sans penser à chaque centimètre carré de son corps svelte et musclé. Quand Susanna lui avait conseillé de suivre son cœur, elle n'avait sûrement pas voulu dire ça.

La voix de Susanna résonna justement depuis la porte d'entrée :

— Nous avons de la visite !

Rosita alla jeter un coup d'œil dans le couloir, avant de revenir sur ses pas.

— C'est *señora* McAllister, souffla-t-elle à voix basse. Elle venir avec une femme très jeune.

Puis elle ajouta précipitamment :

— Vous devoir sortir d'ici et planter vos griffes dans *señor* Matt, avant que cette femme prendre la place qui pas pour elle !

Molly eut un pincement au cœur. Cette journée n'avait pas mis longtemps à perdre son éclat, pensa-t-elle sombrement. Elle regarda la porte qui donnait sur l'arrière de la maison, tentée par l'envie de partir galoper avec Pecos à travers les vastes prairies. Mais ça reviendrait à laisser Matt en compagnie de la jolie jeune femme qui était sans aucun doute la fille de madame McAllister – celle toute désignée pour devenir l'épouse de Matt.

Molly se rendit au salon avec très peu d'enthousiasme. Matt et Nathan se tenaient sur la gauche, debout près d'une table, une main posée avec désinvolture sur une hanche ou le dossier d'une chaise. Ne les voyant pas enclins à s'attarder longtemps pour faire la conversation, Molly eut bon espoir que cette visite ne s'éternise pas.

Madame McAllister était assise sur le canapé avec sa fille, une ravissante jeune femme dont les cheveux blonds étaient attachés sur la tête en grandes boucles. Elle portait ce qui semblait être une robe de satin hors de prix, d'un vert profond. Susanna était assise face à elles et tournait le dos à Matt et Nathan.

— Molly, dit-elle en tendant une main vers elle. Je t'en prie, viens t'asseoir avec nous.

Molly prit place sur une chaise à ses côtés.

— Tiens, tiens… Molly Hart ! Je ne m'attendais pas à vous trouver encore ici, commenta madame McAllister.

Son intonation était légèrement méprisante.

Molly ressentit alors une grande aversion pour cette femme.

— Laissez-moi vous présenter ma fille, Lizzie.

Molly lui adressa un hochement de tête en se forçant à sourire légèrement.

— Enchantée, répondit Lizzie.

Sa peau délicate n'avait pas la moindre ride. Elle était assise dans une posture extrêmement raide, le dos si droit que Molly pensa qu'un léger coup de coude la renverserait sûrement. Elle avait beau être très jolie, elle ne semblait pas à sa place sur ces terres désolées, poussiéreuses et souvent fouettées par les intempéries.

Imaginer une seconde Lizzie au milieu des Comanches fit sourire Molly. La simple odeur l'aurait tuée !

— Vous avez été longtemps absente, Lizzie, observa Susanna. Ce doit être difficile de vous réadapter à la vie d'ici. Vous devez trouver le rythme quotidien plus lent qu'à Richmond, je suppose.

— Oui, ça demande un ajustement. Cependant, maman a voulu qu'on vous rende visite sans plus attendre et j'espère que ça ne vous gêne pas.

— Pas du tout, répondit chaleureusement Susanna.

— Je suis ravie de voir que votre pied va mieux, Matthew, remarqua madame McAllister.

— Il est presque comme neuf ! dit Matt.

— Et monsieur Blackmore, poursuivit-elle, êtes-vous un Ranger, vous aussi ?

— Oui, m'dame. Mais je suis actuellement en chemin pour rendre visite à ma sœur, en Californie.

— Oh, ce n'est pas la porte à côté ! Votre famille est originaire… ?

— Du Missouri.

— Comme c'est charmant !

— Si vous voulez bien nous excuser, mesdames, intervint Matt. Le travail nous attend.

— Bien sûr, répondit madame McAllister.

Molly suivit le départ des hommes du coin de l'œil. Elle dut réfréner une irrépressible envie de partir à leur suite.

— Alors, Molly… nous avons entendu des choses vous concernant, dit madame McAllister en prenant sa tasse dans sa soucoupe pour siroter son café. Ce qui est jadis arrivé à votre famille est épouvantable !

— Merci, répondit Molly sans réfléchir.

Elle se demanda qui avait bien pu lui parler d'elle.

— Vous êtes chanceuse d'être en vie ! Combien de temps pensez-vous rester chez les Ryan ?

— Molly est ici chez elle, intervint Susanna. Nous avons écrit à ses sœurs et attendons leur réponse. Elle décidera ensuite de ce qu'elle veut faire.

— Oui, être auprès de sa famille est important, n'est-ce pas ? répondit madame McAllister. Je suis si heureuse que Lizzie soit de retour à la maison !

Elle sourit à sa fille.

— Tu aimerais peut-être aller voir les hommes travailler, ma chérie… Ça te rappellerait ce qu'est la vie d'un ranch.

— De l'air frais nous ferait aussi sûrement du bien, dit Susanna. Elizabeth, aimeriez-vous boire un café sur la terrasse avec moi ? Je suis sûre que Molly ne verra pas d'inconvénient à emmener Lizzie visiter les environs.

Molly se sentit déprimée. Sa journée venait d'être déplumée par une nuée de vautours. Elle ne pouvait plus qu'espérer être rapidement libérée de Lizzie McAllister.

———

LES FILLES se dirigèrent vers les écuries.

— C'est tellement calme, ici, remarqua Lizzie en ouvrant une ombrelle assortie à sa robe.

Molly regarda le ciel. La pluie ne menaçait pas de tomber, mais Lizzie n'était peut-être pas du même avis. Molly ramena ses cheveux bruns à la base de sa nuque et les attacha avec une ficelle en cuir, avant d'enfoncer un chapeau sur sa tête.

— Tu montes à cheval ? demanda-t-elle.

— Bien sûr, répondit Lizzie. Même si ça fait bien longtemps que je n'ai pas monté les chevaux sauvages et galeux qu'on trouve par ici. Dans l'Est, les femmes montent en amazone.

— Hum…

Molly ne voyait pas ce qui pouvait justifier cette méthode.

— Aimerais-tu monter un des chevaux sauvages et galeux des Ryan ?

— Peut-être plus tard.

Elle fronça le nez en contournant un tas de crottin.

— Je suppose que tout le monde l'a compris, mais ma mère s'est mis en tête de me marier à Matthew Ryan ; alors je présume que je dois le trouver et le tenter avec mes attributs féminins. Tu comprends, n'est-ce pas ?

Loin de là ! fulmina Molly.

Lizzie tendit un bras pour arrêter Molly dans son élan.

— Dis-moi… Ma mère dit que tu connais la famille Ryan depuis longtemps. Comment est Matthew ? Quel genre d'homme est-il ?

Molly dévisagea cette jeune femme du monde tout apprêtée, sans savoir quoi répondre. Elle pouvait mentir, dire que Matt était un paresseux immoral, un vaurien crapuleux ; mais il ne méritait pas qu'on critique son caractère, quels qu'en soient les motifs. D'un autre côté, si elle disait la vérité, à savoir qu'il était tendre et attentionné, responsable, juste et travailleur − et qu'il faisait l'amour avec une application qui lui avait coupé le souffle −, Lizzie tomberait probablement amoureuse de lui sur-le-champ !

Comme Molly.

Elle l'aimait.

Bon, évidemment qu'elle l'aimait ! Après la nuit qu'ils venaient de passer, comment aurait-il pu en être autrement ?

— C'est un homme bien, finit-elle par répondre. Il n'en existe pas de meilleur.

— Eh bien, quel soulagement ! dit Lizzie en laissant échapper un rire frivole. Et qu'en est-il de Logan ?

— Logan… ? demanda Molly, désorientée.

— Comment est-il ?

— Pareil. Prévois-tu de les séduire tous les deux ?

— L'un ou l'autre ; selon ma mère, ça n'a pas d'importance.

— Mais… et toi, tu t'en fiches ?

— Bien sûr que non, répondit Lizzie. Mais je ne survivrai jamais toute seule ici. Ma mère ne pourra pas s'occuper du ranch encore longtemps et je ne saurai vraiment pas quoi y faire. Plus tôt je serai mariée, mieux ce sera !

Le plus tôt sera le mieux… Matt serait-il capable d'épouser une femme comme elle ? Ou même Logan ?

Matt était venu rejoindre Molly, la nuit dernière, et lui avait fait l'amour sans relâche jusqu'aux premières lueurs du jour ; elle ne savait pas du tout quoi en penser. Elle ne souhaitait sûrement pas « planter ses griffes dans *señor* Matt » et l'obliger à s'engager envers elle. En se comportant ainsi, elle ne vaudrait pas mieux que madame McAllister.

Elles contournèrent les écuries et arrivèrent près d'un enclos. Matt était assis sur la barrière, pendant que Nathan faisait tourner en longe une belle jument blanche comme neige.

Distraite par l'animal, Molly grimpa sur la rangée basse de la barrière pour se hisser à la hauteur de Matt.

— Elle est magnifique ! dit-elle, fascinée par la jument.

Matt baissa les yeux vers elle en souriant, puis adressa un hochement de tête à Lizzie.

— Elle est à Nathan. Une femelle pour Black, si jamais elle daigne s'intéresser à lui.

— Il les a mis ensemble ?

— Ouais.

Matt repoussa son chapeau en arrière et se balança légèrement.

— Mais jusqu'ici, elle fait la fine bouche. Alors Nate essaye de la débourrer.

• Elle s'appelle comment ?

— Winter.

— Est-ce qu'elle a déjà été montée ? demanda Molly.

Matt secoua la tête, puis l'épingla du regard.

— S'il te plaît, ne me dis pas que tu comptes le faire !

— Eh bien, j'ai dressé des chevaux difficiles, quand j'étais avec...

Elle se rappela soudain la présence de Lizzie.

— Au cours de ces dernières années, se reprit-elle.

Matt la fixa, les yeux brillant d'intensité. Elle sut exactement ce qu'il avait en tête.

Certaine de rougir, elle lui rendit son sourire. Si seulement ils pouvaient être seuls !

Sachant que Matt et Nathan pouvaient facilement passer la journée entière avec la jument, Molly sauta de la barrière à contrecœur.

— Appelle-moi, s'il a besoin d'aide !

Elle planta ses mains sur ses hanches et demanda à Lizzie :

— Tu veux visiter les écuries, ou quelque chose ?

— Non merci. Je pense que je vais simplement rester ici un moment et regarder monsieur Blackmore à l'œuvre.

Molly se retint de lever les yeux au ciel. Lizzie n'avait sûrement aucune envie de rester plantée là, en plein soleil, pour assister au dressage d'un animal fougueux, mais elle estimait visiblement devoir passer du temps avec Matt.

— Attention aux serpents, dans les écuries ! cria Matt à Molly.

Elle croisa son regard en s'éloignant et eut un sourire en coin.

— Aux serpents ?! demanda Lizzie.

Molly entendit Matt rire au loin tandis qu'elle entrait dans les écuries pour aller voir Pecos.

Elle venait à peine de finir de brosser sa jument alezane, lorsqu'elle entendit Matt crier :

— Pousse-toi ! Elle va sauter la barrière !

Elle ouvrit rapidement le box de Pecos et sauta sur son dos, à cru. Elle sortit en trombe des écuries au moment où Matt et Nathan venaient en courant chercher leurs chevaux.

— Mais qu'est-ce que tu fais ?! demanda Matt en la voyant.

— Je peux la rattraper !

Avant que Matt ne puisse répondre quoi que ce soit, elle talonna Pecos, qui partit au grand galop.

Jurant à voix haute, Matt sella son cheval. Nathan en fit autant. Molly prenait trop d'avance.

Lizzie arriva derrière eux en courant.

— Je peux vous aider ? Que puis-je faire ?

Matt sauta en selle, lui jetant à peine un regard.

— Merci, miss McAllister, répondit poliment Nathan en baissant les yeux vers elle. On va se débrouiller. Je suis sûr qu'on sera de retour avant le dîner.

Sauf si Molly se casse le cou ! pensa Matt, en colère. Les deux hommes partirent en trombe sur les traces encore fraîches que

Pecos avait laissées derrière elle, dans la terre. Mais après avoir rapidement couvert une bonne surface de plaines, ils immobilisèrent leurs montures au bord d'une falaise surplombant un vieil arroyo.

Matt scruta les environs en se demandant comment une femme et deux chevaux pouvaient-ils bien disparaître, quand Nathan pointa son doigt vers le sud-est.

— Là !

Pecos dévalait au galop le flanc d'une colline et Molly se penchait en arrière pour maintenir leur équilibre en faisant contrepoids. La jument blanche de Nathan continuait sa course, plus loin devant elles, les rênes en cuir traînant au sol. Elle fonçait à une vitesse ahurissante au fond du ravin. Les robustes genévriers et les mesquites épineux ne la ralentissaient pas beaucoup – voire pas du tout.

Matt fit bifurquer son cheval et fonça vers la crête que venait de quitter Molly, sans jamais la perdre de vue. Lorsqu'elle atteignit le fond de la vallée, il n'en crut pas ses yeux : elle détacha sa jupe et la fit passer par-dessus tête pour la jeter au sol. Puis ce fut au tour de son corsage. Elle n'était plus vêtue que de la longue chemise fine qui lui remontait à la taille en dénudant ses jambes fines, à peine couvertes par sa culotte longue.

Ça aurait déjà suffi à l'énerver, mais ce qu'il la soupçonnait de s'apprêter à faire transformait sa colère en rage.

Satanée femme !

Esquivant les branches, Molly rattrapa rapidement la jument.

Après une courte réflexion, Matt abandonna l'idée de suivre sa trace à flanc de colline et bifurqua vers l'est dans l'espoir de leur couper la route. Nathan s'élança à sa suite.

Quatre cents mètres plus loin, ils firent halte pour choisir le meilleur angle d'approche. Matt regarda Molly pousser Pecos à la hauteur de l'autre jument pour galoper côte à côte. Puis il faillit mourir sur place et en oublia de respirer, la voyant sauter d'une monture à l'autre !

— Putain ! lâcha Nathan. Elle en a de plus grosses que nous deux réunis !

— Coupons-leur la route ! dit Matt, les dents serrées. Qui sait combien de temps cette jument gardera Molly sur son dos…

Galopant sur une trajectoire parallèle à celle de Molly, les hommes poussèrent leurs chevaux autant que possible, esquivant les obstacles et sautant au-dessus des aspérités du terrain. Heureusement, le soleil brillait dans leur dos, à l'ouest, couchant sur la terre son éclat doré. Des lièvres se dispersaient devant eux et Matt perçut du coin de l'œil un couple de faucons planer au loin.

Quand le promontoire s'aplanit et qu'ils se retrouvèrent à la même altitude que Molly, Matt put mieux la voir. La chemise légère qu'elle portait se confondait avec la robe de la jument ; il était impossible de savoir où finissait l'une et où commençait l'autre. Ou peut-être était-ce simplement dû aux talents de cavalière de Molly. Elle chevauchait sans aucune aide, pas même une bride. Penchée en avant pour se cramponner à la crinière et garder l'équilibre, elle faisait preuve d'une aisance naturelle en suivant constamment les mouvements capricieux de la jument.

Femme et cheval devinrent un seul et même être.

Apercevant Matt, Molly lui fit coucou de la main. Ses cheveux tourbillonnaient dans le vent.

— Ne lâche pas ! cria-t-il.

Nathan rapprocha son cheval d'un côté tandis que Matt se collait de l'autre au flanc de la jument blanche. Il essaya de la doubler pour l'obliger à ralentir et remarqua que Molly tirait sur la crinière de sa monture, l'obligeant à freiner considérablement. Galopant entre les deux chevaux, Winter se rebiffa contre la pression et commença à secouer la tête d'avant en arrière. Au moment même où elle se mit à ruer, Matt rapprocha son cheval et attrapa Molly au vol, juste avant qu'elle ne tombe.

Quand il s'écarta légèrement de la trajectoire de Winter, Molly se retourna d'un mouvement brusque pour regarder par-dessus son épaule la jument s'ébrouer. Son visage s'illumina du plus grand sourire qu'il ne lui avait jamais vu.

— Mais que t'est-il passé par la tête ?! demanda-t-il.

Elle se mit à rire.

— Quelle merveilleuse cavalcade !

— Tu aurais pu te casser le cou !

Molly le regarda et son sourire s'évanouit.

— Tu es fâché que j'aie voulu l'attraper ? Elle s'enfuyait ; chaque seconde comptait !

Il baissa les yeux vers elle et vit la silhouette sombre d'un sein sous son chemisier sans manches. Grand Dieu, il n'avait pas mesuré l'indécence de sa tenue !

— On aurait fini par la rattraper, répondit-il sévèrement, déboutonnant sa propre chemise.

Elle le regarda l'enlever d'un œil inquiet.

— Matt, on ne peut pas… eh bien, tu sais…

Elle jeta un regard insistant par-dessus son épaule.

— Nathan est là, chuchota-t-elle.

Il jeta sa chemise autour des épaules de Molly en essayant de la couvrir autant que possible. Nathan en avait déjà bien trop vu.

— Je ne compte pas te faire l'amour ! Ce qu'il te faudrait plutôt, c'est un bon coup de pied au cul !

— Eh bien, de rien ! dit-elle ironiquement. Et pour ta gouverne, j'avais déjà fait ça avant, sans quoi je ne l'aurais pas tenté maintenant.

— Ça ne me rassure pas, si tu veux savoir, répondit-il d'une voix plus dure qu'il ne l'aurait voulu.

Nathan s'approcha d'eux, la jument le suivant au bout d'une corde.

— Vous avez fini de vous disputer ?

— On ne se dispute pas, répondit Matt.

— Bien sûr… Molly, merci pour ton aide. Elle a été précieuse. Tu montes drôlement bien à cheval ; on dirait que tu es née pour ça ! Les Kwahadis ont dû louer tes compétences.

— Comparée aux meilleurs d'entre eux, j'étais seulement moyenne. Mais les femmes ne s'entraînaient pas aussi souvent que les hommes.

— Tu veux qu'elle monte derrière moi, Ryan ?

— Plutôt crever, marmonna Matt dans sa barbe.

— C'est bien ce que je pensais, dit Nathan en riant. Allons-y !

Il se mit en route d'un bon pas.

Molly enfila les manches de la chemise posée sur ses épaules, puis s'efforça de passer par-dessus les épaules de Matt pour venir s'asseoir derrière lui. Il prit le chemin du retour, Pecos les suivant à distance.

Voyant que Molly ne se tenait même pas à lui, il finit par lui prendre les bras pour les enrouler autour de sa taille.

— Tiens-toi bien !

Il n'aimait pas l'idée qu'elle ait moins besoin de lui qu'il n'avait besoin d'elle.

CHAPITRE VINGT-CINQ

Matt déposa Molly à l'arrière de la maison sans dire un mot. Elle entra par la cuisine ; Rosita lui jeta un coup d'œil et sursauta. La Mexicaine la scruta rapidement de la tête aux pieds, mais Molly n'eut pas la force de lui donner la moindre explication. Le son de ses bottes résonna dans le silence tandis qu'elle se dirigeait tout droit vers sa chambre. Elle ne croisa personne d'autre.

Elle déboutonna la chemise de Matt et la retira, mais au lieu de la poser, elle la porta à son visage et en respira l'odeur, tout en allant se poster à la fenêtre. Les dernières lueurs du jour illuminaient les écuries. En bas, elle vit Matt y conduire son cheval et Pecos. Torse nu, il était grand, robuste et puissant. Lizzie sortit de nulle part pour le rejoindre et Molly fut contrariée de la voir flirter avec l'homme qu'elle aimait.

Elle grimpa sur le grand lit et sentit l'odeur qu'ils y avaient laissée la nuit dernière. Ce n'était que la veille ? Ça devenait pourtant rapidement un lointain souvenir, comme elle l'avait redouté.

Elle avait peut-être eu tort de vouloir rattraper la jument. Lizzie n'aurait jamais fait une chose pareille. Les dames ne se comportaient pas ainsi. Était-ce pour ça que Matt était en colère contre elle ?

Elle ferma les yeux en se disant qu'elle n'était peut-être pas le genre de femme qu'il lui fallait.

NE VOYANT PAS Molly descendre pour le dîner, Matt proposa d'aller voir si elle allait bien. Il toqua à sa porte, sans obtenir de réponse. Il ouvrit doucement.

Elle dormait profondément, étendue au milieu du lit. Il la contempla un moment. Il aurait voulu s'allonger à côté d'elle et se reposer lui aussi, pour se réveiller au son de sa voix si charmante et encore endormie, et au contact de son corps merveilleux. Sa colère envers elle était retombée, et rester auprès d'elle était tout ce qu'il souhaitait à présent. Mais elle était visiblement épuisée, et sa mère attendait qu'il redescende tenir compagnie à leurs invitées. Il pourrait peut-être se faufiler auprès d'elle plus tard – plus facile à dire qu'à faire : Nathan et lui allaient passer la nuit dans le bâtiment des dortoirs pour laisser leurs chambres à Lizzie et madame McAllister.

Il referma la porte à regret et quitta l'étage.

BIEN PLUS TARD, Matt et Nathan entrèrent dans le baraquement des employés. Matt était épuisé ; il avait très peu dormi la nuit précédente. À ce souvenir, il réfréna difficilement l'envie d'aller retrouver Molly dans sa chambre. Décidant qu'il somnolerait un moment avant de la rejoindre, il s'allongea.

La soirée s'était avérée des plus ennuyeuses. Il avait passé le plus clair de son temps à tenter d'échapper à la compagnie de Lizzie, qui faisait tout ce qu'elle pouvait pour attirer son attention.

Il aurait vraiment aimé pouvoir lui dire clairement de s'épargner ces efforts inutiles.

Il ôta ses bottes. Il espérait pouvoir parler à son père au plus tôt. Une fois qu'ils auraient discuté de la procédure à suivre pour épouser Molly, ses intentions et l'inclination de son cœur seraient claires aux yeux de tous.

MOLLY SE RETOURNA dans son lit en se demandant ce qui pouvait bien causer autant de raffut. Il faisait encore nuit dehors, mais elle entendait des hommes se parler en criant. Un souvenir fugace de la nuit où le ranch de sa famille avait été attaqué lui revint en mémoire. Sautant de son lit, elle enfila à la hâte une robe de chambre et fila dehors.

En arrivant sur le perron, elle percuta Logan de plein fouet.

— Pardon, Molly !

— Qu'est-ce que tu fais là ? demanda-t-elle d'une voix précipitée. Que se passe-t-il ?

Faisant un pas de côté, elle vit Matt apparaître dans l'obscurité, tout habillé, son étui de revolver à la ceinture. Des chevaux hennissaient derrière lui.

— Où vas-tu ? lui demanda-t-elle.

Des employés du ranch passèrent près d'elle.

L'attirant vivement sur le côté, Matt la saisit par les épaules.

— Apparemment, Davis Walker s'est fait tirer dessus !

— Quoi ?!

Elle le dévisagea, sous le choc.

— Personne ne sait ce qui s'est passé exactement, mais Logan nous a appris la nouvelle il y a une heure environ. On file au ranch des Walker pour voir ce qu'il en est. Je veux que tu restes ici, tu m'entends ?

— Tu crois que ça a quelque chose à voir avec moi ?

— Je n'en sais rien. Mais je ne veux pas que tu prennes le moindre risque. Nathan va rester ici. Fais ce qu'il te dit.

Il la regarda avec insistance.

— Promets-le-moi !

Elle hocha la tête, hébétée. Elle était abasourdie par la tournure soudaine des événements. Et si Davis mourait ? Et si *son père* mourait ?

Matt s'éloigna pour parler à Nathan. Madame McAllister et Lizzie apparurent dans l'encadrement de la porte d'entrée, serrant leurs robes de chambre autour d'elles et discutant fébrilement avec Susanna.

— On vous préviendra, dès qu'on en saura plus, assura Matt à sa mère en les interrompant.

— Sois prudent, répondit-elle. Et pour l'amour du ciel, dis à ton père de l'être aussi !

— Où est Jonathan ? demanda Molly en scrutant les environs.

— Il a pris les devants, répondit Matt.

Logan passa près d'elle.

— Allons-y !

Matt croisa le regard de Molly. Elle lut une étrange détermination dans le sien. Il marcha droit vers elle, prit son visage entre ses mains et l'embrassa sans hésitation, sans réserve et sans laisser le moindre doute quant à ses intentions envers elle.

— Je reviens le plus vite possible, dit-il, la bouche contre ses lèvres. Attends-moi !

Puis il partit, suivi de Logan et des autres hommes.

Molly scruta l'obscurité. Le martèlement des sabots sur le sol s'éloigna rapidement, seconde après seconde. Elle passa ses doigts sur sa bouche, ressentant encore l'effet des lèvres de Matt sur les siennes. Elle fut submergée de souvenirs qui détournèrent son attention. Son enfance avait été remplie d'amour comme de pertes phénoménales… et de tant de mensonges sous la prétendue vérité ! À présent, qu'allait-il se passer ? Quel avenir serait le sien ?

Lizzie vint à sa hauteur.

— Tu aurais pu me le dire.

— Pardon ?

— Que tu étais avec Matt. Ma mère va être très contrariée, évidemment, mais il reste encore Logan.

Molly n'était pas d'humeur à entendre des élucubrations frivoles concernant l'homme avec qui elle comptait passer sa vie.

Madame McAllister les rejoignit.

— Lizzie, ma chérie, veux-tu bien rentrer dans la maison ? J'aimerais m'entretenir avec Molly en tête à tête.

— Oui, m'man, répondit-elle en tournant les talons.

Molly et madame McAllister restèrent seules sur le perron.

La femme émaciée et condescendante fit face à Molly.

— Quelle honte !

— Je vous demande pardon ?

— Se conduire ainsi avec Matthew, et sous le toit de sa propre famille, rien que ça !

Tout semblant d'attitude amicale avait disparu. Molly mesura combien cette femme avait dû lutter contre sa nature pour préserver les apparences, au début.

— J'ai entendu parler de toi. Je l'ai déjà dit plus tôt.

— Je ne vois pas en quoi ça vous concerne, rétorqua Molly.

— Oh, ça me concerne, au contraire ! Surtout si tu comptes causer la perte du fils aîné de Jonathan et Susanna en le séduisant avec ton corps dans le seul but de contaminer leur sang avec celui d'une femme élevée par des Indiens !

Molly resta sans voix. Matt l'avait prévenue que de telles personnes existaient, des gens qui détestaient et méprisaient les Indiens qu'ils s'étaient acharnés à déplacer, mais elle n'avait jamais envisagé qu'on lui crache au visage une haine si venimeuse, animée d'un tel esprit de vengeance ! Elle était mieux préparée à faire face à des serpents à sonnette qu'à Elisabeth McAllister.

— Tu as vécu avec les Comanches ! poursuivit la femme, son visage ridé se contorsionnant tel celui d'un esprit malfaisant sorti des profondeurs de la nuit. Le nierais-tu ?

Molly resta silencieuse, fixant l'obscurité qui avait englouti Matt et Logan.

— Tu as dormi avec eux, tu as mangé leur nourriture, tu t'es comportée comme eux. Et tu as sûrement ouvert tes cuisses à leurs hommes. Tu es répugnante de revenir ici pour essayer de vivre à nouveau comme une Blanche. Tu ne peux pas décemment croire que Matthew va *t'épouser* ! Ta présence causera la perte de cette famille. Les Ryan sont peut-être trop gentils pour te dire la vérité, mais pas moi. Il vaut mieux que tu saches où est ta place, Molly Hart.

Madame McAllister serra de ses mains osseuses la robe de chambre jaune qu'elle portait, puis retourna dans la maison. Molly attendit d'être sûre qu'elle soit partie pour de bon ; alors seulement, elle laissa couler sur ses joues les larmes qu'elle avait retenues.

MOLLY PASSA le restant de la nuit dans sa chambre, éveillée, à regarder par la fenêtre en réfléchissant au cours de sa vie. Savoir que madame McAllister était une veille femme aigrie n'atténuait pas la douleur causée par ses paroles, parce que dans tout ce qu'elle avait dit, il existait une part de vérité.

Elle ne pourrait jamais être la femme que Matt méritait d'avoir, avec un passé irréprochable ; une dame qui saurait se comporter comme telle. Malgré le désir qu'il éprouvait pour elle, lui-même avait été contrarié par son comportement avec la jument, la veille. Quoi qu'il existe entre eux, c'était voué à l'échec. Il était peut-être préférable d'y mettre un terme tout de suite. Plus elle attendrait, plus le quitter serait difficile.

Une vie avec Lizzie McAllister était probablement préférable pour lui. Tous les deux, ils auraient des terres, des richesses et une reconnaissance sociale. Ils pourraient offrir le meilleur à leurs enfants.

Cette pensée l'attrista. Tout au fond d'elle, elle avait espéré avoir un jour un bébé avec Matt. Et si elle en attendait déjà un ? Que Dieu lui vienne en aide ! C'était possible, elle le savait. Ils n'avaient rien fait pour s'en prévenir, malgré les avertissements de Claire et le souvenir des conversations à ce sujet, entre les femmes Kwahadis.

Si elle était enceinte, elle ne pourrait pas rester. Elle ne pourrait jamais faire honte à Jonathan et Susanna de la sorte. Et que ferait Matt ? La rejetterait-il ? L'épouserait-il par pitié ?

Elle ne savait plus quoi penser, toutefois il lui semblait avoir abusé de l'hospitalité des Ryan. Madame McAllister n'avait pas fait allusion au fait que Davis Walker était son père biologique. Elle devait encore l'ignorer, mais elle finirait sûrement par l'apprendre. De tels ragots ne feraient que nuire davantage à la réputation de la famille Ryan.

Molly empaqueta quelques affaires à la hâte, enfila un pantalon et une chemise trop grande, et fourra ses cheveux sous un chapeau. Au moment où les premiers rayons du soleil vinrent lécher la terre, Molly laissa le ranch S.R. et Matt derrière elle.

CHAPITRE VINGT-SIX

Molly lança Pecos en direction du nord-ouest, à travers les vastes plaines et les petits ravins, ce paysage familier et pourtant si peu réconfortant. Trop de souvenirs étaient liés à ces lieux, ceux d'un lointain passé et de ces derniers temps. Avant le coucher du soleil, sa destination était devenue claire : elle se rendait à ce qui restait du ranch des Hart.

Le jour faisait place à l'obscurité lorsque Pecos arriva en trottant dans la vallée protégée qui abritait la grande maison vide du ranch. La bâtisse était dans le même état que quelques semaines plus tôt, quand Molly avait passé une nuit pluvieuse à l'intérieur avec Matt. Ça semblait déjà si loin ! Tant de choses avaient changé en si peu de temps !

La peine lui noua la gorge. Elle ressentit profondément le manque de sa mère, comme si on lui retournait un couteau dans une plaie. Elle avait tellement de questions qui resteraient sans réponse… et maintenant, devant elle, cet avenir à nouveau incertain ! Si elle pouvait revoir sa mère, ne serait-ce qu'une fois, que dirait-elle à propos de Davis Walker ? Était-il seulement en vie, à l'heure qu'il était ? Molly ne le saurait probablement jamais. Elle devait peut-être quitter le Texas, purement et simplement ;

laisser le passé derrière elle une fois pour toutes et ne jamais se retourner.

Elle jeta un coup d'œil vers les tombes, sur la colline, la dernière résidence de sa mère, de Robert Hart et d'une petite fille nommée Adelaïde. Le vent soufflait fort, sifflant à ses oreilles. Les esprits étaient déchaînés, ce soir. Molly se demanda si celui de sa mère était parmi eux.

L'obscurité devint totale et elle décida qu'elle n'irait pas plus loin ce soir. Elle passerait la nuit ici et partirait demain matin.

Elle emmena Pecos dans la grange en ruines pour l'abriter de la tempête qui se rapprochait. Au moment où elle refermait le box, le son d'un autre cheval la fit bondir de surprise.

Molly ne comprit pas d'où sortait cet autre animal, mais elle remarqua des harnachements posés non loin de là.

Quelqu'un d'autre est ici.

Instinctivement, elle entreprit de resseller Pecos, quand une voix d'homme la figea sur place.

— Voilà la femme-serpent ! dit-il dans son dos.

Ahurie, Molly reconnut la voix. C'était celle de l'homme qui était avec Walker, la nuit où ils étaient tombés sur son groupe, près du ruisseau. Comment s'appelait-il, déjà ? Sawyer ? Elle jeta un coup d'œil par-dessus son épaule. Cet homme était dangereux, et le fusil qu'il tenait empêcha Molly d'en douter.

— Mais tu n'es pas qu'une femme-serpent, pas vrai ?

Il empestait l'alcool.

— Tu es une Hart. Tu fais une petite visite chez toi, hein ?

Relâchant sa selle, elle se tourna vers lui.

— Que faites-vous ici ?

— Suis venu en souvenir du bon vieux temps, répondit Sawyer en haussant les épaules. Tu ne te souviens pas de moi, pas vrai ?

Elle le fixa intensément. Un souvenir cherchait à refaire surface, en vain.

— Eh bien, moi, je me rappelle de toi ! poursuivit-il. Tu es Molly, la cadette. Ce que tu as pu causer comme ennuis, à l'époque ! Qui aurait cru que tu reviendrais d'entre les morts ?! J'ai vraiment pensé que Davis racontait des conneries, quand il me l'a dit ; mais j'imagine qu'en te pointant ici, tu lui donnes raison.

Tout à coup, tout lui revint. Georges Sawyer avait travaillé pour ses parents, ici, au ranch, dix ans plus tôt.

C'était la mi-journée ; tous les hommes vaquaient à leurs travaux divers, autour du ranch. Molly ne savait jamais vraiment en quoi consistait exactement le travail de chacun, mais ça ne l'intéressait pas plus que ça. Cependant, ce jour-là, Matt, Cale et Logan réparaient une portion du corral ; elle y vit l'occasion de les embêter. D'habitude, ils ne s'affairaient pas si près de la maison, dans la journée.

Molly utilisait « le Troglodyte » pour aiguiser ses compétences en tirant des cailloux à l'opposé de l'enclos. Des morceaux de bois volaient en éclats à chaque fois qu'elle touchait sa cible. Les trois garçons pestaient après elle et la menaçaient de la jeter dans l'abreuvoir des chevaux, si elle n'arrêtait pas.

Molly se contentait de rire, clamant qu'elle rapporterait à son père et à sa mère les gros mots qu'ils employaient. À un moment donné, il y eut un bruit de tissu déchiré. Cale venait de faire tomber une des barrières horizontales, qui avait accroché la chemise de Matt.

— Oh, génial… ! dit Matt en secouant la tête.

Cale pouffa.

Molly y vit une bonne opportunité.

— Je vais aller dans le dortoir t'en chercher une autre, Matt !

Elle sourit gentiment et partit en trottinant vers le baraquement des employés, à une centaine de mètres de là. Elle entendit Cale qui disait dans son dos :

— Combien vous pariez qu'elle va glisser une sorte de rongeur dedans ?

Elle leur sourit par-dessus son épaule, ce qui fit rire Logan, alors que Matt semblait inquiet. Ils allaient voir ce qu'ils allaient voir ! Il fallait juste qu'elle trouve où cacher son compagnon. C'était un serpent brun inoffensif, mais elle était sûre de pouvoir ficher une belle frousse à l'un d'entre eux. Sous l'oreiller de Cale semblait le meilleur endroit, néanmoins le reptile risquait de ne pas y rester.

Tout en ouvrant la porte du bâtiment, elle reconsidéra son plan, craignant que Cale ne tire sur sa bestiole.

George, un jeune employé de ranch maigre et nerveux, tenait sa sœur Emma à l'autre bout de la pièce. À première vue, Molly ne comprit pas ce dont elle était témoin, le garçon bousculant sa sœur avec des gestes si brusques que la petite pleurait. Puis Molly comprit d'un seul coup et fut prise de peur et de nausée. Sans réfléchir, elle préleva dans la poche de sa robe un des plus gros cailloux qu'elle avait ramassés ce jour-là. Armant sa fronde, elle tira sur George Sawyer, le touchant à l'arrière de la tête.

Reprenant les mots qu'elle avait entendu Matt et Cale employer, elle cria :

— Fils de pute ! Lâche-la !

George fit volte-face en se frottant la tête.

— Qu'est-ce que t'as fait ?!

Il avait le pantalon ouvert.

Molly n'en revint pas, à l'idée de ce que ce malade essayait de faire à sa petite sœur de huit ans. Elle arma sa fronde et lui lança un autre caillou en plein visage.

— Espèce de sale petite merde ! cria-t-il en se couvrant le visage de sa main droite, tout en essayant de refermer son pantalon de l'autre. Du sang déborda entre ses doigts.

— Emma, viens ici, vite ! dit Molly d'une voix précipitée.

Sa petite sœur la rejoignit en courant.

— Tu vas regretter ça ! lança Molly d'une voix tremblante.

Elle passa son bras autour des épaules d'Emma et la serra contre elle.

— Je vais le regretter ? gloussa George. Petite sorcière… c'est toi qui vas le regretter !

— Non, répondit Molly d'une voix ferme. C'est toi ! J'y veillerai.

George s'avança brusquement vers elle, mais s'arrêta net en entendant la voix de Matt, dehors.

— Molly ? J'espère que tu ne fais pas de bêtises, là-dedans !

George hésita, avant de tourner les talons et de sortir du bâtiment par la porte de derrière.

Lorsque Matt entra, Molly tenait toujours fermement Emma contre elle.

— Que se passe-t-il ? demanda-t-il immédiatement.

Elle faillit le lui dire, mais un sanglot d'Emma l'en dissuada. Elle ne savait pas ce qui s'était passé exactement ; c'était sûrement grave. Elle se sentait prête à tout pour protéger sa sœur.

— Rien. Il faut que j'aille voir mon père tout de suite.

Matt sembla sur le point de protester, mais elle passa précipitamment près de lui, entraînant Emma derrière elle.

Après avoir réconforté sa sœur, elle alla trouver son père et lui mentit sans flancher, avec calme et précision. Instinctivement, elle savait que sa façon de raconter l'histoire aurait une influence sur le destin de George Sawyer. Alors, elle dit à son père que Sawyer l'avait coincée dans un coin des dortoirs pour l'agresser, elle. Brodant un peu autour de l'histoire, elle y ajouta quelques mensonges, même si elle pensait que ce n'était pas arrivé à Emma.

Elle était décidée à protéger sa sœur coûte que coûte. Elle endosserait à sa place la honte d'être victime. Plus tard dans la nuit, Emma et elle se jurèrent de ne jamais en parler, et à personne. Le lendemain, George Sawyer était parti.

CHAPITRE VINGT-SEPT

— **O**ù est-elle ?! demanda Matt.

Matt regardait alternativement sa mère et Nathan, pris d'un sentiment de panique qu'il n'avait plus ressenti depuis le jour où une petite Molly de neuf ans avait manqué à l'appel, une décennie plus tôt.

— Assieds-toi, mon fils, lui dit son père, dans son dos.

— Elle est peut-être allée voir Davis, suggéra Nathan.

— Ça alors ! Pourquoi aurait-elle fait une chose pareille ?! demanda madame McAllister. Il me semble évident que ses tendances nomades ont fini par reprendre le dessus et qu'elle est partie, tout simplement.

Matt dévisagea la femme ridée. Lizzie se tenait debout, un peu plus loin, tout comme Logan. Il lui sembla apercevoir Rosita rôder dans le couloir ; le petit déjeuner avait été servi et rapidement délaissé.

— Et que sauriez-vous des tendances nomades de Molly ? demanda Matt en détachant chaque syllabe.

Il savait qu'il devait marcher sur des œufs, mais il ressentait viscéralement que cette mégère était impliquée dans l'histoire, d'une façon ou d'une autre.

— Eh bien, je ne nierai pas avoir entendu des rumeurs concernant miss Hart, se défendit la vieille femme.

— Et de quelles rumeurs s'agit-il ? demanda-t-il d'un ton assassin.

— Elle a vécu chez les Comanches, les plus mal élevés et les plus méprisables de tous les sauvages.

Lizzie poussa un petit cri.

— C'est vrai ?

— Oui, c'est vrai, poursuivit madame McAllister. J'espérais t'épargner ces épouvantables détails, Lizzie ; mais il est sûrement préférable que tout le monde sache la vérité.

— Préférable pour qui ? demanda Matt, qui avait de grandes difficultés à contenir sa colère. Vous ne savez pas du tout de quoi vous parlez ! Que lui avez-vous dit, exactement ?

Lui retournant son regard meurtrier, Elisabeth McAllister mit sa bouche en cul-de-poule et le toisa.

— Je lui ai expliqué ce qu'elle était, et combien sa présence ne ferait que nuire à la famille Ryan. Vous avez tous été bien trop gentils avec elle. Vous ne pensiez tout de même pas qu'elle pourrait à nouveau être l'une d'entre nous !

Matt avança vers la vieille femme, mais sa mère s'interposa en le saisissant par les épaules.

— Matthew…

Logan et Nathan vinrent se poster à ses côtés.

Susanna se tourna pour faire face à la vieille.

— Je crains qu'il y ait eu un gros malentendu, Elisabeth. Molly fait partie de notre famille et votre ingérence, aussi bien intentionnée soit-elle, est très déplacée.

— Votre propre fils fricote avec elle ! s'écria Elisabeth. Permettriez-vous qu'une telle chose se produise sous votre toit ? Accepteriez-vous d'accueillir un enfant bâtard contaminé par la souillure de *ces gens-là* ?

— Il suffit ! rugit Jonathan.

Un silence de mort remplit la pièce. Au bout d'un moment, il reprit d'une voix moins forte, mais tout aussi déterminée :

— Susanna et moi faisons confiance à notre fils. Tout le reste ne nous regarde pas. Je vous demanderais à toutes les deux d'aller chercher vos affaires et de partir sur-le-champ.

Elisabeth McAllister n'ouvrit pas la bouche, mais ses narines se dilatèrent à chacune de ses respirations rageuses.

— Très bien, finit-elle par dire.

Elle quitta le salon d'une démarche raide.

Lizzie resta dans la pièce. Elle était pâle et semblait ahurie.

— Monsieur et madame Ryan, je n'étais pas au courant, souffla-t-elle d'une voix précipitée. Je vous prie d'accepter mes sincères excuses. J'apprécie Molly et je ne suis absolument pas d'accord avec tout ce que ma mère vient de dire.

— Merci, répondit Susanna.

— Va vite aider ta mère, maintenant, dit Jonathan sur un ton bourru. Je viendrai vous voir chez vous.

— Oui, monsieur.

Elle quitta le salon.

— Je n'avais pas bien mesuré la rancœur d'Elisabeth, déplora Susanna.

— De quoi parles-tu ? demanda Logan.

— On peut avoir pitié d'elle, quand on sait ce que son mari lui a fait subir, il y a quelques années de ça, répondit son père. Charles McAllister la trompait avec une Indienne et Elisabeth a fini par l'apprendre. On dirait bien qu'elle rejette le blâme sur tous les Indiens, au lieu de regarder en face les problèmes de couple qu'elle avait avec Charles, du temps où on les connaissait.

— Ce n'est pas une raison pour s'en prendre à Molly ! fulmina Matt.

— Non, mais mettons ça de côté pour le moment, dit Jonathan. Il faut surtout qu'on la retrouve. Ensuite, tu viendras me voir, Matthew, pour m'expliquer quelles sont tes intentions. Et crois-moi, elles ont intérêt à être nobles !

Matt regarda son père fixement.

— Oui, monsieur.

— Comment va Davis ? demanda sa mère.

— Il survivra, répondit son père.

— Avez-vous trouvé qui a fait ça ? demanda Nathan.

— Un type appelé George Sawyer, répondit Logan. Il bossait pour Walker. On a essayé de mettre la main dessus, mais on a perdu sa trace à peu près à cinquante kilomètres au nord d'ici.

— Sawyer ? répéta Susanna d'une petite voix. Le même Sawyer qui travaillait au ranch des Hart, il y a longtemps ?

— Ouais, répondit Matt. Tu te souviens de lui ?

— Non, mais je me souviens d'un incident que Rosemary m'avait rapporté, à propos de lui et de Molly. Elle n'était qu'une enfant.

Elle se tut un instant, puis reprit.

— C'était vraiment horrible. Il avait essayé de… la prendre de force.

— Quoi ?! lâcha Matt, horrifié.

— Molly avait fini par le dire à son père, qui l'avait bien sûr aussitôt renvoyé. Je croyais que l'histoire s'était arrêtée là.

Matt jura dans sa barbe. En ce qui le concernait, l'histoire n'allait sûrement pas s'arrêter là !

— Logan, pars avec Matt à la recherche de Molly ! ordonna Jonathan. Elle n'a pas pu aller bien loin.

— Je viens aussi, proposa Nathan.

— Dépêchez-vous, les gars !

Jonathan hésita, puis posa les mains sur les épaules de Matt.

— J'ai toujours été fier de toi et j'ai confiance en ton jugement ; mais, quand tu l'auras retrouvée, garde tes mains dans tes poches ! Tu m'entends ?

— On va les chaperonner, monsieur Ryan, intervint Nathan, tout en emboîtant le pas à Logan, parti préparer leurs affaires et leurs chevaux.

— Je ne sais pas ce que vaut ce camarade Blackmore, comme

chaperon ; alors je compte sur toi pour bien te conduire, dit son père en attrapant son chapeau.

Puis il quitta la pièce. La porte à moustiquaire claqua derrière lui.

Matt regarda sa mère.

— Tu l'aimes ? lui demanda-t-elle.

Il ne s'était pas vraiment posé la question en ces termes, mais la réponse vint toute seule.

— Oui.

Alors, tout pris sens. La justesse de cette réponse était une telle évidence que Matt se demanda pourquoi il avait si longtemps lutté contre. L'avenir n'avait de sens que si Molly en faisait partie. Pendant toutes ces années, elle avait été la pièce manquante. Pendant toutes ces années, une part de lui l'avait attendue. La vie lui donnait une seconde chance et, cette fois-ci, il était bien décidé à ne pas échouer.

— Dans ce cas, dis-le-lui, répondit sa mère.

MATT, Logan et Nathan suivirent Molly à la trace jusqu'aux ruines du ranch des Hart. Ce ne fut pas difficile. L'empreinte des foulées typiques de Pecos était simple à repérer sur le sol et il n'avait heureusement pas plu dans la nuit. À première vue, pourtant, les lieux étaient déserts.

Nathan revint des écuries.

— Quelqu'un est passé par-là, c'est sûr. Il y a du crottin frais.

Logan ressortit de la maison, une bouteille vide de whisky à la main et une sombre expression sur le visage qui ne dit rien de bon à Matt. Quelqu'un d'autre s'était trouvé ici avec Molly.

— Il faut que vous veniez voir quelque chose, dit Logan en faisant signe aux deux autres de le suivre dans la maison.

Il les précéda jusqu'à la chambre principale, celle qu'avaient partagée Matt et Molly quelques semaines plus tôt. Au souvenir de cette nuit-là, Matt eut mal au ventre. Il ne pouvait pas la perdre à présent, pas après l'avoir retrouvée. Pas après l'avoir retrouvée *ici*. L'opportunité que leurs chemins se croisent au milieu de nulle part avait été une telle coïncidence !

Il avait été attiré jusqu'ici ; jusqu'à *elle*. Il n'y avait pas d'explication rationnelle, parce que son amour pour elle n'avait rien à voir avec la logique ou la raison.

Logan pointa du doigt un pilier, près de la cheminée. Une corde était enroulée autour, dont les extrémités étaient déchiquetées, comme si elle avait été rapidement coupée.

— Quelqu'un l'a attachée, dit Nathan d'un ton morne.

— Qui pourrait la retenir en otage ?! demanda Logan.

Matt retourna la question dans tous les sens, sachant bien qu'il avait déjà la réponse.

— On a perdu la trace de Sawyer près d'ici.

— Tu crois que c'est lui qui a enlevé Molly ? demanda Logan, incrédule, en secouant la tête. Pourquoi se compliquerait-il la fuite en l'emmenant avec lui ? Il irait bien plus vite tout seul !

— Il cherche peut-être à se venger d'elle, répondit Matt en refoulant un accès de panique.

Pourtant, s'il voulait la retrouver, il devait garder l'esprit clair.

— Tu parles de ce qu'il lui a fait quand elle était petite ? demanda Logan, considérant cette éventualité. Comment pourrait-il savoir que c'est elle ?

— Je ne sais pas. Peut-être l'a-t-il seulement gardée comme monnaie d'échange, au cas où il se ferait rattraper pour le meurtre de Walker.

— Pourquoi a-t-il tiré sur Walker ? demanda Nathan.

— Personne n'a su le dire, répondit Logan. Davis n'avait pas encore repris connaissance, quand on était là-bas, alors il n'a pas pu nous éclairer ; mais le connaissant, c'est sûrement un marché qui a mal tourné.

— Logan, tu te souviens à quelle époque Robert Hart a

renvoyé Sawyer ? demanda Matt en se concentrant sur ses propres souvenirs.

— Pas vraiment, répondit son frère.

— Je dois avouer que je n'y ai pas prêté beaucoup d'attention non plus, quand c'est arrivé ; je me souviens juste que Hart avait paru un peu secoué, après, comme s'il s'était battu. Je sais qu'à sa place, j'aurais tabassé Sawyer à mort.

— Parfait mobile pour revenir plus tard avec une bande de gars, tuer l'homme qui l'a passé à tabac et enlever la fille qui l'a dénoncé.

Les paroles de Nathan restèrent lourdement en suspens dans la pièce.

Tout devint clair. Du fond de ses tripes, Matt fut convaincu que Sawyer savait parfaitement qui était Molly. Il devait la retrouver !

— Allons-y !

En un éclair, les trois hommes furent à nouveau à cheval.

CHAPITRE VINGT-HUIT

Molly avait envie de vomir. Sawyer l'avait chargée sur Pecos à plat ventre, attachée à la selle des deux côtés, les mains liées dans le dos et les chevilles sanglées l'une contre l'autre. Elle avait enduré ça toute la journée. Juste avant la tombée de la nuit, il s'arrêta enfin et la fit glisser au sol. Elle tomba tout de suite à genoux. Elle fit un gros effort pour maintenir son équilibre jusqu'à ce que la terre cesse de tourner autour d'elle.

Sawyer rit.

— Tu te sens mal ?

Il l'éloigna des chevaux en la bousculant, la tenant par le dos de sa chemise. Elle trébucha et tomba la tête la première.

Elle essaya désespérément de rassembler ses esprits. Si elle ne s'échappait pas, elle était quasiment sûre que Sawyer la tuerait, mais pas avant de s'être amusé avec elle, comme il l'avait décrit toute la journée dans un langage grossier.

De la bile lui remonta dans la gorge. Elle pensa à Matt et des larmes lui brûlèrent les yeux. Elle avait du mal à envisager que sa vie puisse finir comme ça, après qu'elle fut bêtement partie sans même lui dire au revoir. Il aurait mérité des adieux, au moins ; et elle aurait dû dire merci à Susanna et Jonathan pour tout ce qu'ils avaient fait pour elle. Hélas, elle s'était enfuie et maintenant, l'occasion de le faire ne se représenterait peut-être jamais.

Sawyer entrava les chevaux, puis prépara un feu. Molly le regarda faire, couchée sur le sol. Elle se dit qu'il n'était vraiment pas malin – la fumée serait facilement repérable par une équipe de recherche. Cependant, un tel espoir était bien mince, s'il existait seulement. Personne ne savait où elle était partie – si quelqu'un s'était rendu compte qu'elle était partie ! Elle regretta de ne pas avoir laissé un mot.

Non, elle ne pouvait pas compter sur un sauvetage, même avec les signaux de fumée de Sawyer. Il faudrait qu'elle s'échappe toute seule.

Sawyer finit par s'approcher d'elle et la repoussa en position assise, attrapant ses seins brutalement dans la manœuvre.

— Ne me touche pas ! hurla-t-elle en se débattant pour lui échapper.

Il la regarda fixement pendant un instant ; une expression vide passa sur son visage. Il s'éloigna ensuite d'une démarche bizarre, la laissant tranquille.

Molly observa la clairière dans laquelle ils avaient fait halte pour la nuit. On entendait une rivière couler au loin. Elle scruta les environs à nouveau, remarquant le bosquet de grands peupliers sur sa droite et une colline à sa gauche dont la pente s'accentuait graduellement jusqu'au sommet. Elle connaissait cet endroit, avec cette disposition particulière de la végétation et surtout cette colline.

En avait-elle rêvé ? Elle inspira profondément, essayant de se souvenir pourquoi ce lieu lui semblait si familier. *Les Kwahadis*. Ils avaient monté le campement ici, pendant un été. Les tipis avaient été installés plus près de la rivière, mais elle se rappelait avoir souvent exploré cette zone avec ses sœurs comanches.

Il y avait une grotte, sur la colline. Celle-là même où Running Water avait failli se faire attaquer par le crotale et où Molly s'était fait mordre à sa place. Elle se demanda si elle serait capable de la retrouver. Tout ce qu'il lui fallait, c'était une chance de s'échapper.

— Peux-tu me détacher les pieds ? demanda-t-elle d'une voix rauque. Je ne les sens plus.

— Dommage !

Sawyer fouillait dans ses sacoches de selle, probablement à la recherche de quelque chose à manger.

— Il faut que j'aille me soulager, dit Molly.

Il lui jeta un coup d'œil. La vue de ses cheveux gras et de son visage sale lui donna la nausée. Elle pouvait à peine supporter de soutenir son regard.

— T'as qu'à te chier dessus ! tonna-t-il en gesticulant et en la regardant méchamment. Je m'en fous !

— Pourquoi est-ce que tu t'encombres de moi ?

Elle essaya de déglutir, malgré la sécheresse de sa bouche.

La nuit précédente, Sawyer lui avait à peine parlé. Il s'était débrouillé pour l'attacher à un poteau dans la maison avant de tomber comme une masse, sûrement complètement cuit, à en croire la bouteille vide de whisky gisant au sol. Molly avait passé plusieurs heures à tenter de se libérer, en vain. Malgré l'ivresse, il était parvenu à lier ses mains et ses pieds de façon bien trop serrée.

— Quand j'y repense, t'es vraiment à l'origine de ma poisse. La chance ne m'a jamais plus souri, avant que je te trouve, hier. Toi et ta foutue fronde !

Molly le regarda, attendant de voir où il voulait en venir.

— T'as raconté tellement de sales mensonges sur moi à ton père ! poursuivit-il. Il ne s'est pas contenté de me renvoyer… il m'a salement fouetté, avant ! Je ne méritais pas ça. Tout est de ta faute, tu sais. Tu as mérité ma vengeance. J'ai cru en avoir fini avec toi, le jour où Cale a rapporté ce corps magnifiquement brûlé.

À ces mots, elle tressaillit.

— J'avais fait d'une pierre deux coups, en m'occupant de toi et de ton père dans la même nuit ! ajouta-t-il.

— Qu'est-ce que tu as dit ?

Molly eut la chair de poule sur tout le corps.

— Je t'avais prévenue que t'allais le regretter !

Tandis que la vérité apparaissait à Molly, son cœur se brisa une nouvelle fois.

— C'est toi qui as attaqué le ranch, cette nuit-là, murmura-t-elle. C'est toi qui as tué mes parents.

— J'ai tué un peu plus de gens que prévu. Que veux-tu, on ne peut pas tout maîtriser ! Je t'avais réservé un sort plutôt amusant, mais ces fichus Indiens t'ont enlevée. J'ai dû m'occuper moi-même des corps qu'ils ont laissés derrière eux – pas une mince affaire, celle-là ! Tu as dû plaire aux Comanches, pour qu'ils te laissent la vie sauve. Mais te revoilà ; et tu me tombes dans les bras ! Ce doit être le destin.

Sawyer sourit, découvrant ses dents cerclées de noir. Révoltée et dévastée par ce qu'il venait de lui dire, elle détourna les yeux.

Davis Walker n'avait donc pas envoyé un groupe d'hommes pour assassiner ses parents. George Sawyer était derrière tout ça – parce qu'elle avait menti à Robert Hart en disant qu'il l'avait prise de force.

Molly ne regrettait pas ce mensonge parce qu'il avait protégé Emma, mais quelque part, tous les événements qui en avaient découlé étaient de sa faute. Si elle avait trouvé un autre moyen de s'occuper de Sawyer à l'époque, Robert et Rosemary Hart seraient peut-être encore en vie.

Cette prise de conscience l'anéantit. Tremblante, elle essaya de ne pas le montrer à l'homme assis en face d'elle. Pas un homme, non ; une bête.

Vaincue, elle laissa tomber sa tête en avant. Sawyer avait peut-être raison. Le destin l'avait ramenée jusqu'à lui.

MATT CHEVAUCHA jusqu'à la tombée de la nuit, Logan et Nathan sur ses talons. Il voulait avancer autant que possible, avant que l'obscurité ne l'empêche de suivre la piste de Sawyer et de Molly. Sawyer ne devait pas se croire suivi, car il était impossible de ne pas voir les traces de son passage. Même lorsqu'il traversait des cours d'eau, il ne descendait pas bien bas dans le courant, avant de ressortir sur la terre ferme, sur l'autre rive. Matt avait espéré les rattraper avant la tombée de la nuit.

Malheureusement, l'obscurité totale les encerclait à présent, les obligeant à faire halte. Ils ne pouvaient pas prendre le risque de trop s'éloigner des traces qu'ils suivaient. À contrecœur, il arrêta son cheval et jura, priant pour que Molly passe la nuit saine et sauve.

Logan et Nathan installèrent le camp en silence. Ils s'occupèrent d'abord des chevaux, puis proposèrent à Matt des biscuits et du bœuf séché, sachant qu'ils n'allaient pas faire de feu. La routine leur était familière.

Souvent, lorsqu'ils traquaient un ou plusieurs hommes, Matt et les autres Rangers s'arrêtaient manger un morceau une heure ou deux avant la tombée de la nuit. Ils se remettaient ensuite en route en espérant voir la fumée d'un feu dénoncer un campement, avant d'installer le leur. Mais s'arrêter aujourd'hui plus tôt dans la soirée leur aurait fait perdre un temps précieux et Matt avait refusé de suivre cette méthode.

Malgré son manque d'appétit, il s'obligea à boire et à manger. Il ne serait d'aucune aide à Molly, affaibli et déshydraté. Il avait conscience d'avoir besoin de dormir aussi, mais ses nerfs l'en empêchaient. Il enrageait de se sentir si impuissant.

— Tu devrais essayer de te reposer, Matt, lui dit Nathan en déroulant un sac de couchage sur une zone herbeuse. Je vais prendre le premier quart.

— Non, je prends le premier, répondit Matt. Je n'arriverai pas à dormir, de toute façon.

— Alors, je prendrai le deuxième, décida Nathan. Tu feras le dernier, Logan !

Logan hocha la tête. Il était déjà allongé. Il posa son chapeau sur son visage et s'endormit rapidement.

Matt s'éloigna des deux hommes assoupis et s'assit sur un rondin de bois qui devait se trouver là depuis bien longtemps, car une épaisse couche de mousse le recouvrait. Les bruits de la nuit résonnaient dans l'air froid et les étoilent brillaient dans un ciel sans nuages.

Matt se demandait où était Molly, si elle avait peur, si elle avait faim, si elle était blessée. Il retira son chapeau et se gratta la tête. Il était frustré, en colère et terrifié comme il ne l'avait jamais été. S'il arrivait malheur à Molly, il n'était pas sûr de pouvoir s'en remettre.

Ne rien faire était une torture. Qui savait ce que Sawyer lui avait infligé, et ce qu'il allait lui faire cette nuit ? Matt eut la sombre certitude qu'il tuerait cet homme, il n'en doutait pas une seconde. Il espérait seulement pouvoir le faire à temps pour sauver Molly. Il refusait d'envisager d'enterrer une seconde fois la fille qui lui était devenue aussi vitale que l'air qu'il respirait.

<hr />

Sawyer ne donna à Molly ni eau ni nourriture. Au bout d'un moment, il vint vérifier les cordes autour de ses chevilles et de ses poignets. Après quoi, il entreprit de se défouler sur elle. Elle avait beau s'y attendre, elle n'y était pas mieux préparée.

Il lui donna des coups de pied et des gifles à répétition, la battant à un point qui dépassait l'entendement. Torres lui avait déjà fait subir ça. Elle y avait survécu ; elle y survivrait une fois de plus. Elle se demanda s'il allait la prendre de force ; pour ça, il faudrait qu'il lui détache les jambes… Pour la première fois, elle ressentit un peu d'espoir. Ce serait peut-être sa seule chance de se défendre et de s'enfuir.

Un liquide chaud se mit à couler sur son visage. Son nez saignait. Chacune de ses respirations lui faisait mal. Elle ferma les yeux, attendant qu'il continue à la rouer de coups, mais il cessa et retourna de l'autre côté du feu.

Elle était allongée au sol et le sang formait une flaque sous son nez. Elle regarda Sawyer s'approcher, s'éloigner, s'approcher à nouveau pour s'éloigner encore, son visage contorsionné se tournant vers elle par intermittence. Au bout d'un moment, il s'allongea sur un bout de tissu nauséabond qui avait dû un jour être un sac de couchage. Après quelques longues minutes, il se mit à ronfler.

S'asseoir lui aurait demandé trop d'effort, alors Molly resta là où elle était et regarda le feu crépiter, respirant par petites bouffées douloureuses. Au moins, la chaleur des flammes la préservait du froid. Les ronflements de Sawyer s'amplifièrent. Elle se demanda pourquoi il ne l'avait pas agressée sexuellement. Il avait déblatéré à ce sujet toute la journée !

Pourtant, quand il lui avait empoigné les seins, tout à l'heure, le contact avait semblé le dégoûter. Bien que soulagée par son renoncement, elle se demandait pourquoi il n'était pas allé plus loin.

Puis elle comprit. Il ne supportait pas de toucher des femmes parce qu'il ne voulait que des enfants. Écœurée, Molly se dit qu'Emma n'avait sûrement pas été la première ni la dernière petite fille à qui il s'en était pris.

Fixant toujours le feu, elle tentait d'imaginer un moyen de se détacher. Elle avait un couteau dans sa botte droite, mais il lui était impossible de l'atteindre, les cordes étant trop serrées. Elle n'avait pas vu Sawyer en porter un sur lui ; et puis, même si elle parvenait à se traîner jusqu'à sa hauteur pour le fouiller à la recherche d'un outil tranchant, la maladresse de ses membres liés ne manquerait pas de le réveiller.

Le feu continuait de lécher les restes de bois et les flammes dansaient d'avant en arrière, l'hypnotisant.

Mais oui…

Elle pouvait brûler les cordes !

Se déplaçant aussi vite que possible, elle s'efforça de se rapprocher du feu. La douleur de ses côtes était insoutenable et elle se retint difficilement de hurler, épiant le moindre signe de réveil de Sawyer.

Elle devait brûler en priorité les cordes qui reliaient ses pieds, pour pouvoir se lever. Respirant péniblement et tremblant sous l'effort et la douleur, elle balança ses jambes au-dessus du feu, toujours allongée sur le dos. Immédiatement, l'air se chargea d'une odeur de cuir, de tissu et de corde roussis. Elle serra les dents en espérant ne pas réveiller Sawyer.

Ses pieds chauffèrent à travers ses bottes ; par chance, le cuir empêcha sa peau de brûler. Complètement affaiblie, elle laissa tomber deux fois ses jambes dans le feu. Le bas de son pantalon s'enflamma. Elle roula sur le côté pour l'éteindre dans la terre, mais ne fut pas assez rapide. L'arrière de ses jambes se mit à piquer.

Pendant ce qui lui sembla une éternité, elle alterna entre soutenir ses pieds au-dessus des flammes et les faire rouler sur le sol pour éteindre son pantalon qui prenait feu.

Son visage était couvert de sueur et de larmes. Elle se mordait la lèvre inférieure pour se retenir de crier. Enfin, les cordes commencèrent à donner du mou. Molly tordit ses pieds l'un contre l'autre pour défaire les liens. Un morceau se détacha et après quelques mouvements de chevilles supplémentaires, ses jambes furent enfin libérées.

L'épuisement menaça d'anéantir Molly, mais il n'était pas question d'y céder. Se levant péniblement, les mains toujours attachées dans le dos, elle partit en titubant dans la nuit, à la recherche de la grotte.

CHAPITRE VINGT-NEUF

M att avait senti une odeur de fumée, il en était certain, à présent – une fumée qui ne provenait pas seulement d'un feu de bois. Quelque chose d'autre brûlait.

Se déplaçant rapidement, il alla réveiller Logan et Nathan. D'un mouvement de tête, il leur fit signe de le suivre. Les deux hommes chassèrent vite les vapeurs du sommeil, rassemblèrent leurs affaires, détachèrent les chevaux et suivirent Matt à la trace dans l'obscurité.

Ils marchèrent à côté de leurs montures pour les guider jusqu'à un grand peuplier auquel ils les attachèrent. Chacun d'eux s'empara à la hâte de munitions supplémentaires dans leurs sacoches de selle. Matt et Nathan vérifièrent les barillets de leurs revolvers à six coups. Logan sangla un autre pistolet à sa taille et pour finir, les trois hommes sortirent leurs fusils Sharp de leurs fourreaux. Ils laissèrent leurs chapeaux près des chevaux.

À présent, l'odeur de fumée était plus forte. Ils se dispersèrent pour encercler le campement.

Avançant dans une zone boisée, Matt ne ralentit qu'en apercevant le rougeoiement d'un feu. Il se cacha derrière un arbre, puis rampa à plat ventre jusqu'à avoir une bonne vision du camp.

Quelques flammes vacillaient encore dans le noir, mais il n'y avait personne en vue. On ne voyait au sol qu'un vieux sac de couchage usé.

Matt se releva, restant à couvert derrière un gros arbre. Il aperçut Nathan à sa droite et en suivant le regard de son ami, il vit deux chevaux paître un peu plus loin du feu. Malgré la nuit noire, il reconnut Pecos.

Où peuvent bien être Sawyer et Molly, nom de Dieu ?!

Sur sa gauche, Logan lui fit un signe de la main. La voie était libre. Matt sortit à découvert et s'approcha du feu.

Il se figea.

Impossible de ne pas remarquer le sang sur le sol !

Il fut pris d'une peur panique, mais la fit taire pour ne garder en lui qu'une rage destructrice.

Molly, ne me quitte pas ! Dis-moi où tu es !

Il fit signe à Logan et Nathan de se disperser pour les recherches. Sawyer et Molly ne pouvaient pas être bien loin.

MOLLY COURUT SUR LA COLLINE, chancelant lorsque la pente devint abrupte. Un sanglot s'échappa des profondeurs de sa poitrine. Elle devait faire moins de bruit, mais la douleur et la terreur cognaient dans ses oreilles et elle ne savait plus différencier les sons réels de ceux qui étaient peut-être le fruit de son imagination. La pente devint plus raide encore. Il lui était extrêmement pénible de grimper avec les mains attachées dans le dos. Pendant son ascension, le terrain familier ramenait à sa mémoire des souvenirs du passé.

— *Cactus Bird ! cria Running Water. Attends-moi !*

Molly se retourna et regarda en souriant sa petite sœur comanche lui courir après. Running Water se déplaçait très vite, d'où son nom. Elle grimpait à une vitesse folle.

— *Sits on Ground arrive, couina la petite fille. Cachons-nous !*

Molly gloussa ; elle attendit que Running Water la rejoigne, puis elles se mirent toutes deux à gravir la colline à la recherche d'une bonne planque. Ce ne fut qu'une fois devant la grotte qu'elles remarquèrent son existence.

— Là-dedans ! s'exclama Running Water, précédant Molly en courant à l'intérieur du lieu sombre.

Le cri perçant et soudain de la petite fille fit à Molly l'effet d'un électrochoc. Elle se précipita dans la grotte et s'arrêta net. Elle entendit le bruit du serpent à sonnette avant même de le voir. Ses yeux s'adaptèrent à la pénombre et elle distingua un très grand crotale enroulé sur lui-même, la tête dressée, à seulement une longueur de bras d'elles, prêt à frapper à tout moment.

Molly agrippa Running Water par les épaules pour la maintenir en place.

— Ne bouge pas, chuchota-t-elle, son cœur battant à tout rompre.

Sa sœur indienne tremblait. Molly n'avait pas beaucoup de temps. Lentement, elle commença à reculer en entraînant Running Water avec elle.

— Doucement, murmura-t-elle.

Le regard rivé sur la grosse tête du serpent, elle observait sa langue qu'il sortait et rentrait d'un mouvement rapide. Elles étaient presque sur le seuil de la grotte. Il ne restait plus qu'un pas à faire.

Molly vit alors les anneaux du serpent se resserrer et sut qu'il allait frapper. Elle eut tout juste le temps de se retourner pour pousser Running Water en dehors de la grotte, mais pas assez pour échapper elle-même au crotale. Il mordit le talon de son pied droit.

Les fillettes coururent sans s'arrêter jusqu'à atteindre le campement des Kwahadis. Alors seulement, elle prit conscience de ne plus sentir sa jambe. Elle réalisa pourquoi et tomba au sol, évanouie.

Molly s'arrêta devant l'entrée de la grotte. Elle respirait bruyamment, repensant au serpent. Elle avait été très malade, après la morsure, et les anciens avaient craint qu'elle ne perde sa jambe.

Fermant les yeux, elle rassembla son courage. Elle ne pouvait pas entrer dans la grotte avec les mains attachées dans le dos ; elle serait bien trop vulnérable. À tous les coups, ce fichu serpent se trouvait toujours à l'intérieur. Il devait même être encore plus gros et menaçant que quelques années plus tôt.

Molly s'efforça de faire passer ses fesses entre ses bras. Criant de douleur et de frustration, les dents serrées, elle tira de toutes ses forces ses bras vers le bas. Ils semblèrent sortir des articulations de ses épaules. Haletant et transpirant, elle tomba en arrière, parvenant enfin à faire passer ses jambes dans l'ouverture entre ses poignets liés. Elle fouilla dans ses bottes en tremblant, à la recherche de son couteau. Elle voulut le positionner entre ses mains, mais sa vue était brouillée par les larmes et elle le fit tomber deux fois. Finalement, elle coinça la lame entre ses bottes et, pendant plusieurs longues minutes, elle frotta la corde contre la lame acérée.

Lorsqu'elle fut suffisamment effilochée, Molly dégagea ses poignets de leurs liens.

Elle était libre !

Elle les massa, endurant le poids de ses bras douloureux. Elle ne sentait plus ses doigts. Ses côtes palpitaient et son visage brûlait. Quand elle se leva, une douleur brutale fusa dans ses pieds et ses mollets. Elle ramassa prudemment le couteau et tituba vers la grotte.

Une masse sombre fondit alors sur elle et la plaqua au sol. Sonnée, elle s'efforça de retrouver sa respiration. En vain !

— Où crois-tu t'en aller comme ça ?! grinça Sawyer.

Il la retourna sur le dos et s'assit à califourchon sur elle, tandis qu'elle peinait à remplir ses poumons. Tout à coup, la douleur dépassa ce qu'elle pouvait supporter. Elle se mit à hurler, libérant toute la fureur et l'impuissance qu'elle avait ressenties depuis qu'elle l'avait rencontré – et depuis ces dix dernières années. Sawyer la tuerait peut-être, mais pas sans qu'elle se batte jusqu'au bout.

Mue par un élan d'énergie et une colère folle, Molly leva le couteau au-dessus de sa tête et abattit ses deux mains pour le planter en plein milieu de la poitrine de Sawyer.

Ils restèrent figés dans un silence tinté de stupéfaction. Le temps ralentit jusqu'à isoler le flux et le reflux de la vie, un battement de cœur après l'autre. Puis une immobilité totale marqua la fin de George Sawyer.

Qu'ai-je fait ?

Il s'affala sur elle. Elle tenta de se débarrasser de lui en gémissant, comme si elle subissait une attaque de fourmis rouges. Pris de soubresauts, son corps tenta d'évacuer le contenu de son estomac, mais il était vide.

Elle plaqua ses mains sous les épaules du mort en pleurant et repoussa le poids de son corps. Impossible de s'en défaire ! Elle n'avait plus assez de force pour lutter contre lui, même décédé. Elle ferma les yeux. Sa tête se mit à tourner de façon chaotique, l'éloignant peu à peu de sa misère pour l'emmener ailleurs. Des voix surgies du passé l'accueillirent et, pleine de gratitude, elle alla à leur rencontre.

ENTENDANT UN CRI DE FEMME, Matt se précipita vers le haut de la colline. Lorsqu'il vit Molly, étendue au sol, il se hâta de la dégager du corps de Sawyer. Logan et Nathan arrivèrent. Matt n'eut qu'à moitié conscience de ses amis qui tiraient le corps de Sawyer encore plus loin.

La vie entière de Matt se concentra en ce seul instant. Il sut que plus rien ne serait jamais pareil, après ça ; qu'*il* ne serait plus jamais le même. Il avait peur de toucher le corps sans vie de Molly. D'un côté, il ne se sentait pas capable de vérifier si elle était bel et bien morte… mais le besoin de le savoir l'emporta.

Il tomba à genoux et tendit une main vers elle. Sa peau était chaude. Dieu merci ! Il aspira une bouffée d'air étranglée.

— Molly, murmura-t-il d'une voix enrouée et inégale. Ouvre les yeux ! Je suis là. Tu es en sécurité, maintenant.

Aucune réponse. Il posa doucement une main sur son ventre et sentit un souffle faible et superficiel. Elle était en vie !

Ouvre les yeux…

Le martèlement saccadé de sabots à l'approche retentit dans le silence.

— Un cavalier, constata Nathan d'une voix neutre. J'y vais.

Il fila dans l'obscurité.

Matt s'en rendit à peine compte.

Peu après, un mouvement fugace réveilla néanmoins d'un seul coup ses réflexes affûtés de combattant. Il jeta rapidement un regard à Logan, qui réagit en armant immédiatement son fusil.

— Ça va, dit Nathan en réapparaissant. C'est Cale.

— Comment nous as-tu trouvés ? demanda Logan.

— Longue histoire, répondit Cale. Que s'est-il passé ?

Il s'arrêta net en voyant Molly.

— Apparemment, Sawyer l'a salement battue, répondit Nathan d'une voix blanche. On vient de la retrouver.

Matt fut repris de panique et, à l'agonie, il envisagea ce que serait son avenir sans elle. Il ne pouvait concevoir de revivre sa perte. Il avait enduré une telle dose de misère et de destruction, ces dix dernières années, dont un emprisonnement dévastateur qui avait failli avoir raison de lui ; mais la folie qui menaçait son esprit l'emporterait à coup sûr, si Molly lui échappait encore.

Un muscle se contracta dans la mâchoire de Cale.

— Sawyer ?

— Mort, répondit Logan à voix basse. Molly l'a poignardé en plein cœur.

Cale jura dans sa barbe.

— Laisse-moi l'examiner un peu, Ryan.

S'agenouillant à côté de Molly, il palpa son visage.

— Doucement ! lui lança Matt.

— Il me faut de la lumière, dit Cale.

Logan et Nathan s'éloignèrent pour revenir rapidement avec deux torches fabriquées à la hâte. Dans la lueur vacillante des flammes, Cale inspecta Molly.

Matt remarqua les nombreuses plaies et contusions sur son

visage ; sa lèvre inférieure était gonflée, couverte de terre et de sang. Cale souleva le bas de sa chemise et examina son ventre.

— Il a dû la rouer de coups, déduisit-il, les dents serrées.

Il appliqua une légère pression sur sa cage thoracique, ce qui la fit gémir et remuer légèrement.

Matt eut un élan d'espoir.

— Elle a sûrement des côtes cassées, déclara Cale.

Il se déplaça vers ses pieds.

— Aide-moi à retirer ses bottes.

Matt soutint les jambes de Molly l'une après l'autre pendant que Cale ôtait les bottes. Découvrant les brûlures sur ses mollets, Cale secoua la tête.

— Elle a été brûlée. Je ne pense pas qu'on puisse la transporter cette nuit, ou alors seulement en bas de cette colline. Je dois laver ces plaies.

Matt jeta un coup d'œil à Cale et vit sa sombre expression dans la lueur orangée des torches, similaire à celle qu'il avait eue en rapportant le corps brûlé d'une enfant que tout le monde avait prise pour Molly. Rempli de colère, Matt refusait que le terrible sort qui menaçait la fille qu'il avait jadis adorée et la femme dont il ne pouvait plus se passer à présent se répète.

— Maudit sois-tu ! lâcha-t-il, les dents serrées. Elle *va* s'en sortir !

Cale tourna vers lui son visage ombrageux et le fixa de son regard de pierre qui ne laissait rien transparaître. Il hocha la tête en silence, puis dit :

— Nous, les Walker, on est des durs.

Il savait donc que Molly était sa sœur, et il l'avait accepté, ça se lisait sur son visage. Matt eut l'intime conviction que Cale protégerait l'une des siens.

CHAPITRE TRENTE

Matt aida Cale à transporter Molly jusqu'à une zone herbeuse, non loin du feu qu'avait fait Sawyer. Ils mirent en commun toutes les couvertures et les sacs de couchage qu'ils avaient pour lui faire un lit aussi confortable que possible. Nathan et Logan s'occupèrent du corps de Sawyer. Ils l'emmaillotèrent et le mirent de côté, comptant l'emporter plus tard à Fort Richardson. Ils se chargèrent aussi des besoins en eau et en nourriture.

Cale nettoya les pieds, les jambes et le visage de Molly ; il traita ses plaies avec une infusion à base d'échinacée séchée pour éviter toute infection. Il enveloppa ses mollets dans des morceaux de tissu arrachés aux chemises des hommes présents et Matt banda sa cage thoracique.

Pendant qu'une autre fournée d'échinacée infusait, Cale sortit de sa sacoche de selle un petit sac en daim et saupoudra une poudre jaune sur le corps de Molly.

— *Ha-dntin*, leur dit-il. Un pollen sacré, pour les Apaches.

Il dessina une croix jaune sur la tête de Molly, sur son buste, ses bras et ses jambes. Matt observait Cale, dont le rituel électrifiait l'atmosphère. L'air se chargea des énergies de la vie et de la mort, ce que Matt avait expérimenté un nombre incalculable de fois, mais jamais de cette façon. C'était comme s'ils se tenaient tous les quatre sur le seuil entre la terre des vivants et le royaume des morts, attendant que Molly choisisse l'un ou l'autre. Matt jeta un coup d'œil à Logan et Nathan ; leur expression était sombre et ils semblaient envoûtés par la scène. Ils n'étaient donc pas plus étrangers que lui au caractère sacré de ce moment.

Ils veillèrent Molly toute la nuit. Cale raviva sans cesse le feu.

— La transpiration purifie le corps, dit-il.

— Je n'aurais jamais imaginé que tu étais guérisseur, s'étonna Nathan, assis de l'autre côté du feu, sans élever la voix.

Cale s'adossa au tronc d'un arbre proche en se frottant les yeux.

— C'est un de mes secrets les mieux gardés. Si le bruit courait que je suis un *di-yin*, ça pourrait détruire ma réputation de chasseur de primes !

Nathan rit, bien qu'ayant un air hagard et fatigué.

— Ouais, je suppose !

— Comment nous as-tu trouvés ? demanda Logan en s'étendant sur le sol, quelques mètres plus loin.

— Quand mon père est revenu à lui, on a longuement parlé.

Cale se tut, puis reprit :

— Apparemment, il y a une longue histoire entre lui et Sawyer, qui remonte à l'époque où Sawyer est venu le trouver, après que Robert Hart l'a fait déguerpir de son ranch. Sawyer l'aurait bassiné à propos de Hart, accusant ce dernier de voler du bétail et de changer les marquages. En fait, c'était Sawyer qui volait à la fois mon père et la famille de Molly. Il a probablement pris des bœufs aux Ryan aussi.

— Il est responsable de l'attaque du ranch des Hart, pas vrai ? demanda Nathan.

— C'est ce qui a déclenché la dispute entre mon père et Sawyer, l'autre soir, répondit Cale. P'pa a fini par comprendre ce qu'avait fait Sawyer, qu'il avait organisé l'attaque – et il a laissé échapper que Molly était en vie. Apparemment, ça a mis Sawyer en colère. Il s'est enfui en tirant des coups de feu ; il a dû avoir peur que mon père le balance. Quand j'ai appris ça, j'ai décidé de traquer cette petite merde jusqu'à ce que mort s'ensuive. Je suis passé par le ranch S.R., voir si l'un d'entre vous était partant pour me prêter main-forte. Jonathan m'a dit que vous étiez tous partis à la recherche de Molly.

Cale fixa le feu pendant un moment.

— Ce que je ne comprends pas, c'est pourquoi Sawyer l'a enlevée.

— Il lui en voulait, je pense, dit Matt à voix basse, toujours assis près de Molly. Elle l'avait dénoncé.

— À quel sujet ? demanda Cale.

— D'après ma mère, Sawyer a été renvoyé du ranch des Hart après avoir essayé de prendre Molly de force.

Cale le dévisagea.

— Mais… elle n'était qu'une enfant !

— S'il n'était pas déjà mort, je te laisserais lui tirer une balle dans la tête, répondit Matt d'un ton glacial. Mais seulement après en avoir moi-même fini avec lui.

Cale remit du bois dans le feu, puis se rassit.

— Je doute qu'il soit resté grand-chose de lui, après que tu lui aurais réglé son compte.

Matt ne put démentir.

EN MILIEU DE MATINÉE, Molly devint fiévreuse. Elle s'agitait dans tous les sens, poussait des cris et parlait de façon incohérente. Matt trouva ça d'abord encourageant ; au moins, elle réagissait ! Toutefois, il fut vite refroidi par la sombre expression de Cale. Le frère de Molly prépara une infusion d'écorce de frêne épineux et les deux hommes tentèrent de lui en faire avaler autant que possible.

Nathan et Logan partirent explorer les environs, pendant que Matt veillait Molly. Cale lui conseilla de dormir, mais c'était impossible. Se sentant épuisé, Cale s'étendit au sol pour essayer de faire un somme. Un instant plus tard, le cri de Molly le tira violemment de sa torpeur.

— *Pasinugia !* hurla-t-elle.

Cale se rassit.

— Elle n'est pas réveillée, s'inquiéta Matt.

— *Niatz ! Uehquétzutzu !*

— Qu'est-ce qu'elle dit ? demanda Cale.

— Je ne sais pas trop, on dirait du comanche. Un truc à propos d'un serpent, je crois.

Cale vint lui toucher le front.

— Je vais refaire de l'infusion ; ensuite, il faudrait qu'on vérifie l'état de ses jambes. J'ai de l'huile de gland pour empêcher qu'elles s'assèchent.

Les deux hommes s'occupèrent de Molly toute la journée. Logan et Nathan revinrent au crépuscule avec deux lapins et trois dindons sauvages. La nourriture aida à raviver les esprits.

Assis avec les autres autour du feu, Matt se força à manger ; déglutir était une épreuve en soi. Rien n'avait plus d'importance à ses yeux, tant qu'il risquait de perdre Molly.

— J'ai faim…

Sa voix les fit tous sursauter.

Matt se précipita vers elle.

— Molly !

Il vit qu'elle le regardait dans les yeux et son cœur bondit dans sa poitrine.

Elle tenta de sourire, mais l'effort la fit grimacer.

— Je suis tellement contente que tu sois là…

Sa voix était rauque et éraillée.

— Essaye de ne pas bouger, dit doucement Matt. Cale pense que tu as des côtes cassées.

— Je veux bien le croire, murmura-t-elle. Ma poitrine me fait un putain de mal de chien !

— Déjà petite, tu disais bien trop de gros mots, la taquina Cale, qui s'était approché d'elle.

Molly leva les yeux vers lui.

— C'est toi qui me les as appris, avec Matt !

Elle aperçut Nathan et Logan, qui se tenaient à peine un peu plus loin.

— Qu'est-ce que vous faites tous ici ?

— On veille sur toi, répondit Matt. Cale t'a soignée.

Elle tenta à nouveau de sourire, mais n'y parvint qu'à moitié.

— Merci.

— C'est Matt que tu peux remercier, répondit Cale. Il ne t'a pas quittée d'une semelle, depuis qu'on t'a retrouvée.

Il se leva et fit signe à Logan et Nathan de le suivre. Ils disparurent vers le ruisseau pour laisser les amoureux tout seuls.

Matt fut envahi de gratitude et de soulagement à un point qu'il n'avait jamais atteint en vingt-huit ans d'existence. Voir Molly vivante, et ses yeux bleus qui pétillaient malgré la douleur et l'épuisement, l'enchanta et lui rappela la force et la profonde détermination dont elle avait fait preuve pendant son calvaire de ces dix dernières années. Il aurait dû savoir que son esprit ne serait pas si facilement tenté de fuir par la mort. Elle avait la joue droite couverte d'ecchymoses et la lèvre inférieure gonflée, mais il ne l'avait jamais trouvée aussi belle.

Elle allait survivre ! Un vent de douceur chassa les ténèbres des os de Matt, qui se sentait plus vivant que jamais.

Il sourit et repoussa une mèche de cheveux du visage de Molly.

— Tu m'as fait tellement peur ! lui dit-il, conscient d'avoir les larmes aux yeux.

— Comment m'avez-vous retrouvée ?

— On est à ta recherche depuis que tu es partie du ranch S.R. Pourquoi t'être enfuie ?

Molly détourna les yeux, puis essaya d'humecter ses lèvres sèches.

— Madame McAllister…

— Ne mérite pas une pensée de plus ! la coupa Matt. Quoi qu'elle ait dit, c'est faux. Mes parents souhaitent que je te ramène auprès d'eux. Ta place est parmi nous.

— Mais tu ne mérites pas que les gens parlent dans ton dos ; et ta famille… je ne pourrai jamais leur faire ça.

— Ce que les gens pensent m'est complètement égal – et il en va de même pour mes parents. Si ça peut te consoler un peu, mon père a viré le cul de ce méchant sac d'os d'Elisabeth McAllister de la maison !

Elle essaya de rire, puis gémit de douleur, avant de se mettre à pleurer.

Matt lui prit la main et se pencha vers elle.

— Mon cœur… tu es chez toi, au ranch S.R. Ta maison, c'est d'être auprès de *moi*.

Il se sentit tout à coup nerveux. Il lui apparut pour la première fois que Molly ne souhaitait peut-être pas rester avec lui et qu'elle ne voudrait pas forcément devenir sa femme. Elle lui avait ouvert son lit avec un naturel remarquable, mais pensait-elle que ça devait s'arrêter là ?

— Matt, arrête !

Toujours très faible, elle eut du mal à poser une main sur son torse.

— Avant que tu ne dises autre chose, tu dois savoir que je ne peux pas changer les dix dernières années de ma vie. J'ai passé la moitié de ma vie avec les Kwahadis et j'aurai toujours ça en moi. Je n'en ai pas honte, ce sont de bonnes personnes ; mais je serais dévastée de vous déshonorer, toi ou tes parents, à cause de ça.

— Alors, tu n'as pas à t'en faire. On ne te l'a jamais reproché et on ne te le reprochera jamais.

Il tapota sa main avec une extrême douceur.

— Mes intentions ont toujours été nobles envers toi. Je ne vaux peut-être pas la crème de la crème des maris, mais depuis la nuit qu'on a passée ensemble, j'ai compris que je ne pourrais jamais supporter que tu t'éloignes. Je ne pourrai pas te regarder choisir un autre homme avec qui t'installer. J'ai bien peur que tu sois coincée avec moi, un Ranger abîmé qui n'a même pas un toit à lui. Si tu m'y autorises, j'aimerais essayer de t'offrir une vie plus douce que celle que tu as connue jusqu'ici.

Elle sanglota de manière convulsive et Matt l'embrassa, essuyant tout doucement ses larmes avec ses pouces.

— Je t'aime, murmura-t-il en frottant son nez contre le sien ; et j'espère plus que tout au monde que c'est réciproque.

— Ben oui, évidemment ! dit-elle entre un autre sanglot et un hoquet.

Il déposa doucement ses lèvres sur les siennes et savoura le simple fait d'être avec elle. Pour la première fois, le trou béant que sa disparition avait laissé dans sa poitrine commençait à se refermer. Il s'émerveillait encore de l'avoir retrouvée. Il aurait si facilement pu ne jamais savoir qu'elle était vivante, ne jamais recroiser son chemin !

Mais elle était bel et bien revenue dans sa vie. Du plus profond de son cœur et de l'essence même de son âme, il se savait fait pour aimer Molly Hart. Elle était cette part manquante en lui-même, dont il n'avait pris conscience que lorsqu'elle était venue combler sa vie par sa présence et le toucher en plein cœur.

— Bon, je n'ai aucune expérience en matière de demande en mariage, mais c'est de ça qu'il s'agit... j'espère que tu l'as compris.

— T'inquiète, répondit-elle en souriant autant que sa lèvre abîmée le lui permettait, reniflant et s'essuyant le nez. Je suis loin d'être une femme du monde guindée ! J'espère que tu sais ce que tu fais en t'engageant avec moi.

— Je t'aime exactement comme tu es.

S'allongeant près d'elle, il se serra contre sa future épouse.

CHAPITRE TRENTE ET UN

Quand Cale, Logan et Nathan revinrent, la nuit était déjà bien avancée. Ils avaient attrapé un lapin pour Molly. Nathan le dépeça et le fit rôtir, et elle réussit à en manger un peu. Cale lui prépara une autre infusion.

Après la première gorgée, elle fit la grimace.

— Tu prépares ça à toutes les filles ? lui demanda-t-elle. C'est vraiment infect !

— Arrête de te plaindre, répondit Cale en s'asseyant de l'autre côté du feu. Et je ne la prépare que pour *certaines* filles.

Elle le regarda. Il lui souriait. Devant leur acceptation implicite et commune d'avoir le même père, elle lui retourna son sourire, les larmes aux yeux. Il y avait tellement de choses à digérer… et au sommet de cette liste, le supplice qu'elle venait de vivre avec Sawyer. Encore fragile, elle avait évité d'y repenser. La douleur constante de sa cage thoracique et la vive brûlure de ses jambes détournaient son attention et l'aidaient à ne pas s'attarder sur les détails.

Elle essuya ses yeux d'un revers de la main, but une autre gorgée d'infusion et s'assit sur le lit de fortune que les hommes lui avaient confectionné. Matt lui frotta doucement le dos ; ce contact lui rappela le bon dénouement de toute cette histoire.

Matt et elle allaient passer leur vie ensemble – ce qui était une chance incroyable, presque surréaliste, au vu de tout ce qui s'était passé. Il la voulait à ses côtés, sans concession. Après la déclaration d'amour qu'il lui avait faite, elle avait senti à quel point elle rêvait de la vie qu'il lui proposait et mesuré la force de ses sentiments pour lui. Elle avait été seule pendant si longtemps ! C'était fini, à présent, mais il allait lui falloir du temps pour s'y habituer.

— Comment en es-tu venu à fréquenter les Apaches ? demanda-t-elle à Cale.

Elle ne savait pas quel genre de relation elle pouvait construire avec ce nouveau frère, or il fallait bien commencer quelque part.

— J'ai été attaqué par un puma, dit-il en dénudant l'une de ses épaules, zébrée d'une cicatrice irrégulière et boursouflée.

Il lui manquait de gros morceaux de chair.

— Bon Dieu, Cale ! lâcha Logan d'une voix mêlée d'inquiétude et d'incrédulité. Tu as de la chance d'être encore en vie !

— Ouais, répondit Cale en remettant sa chemise en place. Le shaman a été du même avis. Après avoir pris soin de moi jusqu'à mon rétablissement, les Apaches ont insisté pour que je m'engage sur la voie d'un *di-yin*. Le puma m'avait laissé sa marque. D'après eux, il faisait dès lors partie de mon esprit.

— Donc, tu as suivi l'enseignement d'un guérisseur ? demanda Molly.

Cale acquiesça.

— Et d'une guérisseuse, aussi.

— Les femmes apaches peuvent pratiquer la médecine ? demanda Molly, étonnée.

— D'habitude, non, pas d'après ce que je sais. Mais cette femme avait été touchée par la foudre et toute la tribu la vénérait. Les Apaches peuvent se montrer très superstitieux.

Il jeta un bout de bois dans le feu.

— Les Kwahadis avaient des superstitions concernant les serpents, dit Molly. Sais-tu que j'ai failli en glisser un sous ton oreiller, quand tu travaillais chez nous, à l'époque ?

Les quatre hommes la dévisagèrent en silence.

— Ce n'était qu'un petit reptile inoffensif, poursuivit-elle en fixant les flammes.

Elle se tut pour choisir ses mots.

— Ce jour-là, j'ai fait quelque chose de terrible, après avoir surpris George Sawyer dans le baraquement des ouvriers avec Emma.

Elle ressentait le désir irrépressible de tout avouer, mais à ce souvenir, sa voix n'était plus qu'un murmure.

— Il ne s'en est pas pris à toi ? demanda Matt.

— Non. À Emma ; elle était effrayée et je voulais la protéger. Et puis, je voulais m'assurer que Sawyer serait puni, alors j'ai menti à mon père.

Elle jeta un coup d'œil à Cale et secoua la tête, résignée.

— J'ai menti à *Robert Hart*. J'ai prétendu qu'il s'agissait de moi et j'en ai rajouté des tonnes pour être certaine que Sawyer ne s'en tirerait pas.

— Si ça peut te consoler un peu, dit Matt en posant sa tête dans son cou, je suis pratiquement sûr que Robert l'a passé à tabac, ce jour-là.

— Non, répondit-elle, déterminée. Tu ne comprends pas. Sawyer est revenu assassiner mes parents à cause de *moi*, à cause des mensonges que *j'*avais racontés ! Tout est de ma faute. Si j'avais géré les choses autrement, rien de tout ça ne serait arrivé.

— Tu avais neuf ans, Molly, objecta Logan. Tu ne pouvais pas savoir comment les choses tourneraient.

— Ne te tourmente pas comme ça, dit Nathan. Ça ne te mènera à rien. C'est Sawyer qui a déclenché toute cette histoire. Je suis sûr que rien n'aurait pu l'arrêter.

— D'après ce que m'a dit mon vieux, renchérit Cale, Sawyer était mouillé dans beaucoup d'activités illégales. C'était un petit merdeux sournois qui jouait sur tous les tableaux à la fois. Il était de la pire espèce qui soit au monde, parce qu'il préférait les petites filles aux femmes.

Il reprit d'une voix pleine de compassion :

— Tu ne devrais pas te croire coupable une seule seconde. Toute ta famille l'a payé cher, la nuit où Sawyer a attaqué votre ranch, toi peut-être encore plus que les autres. Quand tu l'as tué, il a eu ce qu'il méritait.

À ce souvenir, elle fut reprise de nausée. Elle avait ôté la vie d'un homme. Comment en tirer de la satisfaction ou de la fierté ? Elle avait fait ce qu'elle devait faire, voilà ce qu'elle se disait… mais était-ce la vérité ?

— Molly, lui dit Matt. Sawyer était un homme mort.

Elle le regarda par-dessus son épaule et lut dans ses yeux la certitude et la résolution. Matt avait décidé de tuer George Sawyer pour mettre un terme à ce calvaire.

— Malheureusement, c'est toi qui as dû le faire à ma place, poursuivit-il, mais ne regrette pas un seul instant de l'avoir fait. Après ce qu'il t'a fait subir, crois-tu qu'il t'aurait laissé la vie sauve ?

Molly y réfléchit et ses yeux se remplirent de larmes. Elle savait qu'il avait raison et que tous avaient dit des choses sensées. Le passé était derrière eux, tout ça n'était plus que des souvenirs, des trahisons et, par-dessus tout, des regrets. Ses propres regrets. Pourrait-elle vivre avec ? Elle n'avait pas d'autre choix que d'essayer.

Comme s'il avait lu dans ses pensées, Matt déclara :

— On se battra ensemble contre les démons du passé. Le temps nous aidera.

Une partie de la boucle était enfin bouclée.

Peut-être qu'à partir de maintenant, sa maman, Robert Hart et la petite Adelaïde pourraient reposer en paix. Et peut-être qu'avec le temps, Molly se sentirait apaisée, elle aussi.

Elle dormit d'un sommeil de plomb, cette nuit-là, sans faire aucun rêve. Matt resta contre elle tout le temps ; son corps lui tenait chaud d'un côté et le feu en faisait autant de l'autre.

Le lendemain, Nathan et Logan partirent devant, avec le corps de Sawyer. Logan comptait retourner chez lui pour dire à ses parents qu'ils avaient retrouvé Molly. Nathan, quant à lui, pousserait jusqu'à Fort Richardson pour déposer le corps et faire un rapport.

Molly ne pouvait monter Pecos qu'à très faible allure ; Matt et Cale l'encadraient de part et d'autre en traversant lentement ce qui avait été autrefois un territoire comanche. Elle ne put s'empêcher de repenser à tout ce qui lui était arrivé, ces dix dernières années.

Ses émotions étaient mitigées, en ce qui concernait le temps passé auprès des Kwahadis. Juste au moment où elle avait commencé à nouer des liens avec sa famille comanche, ils l'avaient brusquement abandonnée. Étaient-ils toujours en vie ? Pensaient-ils à elle, parfois ? Elle espérait qu'ils avaient pu trouver au moins quelques avantages à la vie dans la réserve. Rester au même endroit avait dû leur demander un gros effort d'adaptation. En serait-il de même pour elle ? Pourrait-elle habiter pour toujours dans un seul et même lieu, avec Matt ?

Ils n'avaient pas parlé en détail de la façon ni de l'endroit où ils allaient vivre, une fois mariés. Elle lui jeta un coup d'œil, à sa droite. Son chapeau faisait de l'ombre à son visage et sa barbe avait un peu poussé. Elle sut instantanément que ces questions n'avaient pas d'importance. Elle l'aimait. Plus qu'elle n'aurait jamais cru pouvoir aimer. Sans lui, l'existence ne serait qu'une question de survie.

Imaginant l'avenir, elle éprouva de l'impatience – chose qui ne lui était pas arrivée depuis très longtemps. Instinctivement, elle posa une main sur son ventre. Par chance, si telle était la volonté du Grand Esprit, ils auraient peut-être des enfants, un jour.

À la nuit tombée, cinquante kilomètres au moins les séparaient encore des terres des Ryan. Matt et Cale décidèrent de camper jusqu'au lendemain. Ils harcelèrent Molly jusqu'à ce qu'elle ait suffisamment mangé à leur goût, puis insistèrent pour qu'elle se repose. À peine fut-elle allongée qu'elle s'endormit.

———

MATT RESSENTIT UN IMMENSE SOULAGEMENT, en arrivant au ranch S.R. Il n'avait cessé de se faire du souci pour Molly, tout au long de cette longue chevauchée à travers le territoire des hautes plaines. Sa mère et Rosita se précipitèrent à leur rencontre.

— Molly ! dit Susanna en tendant les bras vers elle pour l'aider à descendre de cheval. On va t'emmener à l'intérieur tout de suite. Rosita, aide-moi !

Matt mit rapidement pied à terre et attrapa Molly avant sa mère. Il la fit descendre de Pecos en douceur. Molly leva les yeux vers lui en souriant ; les contusions de son visage témoignaient de ce qu'elle avait subi.

— Ça va, vraiment, assura-t-elle.

Mais elle dut prendre appui contre lui.

— Promets-moi de dormir pendant au moins trois jours, lui dit-il.

— Seulement si Cale ne me prépare plus de tisane, répondit-elle.

— J'ignorais que tu avais des compétences domestiques…, observa Susanna.

— Je n'en ai pas, répondit Cale, toujours à cheval.

— Descends de là, Caleb ! implora Susanna. Tu as l'air d'avoir besoin de repos, toi aussi.

— Merci bien, madame Ryan ; je vais plutôt retourner au ranch des Walker, pour voir comment va mon père. Molly, promets-moi de te reposer ! Je reviendrai pour le mariage.

Il fit faire demi-tour à son cheval et disparut.

Molly sourit et Matt se demanda dans combien de temps il pourrait l'épouser. Elle allait avoir besoin de plusieurs jours de rétablissement. Il devrait maîtriser son impatience ; et avoir cette fameuse discussion avec son père dès que possible.

— Je viendrai te voir tout à l'heure, dit-il.

Molly hocha la tête.

— S'il te plaît, Rosita, emmène Molly dans la maison, exigea Susanna avec insistance. Tu peux l'installer dans la chambre de Matthew ; il est hors de question qu'elle monte les escaliers après ce qui lui est arrivé.

— Moi très contente de vous revoir, *señorita*, déclara Rosita. Vous pas mauvaise mine du tout. Je prendre soin très bien de vous ; il y avoir un ragoût aux piments qui soigner tout ça qui vous faire mal…

Le son de sa voix s'éloignait à mesure qu'elle accompagnait Molly sur le perron, puis dans la maison.

— Quel soulagement que tu l'aies retrouvée ! dit la mère de Matt, qui s'était visiblement fait un sang d'encre. Est-ce qu'elle va vraiment bien ?

— Je pense que oui, répondit Matt. Cale l'a très bien soignée.

— Logan me l'a dit. Cale ne cessera jamais de me surprendre ! Les mains posées sur les hanches, elle eut un regard songeur.

— Alors… à quand ce mariage ?

— Dans une semaine, répondit Matt sans hésiter, refusant de se laisser intimider par sa mère.

Elle haussa un sourcil, puis secoua la tête.

— Ça laisse trop peu de temps pour l'organiser. Et Molly risque d'avoir besoin d'une plus longue convalescence.

Matt pouvait le comprendre ; il savait que sa mère avait raison, mais la patience qui avait fini par faire partie intégrante de sa personnalité lui faisait défaut tout à coup.

— Deux semaines, concéda-t-il.

— Quatre.

— Trois, et c'est ma dernière offre !

Sa mère accepta en hochant la tête.

— Va pour trois ! Je pense pouvoir tout organiser d'ici là.

Elle sourit. Les larmes lui montèrent aux yeux et elle prit son fils dans ses bras.

— Que me vaut ce câlin ? demanda-t-il.

— Je suis ta mère et je suis fière de l'homme que tu es devenu. Parfois, tu me rappelles tant celui que j'ai épousé… !

Elle le relâcha et partit vers la maison.

Matt n'eut pas de mal à trouver son père. Il était dans la grange ; il chargeait des affaires sur une mule en vue de retourner participer à la fin du rassemblement.

— Tu as besoin que je vienne donner un coup de main ? demanda Matt.

Son père sursauta, puis l'étreignit d'un mouvement brusque.

— Logan m'a dit que tu arrivais ! Comment va Molly ?

— Bien.

Matt recula d'un pas et sourit. Il se sentait très heureux.

— Ne t'en fais pas pour le rassemblement, le rassura son père. Il est bientôt terminé, de toute façon. Reste ici et repose-toi. Ensuite, nous pourrons discuter de l'avenir de Molly.

— Je suis venu te voir à ce sujet, dit Matt en ajustant son chapeau sur sa tête. Je compte l'épouser, p'pa ; et je voulais savoir si ton offre pour des terres et une part de ce ranch tenait toujours.

Son père eut un rire sonore.

— Un peu, qu'elle tient toujours !

Il lui donna une claque dans le dos.

— Je croyais ne pas vivre assez vieux pour t'entendre dire ça. Il était temps, fils !

— En effet, père.

Ainsi, sous le soleil du Texas, le futur de Matt et de Molly fut scellé.

CHAPITRE TRENTE-DEUX

Trois semaines plus tard, Molly était assise sur le bord du lit, dans la chambre de Matt, et tergiversait à propos de sa coiffure. Ne s'étant jamais souciée de ses cheveux, elle était assez décontenancée. Mais puisqu'aujourd'hui était le jour J, elle devait trouver comment les arranger — et vite !

Rosita débarqua dans la chambre, apportant la magnifique robe ivoire que Susanna avait achetée à Dallas, deux semaines plus tôt. Molly en adorait le tissu soyeux, la coupe évasée et toute la dentelle. Elle l'avait passée de nombreuses fois, au cours de ces derniers jours, pour les retouches finales.

— Pourquoi vous l'air perdu assise ici ? demanda Rosita.

— Eh bien…

Molly mordilla sa lèvre inférieure qui, par chance, n'était plus gonflée. Il ne restait de son calvaire avec Sawyer plus que de légers bleus sur son buste et plusieurs cicatrices rouges sur ses jambes, qui seraient cachés par sa belle robe. Matt lui avait promis qu'après la cérémonie, quand elle n'aurait plus de vêtements, les cicatrices ne le gêneraient pas le moins du monde. À cette pensée, elle rougit.

Ils n'avaient plus partagé leur intimité, depuis cette seule et unique fois où il était venu la retrouver, pendant l'orage. En avait découlé une grande frustration, mais Matt était résolu à respecter la volonté de ses parents et à honorer la femme qu'il comptait épouser. Du moins, c'était ce qu'il lui avait dit entre deux baisers passionnés.

— Vous avoir des doutes ? demanda Rosita.

— Non ! répondit immédiatement Molly. Bien sûr que non. C'est seulement que je ne sais pas quoi faire de mes cheveux.

— Ah ! Je vous aider.

La femme se précipita vers elle.

— Humm…, fit-elle en fronçant les sourcils.

Elle marmonna pour elle-même en espagnol, puis secoua la tête en remontant du bout des doigts la chevelure de Molly de différentes façons.

— Grande décision à prendre !

— Laquelle ? demanda Susanna en entrant dans la chambre.

— La coiffure de *señorita* Molly.

— Je pense que tes cheveux seraient ravissants lâchés, répondit Susanna, tout en allant lisser les plis de la robe étalée sur le lit.

Les deux femmes passèrent plusieurs minutes à arranger les boucles de cheveux qui encadraient le visage de Molly et qui atteignaient à présent ses épaules.

— Et maintenant, dit Susanna en contemplant son œuvre terminée, il faut vraiment qu'on te passe cette robe !

Après beaucoup de gesticulations et de boutonnage, Molly fut parée de sa robe de mariée aux manches trois quarts et au bustier entièrement brodé de dentelle. Le tissu blanc cassé moulait sa taille et mettait sa poitrine en valeur. Molly se demanda soudain si ce n'était pas un peu exagéré.

— Devrais-je me couvrir un peu plus ? demanda-t-elle en effleurant sa peau du bout des doigts, juste au-dessous de ses clavicules.

— Ne dis pas de bêtises ! répondit Susanna en observant

minutieusement la robe, à la recherche du moindre problème. Tu es une très jolie jeune femme et c'est le jour de ton mariage. Et puis, ça ne fait jamais de mal à un homme, d'être sur le qui-vive.

— Pardon ?

Susanna s'immobilisa et la couva du regard.

— Ta maman n'est pas ici, mais je suis sûre qu'elle te voit de là où elle est. Et elle doit être aussi fière de toi et de Matt que je le suis, et se réjouir du bonheur auquel vous accédez enfin. Si Rosemary était là, elle pleurerait, te prendrait dans ses bras et papillonnerait autour de toi jusqu'à ce que tu sois plus belle que jamais.

Elle se tut un instant et saisit les mains de Molly.

— S'il y a quelque chose qui te tracasse ou que tu aimerais savoir, tu peux venir me trouver. J'espère que tu le sais.

— Merci, répondit Molly à voix basse, les larmes aux yeux.

— As-tu des questions concernant la nuit de noces ?

Molly toussa, puis se mit à rire nerveusement, tout en essuyant ses larmes d'un revers de main.

Susanna secoua la tête, la bouche en cul-de-poule.

— Ah, ces hommes… !

Elle sourit.

— Ils n'ont aucune patience ! Mais bon, on les aime tels qu'ils sont, n'est-ce pas ?

— Oui, m'dame.

— Je ne l'ai jamais dit à Matthew, confia Susanna, mais j'étais enceinte avant le mariage.

— Vraiment ? demanda Molly, les yeux écarquillés.

Susanna hocha la tête ; elle sortit un mouchoir de la poche de son tablier et essuya les larmes de Molly en tamponnant ses joues.

— Tout se passera bien, aujourd'hui. Et rien ne pourra me faire plus plaisir que de t'appeler enfin « ma fille ». Oh, j'allais presque oublier !

Fouillant une autre poche, elle en tira une lettre.

— Une lettre de Mary vient d'arriver pour toi.

Molly s'en empara à la hâte, se réjouissant d'avoir enfin des nouvelles de sa famille.

— Assieds-toi pour la lire tranquillement, lui dit Susanna. On va sortir un moment, avec Rosita.

Les deux femmes quittèrent la pièce et Molly s'installa sur la chaise posée près de la fenêtre. Elle ouvrit la lettre avec précaution.

Ma très chère Molly,

J'ai eu le choc de ma vie en recevant la lettre de madame Ryan m'annonçant que tu avais survécu. C'est incroyable, un vrai miracle ! J'ai tellement hâte de te revoir ! As-tu écrit à Emma ? Elle vit toujours chez tante Catherine, à San Francisco.

J'imagine que tu sais, pour papa et maman. Quelle épreuve, pour Emmy et moi, je ne peux même pas la décrire ; ça a dû être encore plus dur pour toi ! Cela dit, tu as toujours été la plus forte de nous trois. Je ne devrais pas m'étonner que tu aies survécu !

J'aurais tant aimé venir te voir tout de suite… mais je vais accoucher d'un jour à l'autre. Je me suis mariée il y a cinq ans avec un certain Tom Simms. C'est un homme merveilleux et je suis très heureuse. Nous avons deux enfants, Robert Thomas qui a cinq ans et Molly Rose qui en a trois. Ma fille te ressemble beaucoup, elle porte bien son prénom. Elle tient rarement en place !

Nous avons un ranch sur le territoire de l'Arizona, à l'est de Tucson, et Tom s'en sort bien. Je n'ai pas revu Emma depuis la naissance de Molly Rose. Il faut vraiment qu'on organise des retrouvailles — on a déjà perdu tellement de temps ! Tom dit que quand le bébé sera né, on pourra venir te voir au Texas.

Je voudrais te demander un service. J'ai une bonne amie qui s'appelle Tess Carlisle ; elle aimerait entrer en contact avec Cale Walker. Tu te souviens de Cale ? Elle pense qu'il pourrait avoir des informations permettant de localiser son père. C'est une longue histoire ; crois-tu pouvoir demander à monsieur ou madame Ryan s'ils savent où est Cale ?

Je t'en prie, écris-moi dès que tu peux ! Je suis si impatiente de te revoir !

Avec tout mon amour et ma tendresse, ta sœur Mary.

Mary allait bien ; elle était heureuse. Molly essuya ses larmes qui semblaient ne jamais vouloir cesser de couler, aujourd'hui. Elle se sentit tout à coup oppressée par l'envie de voir sa sœur tout de suite, de la serrer dans ses bras et d'oublier ces dix dernières années, de se souvenir ensemble de la brève enfance qu'elles avaient partagée pour s'en rappeler les bons moments.

Mary avait appelé sa fille Molly. Ça lui faisait chaud au cœur et la laissait sans voix. Elle espérait pouvoir rencontrer son homonyme au plus vite.

L'allusion fortuite à Cale lui rappela cependant qu'elle aurait la désagréable tâche de révéler à sa sœur la trahison de leur mère. Comment Mary prendrait-elle la nouvelle, en apprenant que Cale était son demi-frère ?

Susanna jeta un coup d'œil dans la pièce.

— Les nouvelles sont bonnes ?

Molly hocha la tête, des larmes roulant toujours sur ses joues.

— Ils attendent leur bébé d'un jour à l'autre, mais elle veut nous rendre visite après. Je culpabilise un peu de me marier aujourd'hui, sans qu'aucune de mes sœurs soit présente.

— Tu veux qu'on reporte et qu'on attende qu'elles puissent venir ?

Molly secoua la tête.

— Qui sait combien de temps ça pourrait prendre ? D'ici là, Matt et moi aurons peut-être déjà trois enfants !

— Et je serai une heureuse grand-mère !

Susanna entra dans la chambre. Elle portait une belle robe bleu et blanc.

— Il ne manque plus que toi. Tu es prête ?

— Oui.

Molly se leva, essayant de calmer ses palpitations. Elle posa la lettre de côté, sur la commode de Matt, et sortit de la chambre, marchant vers son avenir.

MOLLY ATTENDAIT dans l'entrée que le père de Matt la rejoigne et l'accompagne dehors. La cérémonie avait lieu sous un beau soleil d'été. Elle tripotait la dentelle de sa robe pour calmer ses nerfs, quand elle entendit la porte s'ouvrir.

Tournant la tête, elle vit la silhouette massive de Davis Walker apparaître dans l'encadrement. Stupéfaite, elle se figea.

— Est-ce que je peux te parler ? demanda Davis, hésitant, la main sur la poignée.

Molly acquiesça brièvement.

Il entra, resta de profil le temps de fermer la porte, puis se tourna vers elle.

— Votre blessure est-elle en bonne voie de guérison ? demanda Molly, se remettant du choc initial de le voir.

— Oui.

Il la regarda avec une expression tourmentée.

— J'aurais mérité pire, je le sais. J'ignorais si tu accepterais de me voir, pourtant je ne pouvais pas rester loin de toi ; pas aujourd'hui. Je suppose que ton pardon serait trop demander, mais j'espérais qu'éventuellement… Eh bien, j'aimerais apprendre à te connaître. Faire partie de ta vie, si tu m'y autorises.

Molly perçut la tristesse dans sa voix. Cet homme était son père. Pendant une courte période, ou peut-être une longue, il avait compté pour sa mère, à sa façon.

Molly savait qu'elle ne pouvait pas lui tourner le dos, or elle ignorait ce qu'elle avait à lui offrir. Il avait fini par représenter l'ennemi, à ses yeux. Même si elle ne ressentait plus une aussi vive animosité envers lui, elle doutait de pouvoir lui ouvrir les bras et oublier tout ce qui s'était passé.

— Je ne sais pas, répondit-elle. On peut essayer, mais je vais être honnête envers vous : il va me falloir du temps pour digérer le passé.

Davis hocha la tête.

— Je comprends. Je te laisserai tout le temps qu'il faudra.

Elle n'en revint pas de voir des larmes dans ses yeux.

— Tu es magnifique, aujourd'hui, dit-il d'une voix étranglée. Tu ressembles à ta mère.

— J'aurais tant aimé qu'elle soit là !

— Moi aussi.

CHAPITRE TRENTE-TROIS

P ar une belle fin d'après-midi, au terme d'une cérémonie toute simple qu'on aurait aimé voir durer encore et encore, Molly devint la femme de Matt. Pendant l'échange des vœux, cachant ses mains tremblantes sous un bouquet de fleurs sauvages rouges et jaunes, elle avait plongé son regard dans ses yeux bleu-vert qui la fixaient intensément. Matt n'avait jamais été aussi beau, vêtu d'un costume-cravate noir et d'une chemise blanche, immaculée.

Logan, presque aussi élégant dans une tenue similaire, servait de témoin, tout comme Rosita. La Mexicaine avait poussé des cris de joie, quand Molly le lui avait demandé, quelques jours plus tôt.

— *Sí*, je témoigner de vous ! avait-elle répondu. J'attendre longtemps de voir un garçon Ryan dénicher bonne épouse. *Señor* Matt, il trouver la meilleure !

Molly l'espérait sincèrement. Elle ne voulait vraiment pas le décevoir.

Une quarantaine de personnes étaient venues assister à la cérémonie ; des voisins et des employés de ranch qui, pour la plupart, ne connaissaient pas Molly. Ils étaient tous curieux de voir la femme qui avait mis la main sur Matthew Ryan. Apparemment, elle était connue pour être non seulement revenue d'entre les morts, mais également d'entre les ombres des puissants Comanches. Personne ne semblait entretenir les mêmes préjugés que madame McAllister – qui était évidemment absente.

Molly apprit qu'elle avait une sacrée réputation et que des récits de son enfance se racontaient avec beaucoup d'enthousiasme. Matt inspirait quant à lui un grand respect dans tout le Texas, d'après ce que de nombreux invités confièrent à la mariée. Il était connu pour avoir été un vaillant éclaireur de l'armée, un fin négociateur auprès des Indiens et un Texas Ranger qui n'hésitait jamais à risquer sa vie pour défendre ses hommes, ou le Texas, qu'il s'était engagé à protéger.

Molly savait cependant qu'une telle vie coûtait cher. Elle avait vu les dégâts infligés par Cerillo à la jambe de Matt. Il ne lui en avait parlé qu'une seule fois, pour ne décrire que brièvement comment son tortionnaire l'avait brisée à maintes reprises avec une barre en fer.

Molly avait ressenti ce que Matt n'avait pas verbalisé : que les agressions avaient été violentes et qu'il avait survécu de justesse. Il n'accepterait sûrement jamais de reconnaître que cet emprisonnement et les tortures subies l'affectaient toujours, mais Molly savait que certaines choses ne peuvent jamais être effacées de l'esprit.

Cela dit, de nouveaux souvenirs pouvaient remplacer les anciens et elle espérait parvenir à remplir la vie de Matt avec suffisamment de bonheur pour que ça prenne le dessus sur les dix dernières années – pour lui comme pour elle.

APRÈS LA CÉRÉMONIE, la foule des gens venant féliciter les mariés éloigna Matt de Molly ; heureusement, grâce à sa grande taille, il pouvait continuer à la regarder.

Elle avait retiré les fleurs de sa coiffure et la douce brise du début de soirée repoussait de son visage la masse libre de ses cheveux. Elle accueillait en souriant chaque personne venue lui parler et écoutait attentivement ce qu'on lui disait.

Il était ébloui.

Enfant, elle avait été à la fois attachante et exaspérante et avait éveillé chez lui un instinct de protection qu'il n'avait jamais eu pour personne. Devenue femme, elle le fascinait tellement qu'il doutait de pouvoir expliquer ce pouvoir envoûtant qu'elle avait sur sa vie. Mais il ne pouvait pas envisager cette vie sans elle, c'était certain.

Submergé d'émotions qui le prenaient toujours au dépourvu quand il s'agissait de Molly – de sa femme, rectifia-t-il en pensée, et ce fut à la fois étrange et formidable –, il desserra le nœud de sa cravate noire.

— La corde au cou est déjà trop serrée ? demanda Nathan en brandissant une bouteille de whisky.

Il tendit à Matt un verre du liquide ambré. Cale et Logan sortirent de la foule des invités, de petits verres à liqueur à la main.

La question de Nathan fit rire Matt.

— Un jour, tu seras ravi d'en faire autant. J'ai hâte de connaître la femme qui te mettra à genoux.

— Molly t'a mis à genoux ? demanda Nathan. Intéressant…

— On doit se sentir bien seuls, pour en arriver à se mêler de la vie amoureuse de mon frère, dit Logan.

— Il faut dire qu'on n'a pas l'embarras du choix, dans la région, fit remarquer Nathan.

— Il en a toujours été ainsi, intervint Cale. Maintenant, si vous comptez discuter chiffons, je vais tourner chèvre ! Ne me dis pas que ta femme t'a déjà convaincu d'arrêter de boire ?!

Matt fit un grand sourire à son nouveau beau-frère. Les quatre hommes opinèrent du chef, avant de vider leurs verres cul sec. Nathan leur servit une autre tournée.

— Je trinque à ta longue vie avec Molly, lança Cale. Cette femme-là, il ne faut pas la lâcher… mais, si tu venais à le faire, sache que tu aurais affaire à moi !

Matt accueillit la menace de Cale pour ce qu'elle était : bien intentionnée.

— À la vie paisible d'éleveur ! dit Nathan.

Ils vidèrent leurs verres.

— À la kyrielle d'enfants que vous aurez, Molly et toi, et qui veilleront à ce que votre vie ne soit jamais paisible ! déclara Logan.

— Tu auras un jour les tiens, répondit Matt.

— Peut-être, mais à toi l'honneur ! répliqua Logan en souriant de toutes ses dents. Quand tu l'as demandée en mariage, je savais qu'il était déjà trop tard pour changer d'avis…

Ils finirent leurs verres en riant. Quant à Matt, il comptait s'arrêter là ; il voulait être frais et dispo pour sa nuit de noces. Molly s'approcha en lui souriant. Elle était rayonnante. Il passa un bras autour de sa taille.

Il reluqua le galbe de sa poitrine, souligné par la bordure en dentelle de sa robe. Elle était séduisante sans jamais avoir l'intention de l'être et Matt fut impatient de se retrouver seul avec elle. Puis, se souvenant de la présence des autres hommes, il trouva finalement la robe trop échancrée à son goût.

— Tu as l'air de ne pas avoir chaud, lui dit-il. Tiens, tu peux mettre ma veste !

— Non merci, ça va, répondit Molly, l'air un peu confuse par cette proposition.

Nathan se mit à rire et Logan jura dans sa barbe.

— Elle t'a épousé, commenta son frère. Ça ne te suffit pas ?!

Matt lança à son frère un regard noir.

— Ouais, mais les femmes sont rares, par ici, alors ne perdez pas de temps et allez en chercher d'autres ailleurs !

— Cale, intervint Molly, je voulais te parler, avant que tu ne partes. J'ai reçu une lettre de ma sœur Mary, aujourd'hui. Elle mentionne qu'une certaine Tess Carlisle cherche à te joindre. Mary espérait que tu accepterais de lui parler.

— Carlisle…, marmonna Cale pour lui-même.

— Tu la connais ? demanda Nathan.

— Non, répondit Cale, mais ce nom ne m'est pas étranger. Est-ce que Mary a dit pourquoi elle voulait me voir ?

— Elle est à la recherche de son père et pense que tu pourrais l'aider.

— Bon sang, dit Cale, ce doit être la fille de Hank !

— Hank Carlisle ? demanda Nathan. Ce nom m'est familier...

— J. Howard Carlisle.

— Le célèbre chasseur de primes ?

— Ouais. J'ai fait la route avec lui, il y a quelques années. Ça fait un bon moment que je ne suis plus en contact avec lui. Je doute de pouvoir aider à le localiser.

— Mary vit dans les environs de Tucson, au cas où tu pourrais lui venir en aide, précisa Molly.

— Je vais y réfléchir, dit Cale, songeur. Je me sens largement redevable envers Hank. Et sa fille ne doit pas être beaucoup plus âgée que toi.

— Et alors ? demanda-t-elle.

— Une jeune femme qui court après un chasseur de primes a de grandes chances de se retrouver dans des situations dangereuses.

— Tu ne la connais même pas, objecta Molly d'un ton évasif. Elle est peut-être plus forte que tu ne crois.

— Tu as raison. Peut-être qu'elle est comme toi, si j'ai du bol, répondit-il avant d'ajouter : quoique... pourrait-on appeler ça du bol ?

Molly rit.

— J'espère qu'elle te donnera du fil à retordre !

— Ça, c'est du Walker tout craché ! fit remarquer Cale en passant un bras autour des épaules de Molly.

Il sourit devant l'expression agacée de Matt. Éloignant sa sœur de l'emprise possessive de son mari, il ajouta :

— Il est temps d'annoncer la nouvelle à T.J. et Joey, concernant leur nouvelle sœur.

MOLLY ÉTAIT APPUYÉE contre la barrière du corral et regardait Winter caracoler à l'intérieur. Dans la faible lumière de fin de journée, la blancheur de la robe de la belle jument brillait comme celle de la mariée. Molly aurait volontiers grimpé sur la barrière pour mieux voir le spectacle, mais elle avait peur d'abîmer sa tenue.

— Elle est toute à toi, dit Nathan.

— Tu plaisantes…, répondit Molly en dévisageant Nathan, stupéfaite qu'il soit prêt à renoncer à une bête aussi magnifique.

— Ouais, tu plaisantes…, répéta Matt, qui se tenait aux côtés de Molly, un bras posé sur la barrière.

Nathan se mit à rire.

— Sois tranquille ! Je l'ai fait travailler, ces dernières semaines. Je pense que Molly saura s'en sortir avec elle, maintenant.

—Je m'en sortais déjà très bien avant…, murmura Molly.

—Je t'ai entendue, dit Matt.

Il s'était penché vers elle et elle sentit son souffle chaud dans son cou. Leur proximité lui donna des frissons. On entendait toujours des bruits et des bavardages provenant de la fête qui se poursuivait dans la maison, mais qui toucherait bientôt à sa fin. Ensuite, elle et Matt auraient leur nuit de noces. Elle ressentit une bouffée d'impatience.

Logan et Susanna sortirent de la maison et s'approchèrent du corral.

— Ah, tu es là ! dit Susanna.

Le ton de sa voix alarma instantanément Molly.

— Il y a un problème ? demanda-t-elle.

— On vient d'apprendre que Lester Williams est tombé très malade après avoir raccompagné Claire. Il est actuellement à Fort Sumner.

— Malade à quel point ? demanda Matt.

— C'est assez critique, apparemment, répondit Logan. Je partirai dès l'aube.

— Tu veux que je t'accompagne ?

— Nan, Cale va m'accompagner.

— Et Claire ? demanda Molly. Elle est malade aussi ?

— On ne sait pas, dit Susanna. Le télégramme ne dit rien à son sujet.

— J'essayerai de la trouver, promit Logan.

Molly hocha la tête, inquiète pour la santé de son amie.

— Il y a autre chose, ajouta Susanna, visiblement réticente à l'annonce qu'elle devait faire.

Molly attendit. Que le jour de son mariage se déroule sans incident était peut-être trop espérer.

— Je viens de trouver cette lettre, dit Susanna en montrant une feuille de papier qu'elle tenait à la main. Elle était enfouie sous une pile de paperasse, sur le bureau de Jonathan. Elle est de ta tante Catherine et date d'il y a deux semaines. Elle m'était adressée, alors je l'ai ouverte ; mais je pense qu'elle t'est plutôt destinée.

— Il y a de mauvaises nouvelles ? demanda Molly.

— Oui et non. Ta tante est folle de joie que tu sois en vie et elle espère te voir bientôt ; hélas, il semblerait qu'Emma se soit enfuie avant de recevoir ma lettre.

— Elle s'est enfuie ?

— Apparemment, elle avait l'intention de revenir au Texas, même sans savoir que tu étais vivante. Elle a laissé un mot à ta tante, dans lequel elle parle de faire un détour étrange. Elle a décidé d'aller voir un immense canyon sur le territoire de l'Arizona ; mais ta tante est inquiète, car ta sœur a précisé qu'il ne fallait dire à personne où elle allait – et peu de temps après son départ, des hommes sont venus demander après elle. Catherine ne leur a rien dit. À présent, elle se demande si Emma n'est pas en danger et elle ne sait pas quoi faire.

— Il faut qu'on parte à sa recherche ! s'exclama Molly. Est-ce que l'un d'entre vous connaît ce canyon ?

— Moi, répondit Nathan. On l'appelle le Grand Canyon. J'y suis déjà allé, même si je ne suis jamais descendu dedans – il est d'une largeur inimaginable ! déclara-t-il avec un air incrédule.

C'est très impressionnant, vraiment. Ta sœur devait avoir envie de voir ça, tout simplement. Je peux éventuellement retrouver sa piste, sur mon chemin pour la Californie.

— Vraiment ?

— Considère ça comme mon cadeau de mariage, répondit-il.

— Tu étais sur le point de m'offrir Winter, en cadeau de mariage, lui rappela-t-elle. Je trouve ton offre trop généreuse ; je peux partir moi-même à sa recherche.

— Non ! dirent de concert Matt et Nathan, même si le refus de Nathan fut moins véhément que celui de son mari.

— Fais appel à moi, si tu as besoin de renforts, dit Matt par-dessus l'épaule de Molly.

Nathan acquiesça.

Molly planta une main sur sa hanche. Elle savait que c'était probablement la meilleure solution, mais elle ne se sentait pas rassurée.

— Si tu as besoin d'aide, dit-elle après avoir jeté un coup d'œil à Matt, alors nous viendrons tous les deux.

— Auriez-vous une photo d'Emma, par hasard ? demanda Nathan à la mère de Matt.

— C'est possible, oui. Retournons dans la maison, je vais chercher ça.

Ils se frayèrent un chemin à travers la foule des invités toujours occupés à boire, manger et discuter sur la terrasse et dans le salon, puis entrèrent dans le bureau de Jonathan.

Susanna s'empara d'une boîte posée sur une étagère et qui était remplie de lettres. Elle fouilla dedans jusqu'à trouver ce qu'elle cherchait : une petite photo d'une jeune femme, en noir et blanc.

— Catherine me l'a envoyée, il y a quelques années. Emma devait avoir environ seize ans.

Nathan prit la photo et Molly pencha la tête devant ses larges épaules pour apercevoir le cliché de cette sœur qu'elle n'avait pas vue depuis dix ans. La fille ne souriait pas, mais elle avait une étincelle dans les yeux, une lueur qui crevait l'image. Son visage était encadré de cheveux bouclés et ses yeux étaient rivés sur l'objectif avec une audace et une assurance qui démentaient étrangement son jeune âge.

— Elle n'a pas beaucoup changé, dit Molly. Elle est très jolie.

— Oui, confirma Nathan, elle est très jolie.

Il s'attarda un peu trop longtemps sur le cliché. Avant que Molly ne demande s'il y avait un problème, il rangea la photo dans la poche intérieure de sa veste.

— Je partirai demain matin en même temps que vous, dit-il à Logan et Cale qui acquiescèrent.

— Merci, lui souffla Molly. Tu me rends un grand service.

— Prends soin de Matt. Je suis ravi à l'idée de ne plus avoir besoin de le sauver, à l'avenir.

— Je n'y manquerai pas, répondit-elle. Et je prendrai soin de Winter aussi, jusqu'à ton retour ; mais ensuite, tu pourras la reprendre.

Voyant qu'il s'apprêtait à protester, elle secoua la tête.

— Je ne me battrais pas, à ta place, dit Matt à Nathan, tout en posant une main sur l'épaule de Molly. Tu pourras toujours dire à Emma que sa sœur était prête à l'échanger contre un cheval !

— J'hésite…, répondit Nathan, songeur. Winter est vraiment une belle bête !

Regardant alternativement les visages aux airs sérieux de Matt et Nathan, Molly se sentit agacée, jusqu'à comprendre qu'ils la taquinaient.

— Eh bien, tu as raison, rétorqua-t-elle. Winter est une excellente jument. Je devrais peut-être te demander d'aller chercher mes deux sœurs, en échange.

— Tu as gagné ! capitula Nathan, levant ses deux mains en signe de défaite. Je ne peux pas passer mon temps à courir après des femmes rebelles !

— Ça semble pourtant mieux que de traquer des hors-la-loi, dit Logan. Tu risques moins de te faire tuer.

Susanna fit une grimace.

— Allons, changeons de sujet, maintenant. Vous allez me faire perdre le sommeil !

Elle saisit la main de Logan.

— Promets-moi d'être prudent. Ramène Lester à la maison et assure-toi que Claire va bien, conclut-elle, avant de se tourner vers Nathan. Avec un peu de chance, tu trouveras rapidement Emma. Sois… délicat, quand tu lui parleras de Molly.

— Oui, m'dame. Mais je ne devrais peut-être pas lui annoncer la nouvelle moi-même.

— Si, dis-le-lui, intervint Molly en regardant Nathan droit dans les yeux.

Il était du même acabit que Matt, honnête, fiable et attentionné, même si de l'extérieur il semblait plus dur, plus à cran – une personnalité forgée par la vie rude sur ces terres inhospitalières. Elle espérait qu'un jour son cœur s'ouvrirait à l'amour.

— Et dis-lui qu'elle m'a manqué.

Nathan hocha la tête.

— Ce sera fait.

— Nous ferions bien de retourner avec nos invités, déclara Susanna. Cette fête de mariage est loin d'être finie.

Cependant, Molly espérait qu'elle et Matt ne seraient pas obligés de les divertir encore longtemps.

CHAPITRE TRENTE-QUATRE

M att s'éloigna de la maison de ses parents dans l'obscurité, tenant Molly blottie dans ses bras.

— Regarde toutes ces étoiles ! dit-elle.

Elle tourna la tête vers lui.

— Où allons-nous ?

— C'est une surprise, répondit-il, avant de l'embrasser dans le cou.

Elle avait un parfum de fleurs sauvages et de vent du désert ; elle sentait l'avenir et tous ses possibles.

Après une courte chevauchée, ils s'arrêtèrent devant la bâtisse abandonnée que la famille de Matt avait occupée, des années plus tôt ; là où il avait emmené Molly, quand elle avait appris que Davis était son père. Il avait alors compris que son combat était perdu d'avance : il voulait Molly, il avait besoin d'elle et avait été idiot de s'acharner à résister.

Ils mirent pied à terre.

— Attends-moi, lui dit-il.

Il partit allumer une lampe à pétrole, puis revint chercher sa femme. Juste avant d'entrer à nouveau, il la souleva dans ses bras pour l'emmener dans leur nouvelle maison.

— C'est donc ici que tu passais ton temps, ces derniers jours, quand tu disparaissais ? demanda-t-elle.

Il la posa par terre en hochant la tête et jeta un coup d'œil au résultat de son travail. Il y avait maintenant des fenêtres avec des rideaux, et un grand lit acheté à Dallas, paré d'un dessus de lit fait par sa mère en cadeau de mariage. Il avait nettoyé la cuisinière en fonte, apporté une table et des chaises, confectionné des étagères et un placard qu'il avait remplis de nourriture, d'assiettes, de bols et d'ustensiles de cuisine.

— C'est petit, s'empressa-t-il de dire. Mais c'est privé. Et je te promets de te construire une grande maison bientôt. Il nous faudra plus de place, quand on aura des enfants.

Molly se tourna vers lui.

— Ça me plaît beaucoup ! Je n'aurais jamais rêvé mieux. Merci.

Il lui sourit ; il se savait chanceux.

Molly portait toujours sa robe de mariée. Ses boucles brunes s'enroulaient dans son cou vers d'autres courbes qui lui inspiraient bien plus qu'un simple désir physique. Elle était féminine et vulnérable. Molly Hart avait vécu dans son cœur depuis la nuit des temps – ou du moins, depuis le début de sa vie qui était à présent claire comme de l'eau de roche. Il savait où il allait. De la même façon qu'un troglodyte quitte son itinéraire jalonné de cailloux pour atteindre son nid, il avait cheminé jusqu'ici ; et à la fin de son voyage, il y avait Molly.

ÉMUE par tous les efforts que Matt avait faits pour elle, Molly en revenait à peine d'avoir enfin une vraie maison.

— J'ai quelque chose pour toi.

Il fouilla dans sa poche et en sortit avec précautions un morceau de tissu blanc qu'il déplia.

Voyant son contenu, elle demanda, tout étonnée :

— Tu les as gardés ?

Il lui tendit la croix en or, toujours suspendue à la même chaîne qu'elle portait autour du cou, dix ans plus tôt. Il lui donna aussi un vieux ruban jaune usé, celui qu'elle avait dans les cheveux la nuit de son enlèvement.

— Je les ai gardés sur moi tous les jours, après t'avoir perdue. Maintenant que tu es là, je n'en ai plus besoin.

Il plongea la main dans sa poche pour en tirer une dernière chose à lui donner, un badge en argent avec une étoile au centre et ces mots gravés : TEXAS RANGER.

— Tu peux prendre ça, aussi. Je n'en aurai plus besoin.

Elle se mit à pleurer, mais il sécha ses larmes en l'embrassant pour chasser les obstacles que le passé avait placés sur leur route, tout en se débarrassant de leurs vêtements. Ils s'embrasèrent comme le soleil texan et jouirent ensemble, après avoir fait l'amour avec tendresse, passion et même avec la force du désespoir.

Allongée dans les bras de Matt, au milieu de l'obscurité, Molly se sentait en paix. Le silence n'était plus un ennemi et sa cruelle errance avait pris fin. Elle s'était sentie perdue, mais Matt l'avait retrouvée.

À l'aube, elle laissa son mari dormir d'un sommeil profond dans leur nouveau lit. Elle s'attarda sur sa silhouette endormie, sa nudité à peine cachée sous un drap fin. Ils ne s'étaient pas beaucoup reposés ; ils avaient préféré profiter l'un de l'autre, jusqu'à ce que la fatigue ne puisse plus être ignorée.

Voyant que ses vêtements et ses affaires personnelles avaient été apportés dans leur nouvelle maison, elle fut une fois de plus émue par les attentions de Matt. Elle enfila rapidement une chemise et ses bottes.

Elle aperçut la boîte en métal rouillé qui avait contenu son kit de survie. Elle l'ouvrit et en retira la fronde usée de son enfance, dont la lanière en cuir brut était cassée et fissurée. Puis elle alla chercher sur la table la croix en or, le ruban jaune et l'insigne des

Rangers, avant de sortir dans la brume légère qui commençait à remplir le ciel.

Elle noua le ruban à la base de la fronde, qu'elle plaça dans une anfractuosité du tronc du peuplier qui protégeait la maison. Ensuite, elle y suspendit le collier et regarda la croix se balancer d'avant en arrière jusqu'à s'immobiliser à l'aplomb de l'arbre. Enfin, elle posa le badge de Matt au pied du lance-pierre. Un rayon de soleil illumina la terre et fit briller le métal. Éblouie, Molly plissa les yeux.

Elle repensa à l'enfant qu'elle avait été – sauvageonne et turbulente, attachée à la terre à un point qui la dépassait. Elle imagina Molly Hart courant éternellement à travers les prairies, dormant dans des ravines, attrapant des serpents et ramassant des cailloux pour le Troglodyte.

Lentement, délibérément, elle tourna les talons et se dirigea vers l'aube d'un jour nouveau, de son nouvel avenir en tant que Molly Ryan.

Matt apparut derrière elle, torse nu et encore à moitié endormi. Il avait l'air sauvage et redoutable. Il tirait sa force brute de cette terre qui l'avait forgé. Il passa ses bras autour d'elle et ils restèrent ainsi, dressés ensemble contre le vent qui se levait.

En osmose, ils contemplèrent le lever du soleil.

JE SUIS RAVIE que vous ayez choisi de lire *L'Oiselle*, et j'espère de tout mon cœur que cette histoire vous a plu. N'hésitez pas à laisser un avis, si vous en avez l'occasion !

Envie d'un peu de lecture supplémentaire ? Découvrez ci-après une scène bonus !

Merci à vous ~ Kristy

SCÈNE BONUS

24 décembre 1877

Matt tint les deux cadeaux à une main, pour ouvrir de l'autre la porte de la chambre qu'ils occupaient avec Molly. Ils s'étaient installés chez ses parents pour les vacances, afin qu'elle soit plus près de sa famille et de sa mère – et parce que son ventre qui s'arrondissait le rendait un peu nerveux. La naissance imminente de leur bébé avait beau le remplir de joie et de fierté, il était plus inquiet qu'une mère poule. Le temps passé avec les Texas Rangers semblait un jeu d'enfant, comparé à cette prochaine étape de la vie.

Molly était assise sur le lit, adossée à une pile d'oreillers. Un plateau était posé en équilibre sur son gros ventre et elle engouffrait de la nourriture à la petite cuillère.

— C'est le gâteau au caramel de Rosita ? demanda-t-il. Je croyais qu'il n'en restait plus.

La cuisinière des Ryan avait préparé sa délicieuse pâtisserie pour la grande réunion de famille. Elle s'était inspirée d'une recette dont Susanna se servait depuis longtemps, mais à tous les coups, Rosita y avait ajouté quelques piments pour en relever la saveur.

Ne pouvant parler la bouche pleine, Molly hocha la tête. Ses cheveux bruns avaient enfin repoussé et dégringolaient du chignon qu'elle s'était fait plus tôt. Elle portait la robe vert émeraude que Susanna lui avait offerte quelques jours plus tôt.

Il s'approcha du lit, s'assit à côté d'elle et tendit la main pour prendre un morceau de gâteau, mais Molly brandit le plateau hors de sa portée.

Il rit.

— Je ne peux pas en avoir un bout ?

Elle le regarda avec des yeux noirs.

— C'est le dernier morceau… et je mange pour deux !

Matt savait qu'il ne devait pas s'interposer entre sa femme et la nourriture. Il était ravi qu'elle puisse enfin manger à sa faim, après avoir récemment retrouvé l'appétit, au bout de longs mois de nausées matinales. À présent, elle se goinfrait comme un ogre !

— Je voulais te les donner ce soir…, dit-il en posant les deux emballages près d'elle.

Rayonnant de joie, elle enfourna rapidement le reste du gâteau, avant de repousser l'assiette. Elle ouvrit le premier cadeau et se figea.

— Où as-tu trouvé ça ? murmura-t-elle.

C'était un portrait d'elle avec son père, sa mère et ses sœurs, Emma et Mary. Il devait dater de mille huit cent soixante-six, vu que Molly semblait avoir environ huit ans. Alors que tous regardaient l'objectif dans une posture rigide, un rictus espiègle se dessinait sur le visage poupon de la petite Molly. Ça faisait sourire Matt, à chaque fois qu'il regardait la photo. C'était Molly telle qu'elle était dans ses souvenirs : sauvage, têtue et débordante de curiosité. Elle avait trouvé le chemin de son cœur, jusqu'à devenir une partie intégrante de lui-même, et sa raison de vivre.

Heureux qu'elle soit dans sa vie, il formula en silence des

remerciements, comme il l'avait fait tous les jours depuis qu'il l'avait retrouvée.

— Ma mère l'avait, répondit-il. Après la mort de tes parents et le départ de tes sœurs, elle est allée dans la maison des Hart pour sauver quelques souvenirs. J'ai fait venir un nouveau cadre de Dallas. Je me suis dit que tu aimerais l'avoir.

Les yeux de Molly se remplirent de larmes. Matt en essuya une qui avait débordé et coulait sur sa joue. Elle l'embrassa ; sa bouche avait le goût du gâteau de Rosita, à la fois sucré et épicé.

— On pourra l'accrocher au-dessus de la cheminée, dans la *Troglodyte*, proposa-t-elle contre ses lèvres, faisant référence à la maison du ranch qu'il construisait pour elle.

Elle contempla son cadeau un moment.

— J'ai hâte de la montrer à Emma et Mary, demain !

Ce serait un Noël spécial pour Molly, Matt le savait bien. Ayant vécu chez les Comanches pendant des années, elle n'avait plus connu ces festivités depuis sa petite enfance. Aujourd'hui, ses deux sœurs étaient auprès d'elle. Emma était rentrée quelques semaines plus tôt et s'était empressée d'épouser Nathan Blackmore ; quant à Mary, elle était arrivée un mois plus tôt avec son mari et leurs trois enfants, après avoir traversé tout l'Arizona avec Cale Walker — le tout récent demi-frère de Molly — et sa femme Tess. La maison des parents de Matt était actuellement pleine à craquer. Il y avait aussi Logan et Claire, sa femme qui était accompagnée de son jeune frère, Jimmy.

Matt présenta le second cadeau à Molly. Elle se débarrassa rapidement de l'emballage pour ouvrir la boîte. Là encore, elle se figea. Un air de ravissement illumina peu après son visage tandis qu'elle prenait en main la fronde toute neuve pour en admirer les lignes pures.

— Je suis autorisée à m'en servir dans la maison ?

— Non.

Elle tira sur la lanière en caoutchouc.

— Je vais l'appeler : « Troglodyte Junior ».

Elle regarda Matt avec des yeux brillants et sourit.

— Ces cadeaux sont merveilleux, Matt !

Elle lui prit une main, qu'elle posa sur son ventre. Il sentit le bébé bouger et s'émerveilla de la chance qu'il avait eue de retrouver, des mois plus tôt, cette femme qu'il avait longtemps crue morte.

— Moi aussi, j'ai un cadeau pour toi, ajouta-t-elle. Je sais à quoi tu penses… mais pour ça, il faudra attendre que le gâteau descende.

Elle lui adressa un sourire coquin et ses joues rosirent. Totalement sous le charme de l'amour de sa vie, il enfouit son visage dans son cou.

Elle le repoussa et le gronda en simulant la colère.

—J'ai autre chose pour toi, précisa-t-elle en ramenant sa main sur son ventre tendu. Emma m'a dit qu'on allait avoir un garçon.

La jeune sœur de Molly avait un don de prémonition. Matt ne croyait pas à ce genre de sornettes, mais quand Nathan lui avait raconté la folle histoire de leur aventure dans le Grand Canyon, il lui était devenu difficile de nier les facultés d'Emma.

Un fils.

Il se courba et embrassa doucement le petit garçon à travers la robe et le ventre de Molly.

Il était comblé.

— Si Rosita prépare un autre gâteau demain, murmura-t-il, je le volerai rien que pour toi.

— Promis ?

Il se redressa et la prit dans ses bras.

— Promis.

Maintenant disponible

Lorsque Logan Ryan tombe nez à nez avec Claire Waters, habillée comme une prostituée, sur le seuil du White Dove Saloon, l'ancien shérif imagine le pire.

« Kristy McCaffrey écrit avec son cœur… un livre à ne pas manquer ! » _The Romance Studio_

Quand Logan Ryan retrouve Claire Waters au cœur de la ville agitée de Santa Fe, il est terriblement déçu. La femme de ses souvenirs a disparu ; à sa place se trouve une fille de joie aux courbes aguichantes qui est dans un sacré pétrin ! Alors qu'un tissu d'embrouilles les mêle à des hommes à la fois dangereux et prêts à tout, Logan tente de protéger Claire, sans se douter que son propre passé représente la pire des menaces pour eux.

303

Claire, dont la vie a toujours été entachée par la honte, est frappée de stupeur lorsque Logan la surprend sur le seuil du White Dove Saloon, habillée comme une prostituée. Pas étonnant qu'il aille imaginer le pire ! Mais comme sa mère est partie et que les filles de joie ont déserté les lieux, Claire a bien du mal à refuser l'aide qu'il lui propose. Tandis qu'elle entreprend un voyage qui fera basculer sa vie entière, une chose devient claire : le plus grand danger qui la guette est d'ouvrir son cœur.

Cette romance historique – un western sensuel – se déroule en 1877, sur le territoire du Nouveau-Mexique.

https://kmccaffrey.com/la-colombe-the-dove-french-edition/

Kristy McCaffrey écrit des romans d'aventure contemporains pleins d'idylles torrides et de suspense à vous donner la chair de poule, et des romances historiques primées, des westerns dont les personnages débordent de courage et d'émotions. Ses récits au mysticisme caractéristique mêlent des héros captivants et des héroïnes hautes en couleur. Kristy trouve que l'existence mérite d'être vécue avec curiosité, compassion et gratitude, et que l'on devrait s'inspirer de l'enthousiasme des chiens. Elle aime faire la grasse matinée, manger des plats mexicains et faire du yoga chez elle, en pyjama. Originaire de l'Arizona, elle vit aux portes du désert, au nord de Phoenix. Pour en savoir plus sur ses publications, rendez-vous sur son site.

Website: kmccaffrey.com
Facebook: facebook.com/AuthorKristyMcCaffrey/
Instagram: instagram.com/kristymccaffreybooks/
TikTok: TikTok.com/@kristymccaffrey/
English Newsletter: kmccaffrey.com/subscribe